BIBLIOTHÈQUE DES PROFESSIONS
INDUSTRIELLES, COMMERCIALES ET AGRICOLES

LES

GRANDES ÉCOLES

DE FRANCE

PAR

MORTIMER D'OCAGNE

SERVICES DE L'ÉTAT

HISTORIQUE DES ÉCOLES. — EXAMENS D'ENTRÉE.
DURÉE DES ÉTUDES.
PRIX DE LA PENSION. — RÉGIME INTÉRIEUR. — EXAMENS DE SORTIE.
CARRIÈRES OUVERTES. — ETC., ETC.

Fonctions politiques

administratives,

etc.

Série J

n° 1

—

PARIS
J. HETZEL ET Cie, ÉDITEURS
18, RUE JACOB, 18

LES

GRANDES ÉCOLES

DE FRANCE

SERVICES DE L'ÉTAT

FONCTIONS POLITIQUES ADMINISTRATIVES, ETC.

Série J. — N° 1

TYPOGRAPHIE FIRMIN-DIDOT. — MESNIL (EURE).

BIBLIOTHÈQUE DES PROFESSIONS
INDUSTRIELLES, COMMERCIALES ET AGRICOLES

LES

GRANDES ÉCOLES

DE FRANCE

PAR

MORTIMER D'OCAGNE

SERVICES DE L'ÉTAT

HISTORIQUE DES ÉCOLES. — EXAMENS D'ENTRÉE.
DURÉE DES ÉTUDES.
PRIX DE LA PENSION. — RÉGIME INTÉRIEUR. — EXAMENS DE SORTIE.
CARRIÈRES OUVERTES. — ETC., ETC.

Fonctions politiques
administratives,
etc.

Série J

N° 1

PARIS
J. HETZEL ET Cᴵᴱ, ÉDITEURS
18, RUE JACOB, 18

PREMIÈRE PARTIE

LES

ÉCOLES MILITAIRES.

ÉCOLE D'APPLICATION

DE

L'ARTILLERIE ET DU GÉNIE

FONTAINEBLEAU.

L'artillerie et le génie, deux des branches principales d'un corps d'armée, ont aujourd'hui leur enseignement confondu en raison de leurs nombreux points de contact ; mais il n'en a pas été toujours ainsi, et il y a matière à faire isolément l'historique de ces deux armes spéciales.

Artillerie. — Ce fut dans les états généraux tenus à Orléans que fut rendue, le 2 novembre 1439, sous Charles VII, la loi sur l'établissement d'une force militaire en France. L'artillerie, qui, dans le siècle précédent, avait commencé à figurer aux armées, fit de sérieux progrès. Voici en quels termes un historien de Charles VII parle de l'état de son artillerie : « Pareille-« ment estoit grosse la provision que le Roy avoit mise « en son artillerie pour le faict de la guerre et de sa « défense, où il avoit le plus grand nombre de grosses « bombardes, gros canons, venglais, serpentines, crapau-« dines, couleuvrines, ribaudequins, etc. » (*Le Puillon de Boblaye.*)

Louis XI, en arrivant sur le trône, trouva donc une

artillerie bien montée. C'est sous son règne et sous celui de son successeur, Charles VIII, qu'on commença à employer le bronze pour la fabrication des bouches à feu. A cette époque aussi, remonte l'usage de les placer sur des chariots.

Jacques Galliot de Genouillac fut grand maître de l'artillerie sous trois rois, Charles VIII, Louis XII et François Ier. Ce roi, sous l'influence de Jean de Taise, grand maître, donna en 1541 à l'artillerie une organisation complète, qui subsista jusqu'à Louis XIV.

On compte parmi les plus illustres des grands maîtres de l'arme : Jean d'Estrées, de 1550 à 1567 ; Sully, de 1599 à 1609.

Il n'y eut jusqu'à Louis XIV aucun grand essai d'éducation militaire. Ce ne fut qu'en 1682 que Louvois organisa, comme écoles militaires, des compagnies de cadets au nombre de neuf, dans les villes de :

Tournay,	Strasbourg,	Charlemont,
Cambrai,	Longwy,	Brisach,
Valenciennes,	Besançon,	Metz.

Les élèves y étaient admis de 14 à 25 ans ; ils étaient logés, habillés, et recevaient 10 sols par jour. On leur enseignait principalement l'école d'infanterie et très accessoirement les principes de l'artillerie. Quant à la première école spéciale d'artillerie, elle fut établie à Douai, en 1698, puis licenciée et transférée en deux sections, à Metz et à Strasbourg. Il est à remarquer d'ailleurs que les études étaient peu suivies, car, à cette époque marquée par des guerres incessantes, les écoles n'existaient qu'en temps de paix. En guerre, les cadets étaient attachés aux différents corps.

Sous Louis XV, il y eut cinq écoles d'artillerie, établies à la Fère, Metz, Strasbourg, Grenoble et Perpignan. On y apprenait la pratique et la théorie.

L'École des cadets d'artillerie fut transférée à Douai en 1772 ; puis elle fut supprimée en 1779 et remplacée par la création de six places d'élèves dans les écoles régimentaires. En 1790, l'École d'artillerie est rétablie à Châlons-sur-Marne ; mais 1793 arrive, et elle se trouve entraînée dans la ruine de tous les corps enseignants.

Après la tourmente révolutionnaire, l'École de Châlons fut reconstituée par décret consulaire du 27 prairial an X, puis enfin réunie à celle du génie établie à Metz, par décret du 12 vendémiaire an XI.

Génie. — Ce ne fut que sous Louis XIV que les *ingénieurs* furent, par les soins de Louvois, réunis en un corps spécial qui prit le nom de *corps royal du génie*. Il est facile de comprendre que, pendant la guerre continuelle de places fortes qui occupa ce règne, le corps des ingénieurs militaires joua un rôle d'une grande importance. L'illustre Vauban porta l'art des fortifications à son apogée, et le corps des officiers du génie français acquit sous sa direction une réputation méritée. Le recrutement se faisait alors parmi les officiers d'infanterie. A partir de 1703, les jeunes gens qui se destinaient au génie durent subir un examen sur les mathématiques et faire preuve d'aptitudes spéciales.

En 1725, le corps des ingénieurs formait un effectif de 300 officiers ; ils portaient l'uniforme de leurs régiments, mais en 1732 on leur donna un costume particulier, l'habit rouge à parements bleus. Enfin, en 1744, l'uniforme fut modifié, les officiers du génie portèrent l'habit gris-de-fer à revers de velours noir. Il est à remarquer que depuis lors, quelle que fût la couleur de l'habit, qui a changé maintes fois, le revers de velours noir est demeuré le signe caractéristique de l'arme.

A cette époque, le corps du génie n'avait aucune troupe à sa disposition, et les officiers, obligés de faire pour leur instruction des simulacres de siège, devaient s'adresser aux capitaines de compagnies. Il y avait aussi dans toutes les directions du génie des sortes d'écoles composées de volontaires. En 1748, M. Voyer d'Argenson, secrétaire d'État à la guerre, fit paraître un règlement pour l'établissement d'une école du génie à Mézières. M. de Chastillon, ingénieur militaire distingué, fut chargé de l'organisation de cette école, et en 1750 M. Voyer d'Argenson, étant venu à Mézières, l'installa en qualité de directeur, poste qu'il occupa jusqu'en 1765.

Les élèves de l'École de Mézières recevaient 600 fr. par an et étaient logés aux frais de l'État. Il est curieux de voir comment l'École se recrutait à cette époque. Voici la composition de la promotion de 1755 : sur dix élèves admis, cinq n'avaient pas servi et étaient âgés de 18 ans ; trois avaient servi comme lieutenants, comptaient de 8 à 12 ans de service, et étaient âgés de 21 à 27 ans (les cadets de noblesse entraient au service à 12 ans) ; un avait été cornette de cavalerie ; le dernier avait été capitaine de garde-côte, c'était le seul qui ne fût pas noble, mais il était fils d'officier.

En 1753, l'École de Mézières avait reçu comme professeur de mathématiques un jeune homme de vingt-deux ans, qui s'est acquis un nom dans cette branche de la science, l'abbé Bossut.

La réunion de l'artillerie et du génie eut lieu en vertu

de l'ordonnance du 8 décembre 1755. Nouvelle organisation. Les élèves, après examen, étaient admis à la Fère; ils y passaient une année, à la fin de laquelle un nouvel examen servait à les classer. Les élèves les plus distingués étaient envoyés à Mézières, tandis que les autres étaient placés dans les cadres de l'artillerie. En 1758, sous le ministère du maréchal de Belle-Isle, les deux armes furent de nouveau séparées. Les officiers du génie, qui avaient pris le costume de l'artillerie, le conservèrent, en y ajoutant toutefois le collet et les parements en velours noir.

L'abbé Bossut rédigea à cette époque son *Cours complet de mathématiques*. L'abbé Nollet, nommé professeur en 1761, fonda le cours de physique. Ces deux maîtres formèrent un ensemble de sujets habiles, et sous leur direction les études arrivèrent en peu de temps à une hauteur qui fit de l'École de Mézières un modèle qu'on a depuis cherché à imiter.

En 1775, débutait dans le modeste emploi de répétiteur de mathématiques un homme dont le nom est devenu célèbre dans la science, Gaspard Monge. Il avait étudié au collège des Oratoriens de Beaune. L'abbé Bossut l'admit d'abord comme dessinateur; puis, appréciant ses qualités spéciales, il le fit nommer répétiteur avec 900 livres de traitement. Bientôt enfin il eut en titre la chaire de physique.

Une ordonnance de décembre 1776 réorganisa le corps royal du génie, et donna aux élèves de l'École de Mézières le rang de sous-lieutenants d'infanterie.

Il y eut encore une nouvelle organisation de l'école en 1790; mais la tourmente révolutionnaire survint, et ce n'était plus le temps des patientes études.

Il faut remarquer cependant que Mézières demeura le centre des études que faisaient de façon ou d'autre les élèves-ingénieurs, jusqu'au jour où le décret consulaire de l'an XI réunit les deux Écoles de l'artillerie et du génie et en transféra le siège à Metz. Depuis cette époque, les deux armes ont marché parallèlement ; elles ont en effet trop de points de contact pour être entièrement séparées ; d'autre part, elles demandent chacune des études réellement spéciales ; enfin elles ont deux liens étroits, leur commune origine et leur coopération presque constante aux mêmes opérations de guerre.

État actuel. — L'École d'application d'artillerie et du génie, transférée à Fontainebleau à la suite des désastres de la guerre contre la Prusse, est instituée pour donner aux élèves provenant de l'École polytechnique l'instruction spéciale propre à ces deux armes. Elle est régie par le décret du 14 août 1867.

Les élèves sortant de l'École polytechnique admis à l'École de Fontainebleau sont pourvus de l'emploi de sous-lieutenant-élève. Leur ancienneté de grade date du jour fixé par le décret de nomination ; ils prennent rang entre eux d'après le numéro de mérite qu'ils ont obtenu aux examens de sortie de l'École polytechnique.

Lorsque des élèves sont envoyés à Fontainebleau avant d'avoir accompli à l'École polytechnique les deux années exigées par la loi, ces élèves ne sont nommés sous-lieutenants qu'après l'expiration du temps voulu. Leur qualification est celle d'élève de l'artillerie et du génie, mais ils continuent à porter l'uniforme de l'École polytechnique.

La durée du séjour à l'École est de deux ans.

L'instruction donnée aux élèves comprend :

1° L'instruction commune aux deux armes ;

2° L'instruction spéciale à l'artillerie ;

3° L'instruction spéciale au génie.

L'instruction commune aux deux armes a pour objet :

1° L'étude des règlements militaires, les manœuvres d'infanterie, de cavalerie et d'artillerie ;

2° L'étude de l'artillerie ;

3° L'art militaire, la fortification passagère, l'administration et la législation militaires ;

4° La fortification permanente, l'attaque et la défense des places ;

5° La topographie ;

6° L'application des sciences physiques et chimiques aux arts militaires ;

7° L'application de la mécanique aux machines ;

8° L'architecture et les constructions militaires ;

9° La langue allemande ;

10° L'hippiatrique et l'équitation ;

11° Les travaux pratiques des deux armes, l'escrime et la natation.

L'instruction spéciale pour les élèves de l'artillerie comprend :

1° Des théories sur les manœuvres à pied et à cheval de l'artillerie et le service des bouches à feu ;

2° Le levé et le tracé des bouches à feu, des affûts et des voitures ;

3° Des projets de bouches à feu.

L'instruction spéciale pour les élèves du génie comprend :

1° Les théories d'infanterie ;

1.

2° Une étude détaillée de fortification permanente en terrain varié ;

3° L'étude de l'amélioration d'une place de guerre existante ;

4° L'exécution des opérations trigonométriques.

Le décret d'organisation du 24 juin 1854 statuait que les sous-lieutenants-élèves n'auraient à subir d'examen qu'à la fin de la deuxième année d'études ; mais l'expérience ayant démontré que, lors des examens de sortie, les matières de la première année, qui sont la base de l'enseignement spécial, n'étaient pas toujours possédées à un degré convenable, le décret de réorganisation du 4 août 1867 a institué à la fin de la première année des *examens de passage* en première division. En conséquence, à la fin de la première année d'études, les élèves de la seconde division subissent une interrogation générale sur chaque cours devant les professeurs de l'École.

Pour procéder aux examens de la première division, il est formé chaque année un jury composé de sept membres : un général de division pris alternativement parmi ceux de chaque corps, président ; deux généraux de brigade, un d'artillerie, un du génie ; quatre officiers supérieurs, deux de chaque arme.

Les membres du jury sont désignés par le ministre en dehors de ceux attachés à l'École.

Les officiers supérieurs chargés des fonctions d'examinateurs sont divisés en deux sections opérant chacune en présence d'un des généraux de brigade.

Lorsque les examens sont terminés, le jury procède, pour les deux divisions, au classement des élèves des deux armes : ce classement règle définitivement l'ordre d'admission des élèves de la première division dans les services de l'artillerie et du génie, et l'ordre de mérite des élèves de la deuxième division.

Les élèves de la deuxième division que les examinateurs auront trouvés trop faibles seront examinés de nouveau en réunion générale des sept membres, qui décideront si ces élèves peuvent passer en première division ou s'ils doivent être proposés pour être classés à la suite dans une nouvelle promotion.

Les élèves de l'une ou l'autre division qui, par suite de maladies graves ou autres empêchements régulièrement constatés, se sont trouvés dans l'impossibilité d'acquérir une instruction suffisante, peuvent être autorisés à redoubler leur année d'études avec la promotion suivante et à concourir avec elle. Toutefois, dans aucun cas un élève ne peut rester à l'École plus de trois ans.

Les sous-lieutenants-élèves qui ont satisfait aux examens de sortie entrent dans leurs armes respectives avec le grade de lieutenant. Ceux qui n'ont pas satisfait aux épreuves sont mis en non-activité par suspension d'emploi et laissés à la disposition du ministre de la guerre. Il en est de même des élèves de la deuxième division qui, deux années de suite, auront été reconnus incapables de passer en première division.

Les appointements d'un lieutenant d'artillerie ou du génie, sortant de Fontainebleau, sont de 213 fr. par mois, soit 2,556 fr. par an.

A Fontainebleau même, bien que les officiers-élèves ne soient que sous-lieutenants, les appointements sont un peu plus élevés, parce que, outre les appointements de sous-lieutenant (qui sont les mêmes que ceux de lieutenant en second de l'artillerie ou du génie), les officiers touchent une *indemnité de rassemblement* de 75 centimes par jour. Mais en revanche on leur retient une certaine somme, parce que le logement leur est fourni par l'État.

Quant aux premières dépenses à faire en sortant de l'École polytechnique, pour entrer à l'École d'application, on peut s'en faire une idée approximative par la *première mise d'équipement*, que l'on donne quelquefois à ce moment aux élèves sortants.

Ces premières mises d'équipement peuvent être accordées par le Ministre, en tout ou partie, aux élèves boursiers ou demi-boursiers de l'École polytechnique ; elles sont de 950 francs pour l'artillerie et de 570 francs pour le génie. Il convient d'ajouter qu'on n'accorde en général que des *demies*.

Les artilleurs ont à faire, en plus de leurs camarades du génie, les dépenses relatives à la sellerie et au harnachement ; c'est pour cette raison que leur première mise est plus élevée ; mais en réalité ils n'ont besoin de faire ces dernières dépenses qu'en sortant de Fontainebleau, au moment d'arriver au régiment.

ÉCOLE DES SOUS-OFFICIERS

DE L'ARTILLERIE, DU GÉNIE ET DU TRAIN
DES ÉQUIPAGES MILITAIRES

VERSAILLES.

Aujourd'hui, nul sous-officier ne peut être nommé sous-lieutenant sans avoir passé par une école, et de même qu'on avait institué pour l'infanterie l'École de Saint-Maixent et pour la cavalerie celle de Saumur, on a fondé une institution analogue pour le service de l'artillerie et du génie.

Cette école d'élèves-officiers a été établie à Versailles, dans un hôtel historique, celui de la Surintendance, bâti en 1670, rue de la Bibliothèque (aujourd'hui rue Gambetta). Cet hôtel fut habité par Colbert et Louvois ; ce dernier y mourut le 16 juillet 1671. Le surintendant des finances Dubois l'occupa en 1723. Pendant la Révolution, on y établit un Institut militaire pour les enfants des Invalides.

C'est un décret présidentiel en date du 10 janvier 1884 qui a institué à Versailles l'École de sous-officiers de l'artillerie et du génie, ayant pour but de compléter l'instruction des sous-officiers de ces deux armes reconnus susceptibles d'être nommés sous-lieutenants.

En temps de paix, nul sous-officier ne peut être promu sous-lieutenant dans l'artillerie ou dans le génie, s'il n'a suivi avec succès les cours de cette École et satisfait aux examens de sortie dont les programmes sont arrêtés par un règlement ministériel.

Indépendamment des sous-officiers de l'armée de terre, régulièrement désignés, l'École peut recevoir, sur la demande du Ministre de la marine, des sous-officiers de l'artillerie de la marine.

Admission. — Les sous-officiers régulièrement proposés par leur inspecteur général sont admis à l'École à la suite d'un concours dont les conditions sont déterminées, pour chaque arme, par un règlement ministériel.

Pour être proposés, les sous-officiers devront avoir au moins un an de grade au 1er mars de l'année de l'admission à l'École.

Les sous-officiers qui seraient libérables pendant la durée de leur séjour à l'École devront souscrire, avant d'y entrer, un nouvel engagement.

Le Ministre fixe, chaque année, suivant les besoins du service, le nombre des élèves, de chacune des deux armes, à admettre à l'École.

Les sous-officiers admis à l'École prennent la dénomination de *sous-officiers élèves-officiers;* ils sont remplacés dans les emplois spéciaux (adjudant, maréchal des logis chef ou sergent-major, fourrier, sous-chef artificier, etc.) dont ils étaient pourvus dans leurs corps et placés comme maréchaux des logis ou sergents dans une batterie ou compagnie; ils peuvent même être mis hors cadre sur l'ordre du Ministre.

Leur tenue est celle des régiments auxquels ils appartenaient; leur signe distinctif est, comme à Saint-Maixent un léger galon rouge et argent sur les manches, formant un trèfle moins complet que celui des officiers.

Les sous-officiers élèves-officiers doivent le salut aux officiers ; ils y ont droit de la part de tous les sous-officiers (sauf les adjudants) et des caporaux, brigadiers et soldats.

Enseignement. — Les sous-officiers élèves-officiers reçoivent à l'École une instruction générale et une instruction militaire.

La première a pour but de développer les connaissances générales qu'ils possèdent déjà, de façon à leur donner la culture intellectuelle indispensable à tout officier.

L'instruction militaire est dirigée de façon à leur faire acquérir l'aptitude nécessaire pour bien remplir les fonctions d'officier d'artillerie ou du génie.

Cette instruction est à la fois théorique et pratique.

La partie pratique comprend une revision générale des exercices et manœuvres du génie et de l'artillerie, le tir des armes portatives et des bouches à feu, etc., enfin l'équitation et l'escrime.

Les programmes détaillés de l'enseignement donné à l'École sont arrêtés par le Ministre.

L'ouverture des cours a lieu, chaque année, le 1er avril, leur clôture, à la fin du mois de février de l'année suivante.

Les sous-officiers élèves-officiers conservent leur uniforme, mais le numéro de leur régiment est remplacé par une grenade ; ils ont comme signe distinctif sur les manches une tresse légère, mi-partie argent et rouge, d'un dessin très peu compliqué.

Ils reçoivent une solde unique fixée à 2 francs par

jour et une indemnité pour résidence dans Paris fixée
à 0 fr. 50 c.

A la fin de leur année d'études, ils passent un examen
devant un jury supérieur présidé par un général de
brigade et sont classés par ordre de mérite.

Tous les sous-officiers élèves-officiers qui ont satisfait
aux examens de sortie sont promus sous-lieutenants
dans l'arme à laquelle ils appartiennent.

Leur numéro de classement de sortie détermine leur
rang d'ancienneté dans le grade de sous-lieutenant.

Les sous-officiers élèves-officiers qui n'ont pas satisfait
aux épreuves de sortie seront renvoyés dans leur corps
et pourvus du grade qu'ils avaient avant leur entrée à
l'École.

Ceux d'entre eux qui auraient une interruption forcée
de travail de plus de trente jours consécutifs, peuvent
être autorisés par le Ministre, à titre exceptionnel et sur
la proposition du conseil d'instruction, à faire une
deuxième année d'études avec la promotion suivante et
à concourir avec elle.

Dans aucun cas, un élève ne pourra rester plus de
deux années à l'École.

Train des équipages. — Un décret du 26 mai 1884 a
annexé à l'École des sous-officiers de Versailles une
division du train des équipages militaires.

Ce décret porte qu'à partir du 1er mars 1886, nul ne
pourra, en temps de paix, être promu sous-lieutenant
dans le train des équipages militaires, s'il n'a suivi avec
succès les cours de cette division et satisfait aux examens
de sortie.

Les sous-officiers du train des équipages militaires,
de la cavalerie, de l'artillerie et des sapeurs-conducteurs

du génie régulièrement proposés par leur inspecteur général, sont admis à l'École à la suite d'un concours.

Le tiers des places données à ce concours est réservé aux candidats du train des équipages militaires, qui concourront, en outre, pour les deux autres tiers, avec les candidats des autres armes.

Les sous-officiers admis à l'École prennent la dénomination de sous-officiers élèves-officiers. Ils sont placés comme maréchaux des logis dans un escadron du train des équipages militaires.

Ils sont soumis aux mêmes règles générales que les sous-officiers élèves-officiers de l'artillerie et du génie, et reçoivent la même solde.

La moyenne des promotions d'élèves sous-officiers de l'École de Versailles se répartit ainsi comme provenance :

Artillerie....................	65 élèves.
Génie......................	12
Marine.....................	20
Train......................	20
Total..........	117

Il y a tendance marquée pour l'avenir à voir s'augmenter ces chiffres et aussi à rendre les examens et le travail plus difficiles.

ÉCOLE DE CAVALERIE

SAUMUR.

L'École de cavalerie de Saumur jouit non seulement en France, mais en Europe, d'une réputation justifiée par tout un siècle de bons services. C'est au règne de Louis XV que remonte sa création, qui complétait le système d'instruction militaire inauguré quelques années avant par l'École du Champ-de-Mars et le Collège royal de la Flèche.

L'ordonnance du 21 août 1764 institua quatre écoles d'équitation dans chacune des villes de Metz, Douai, Angers et Besançon ; mais l'organisation en était défectueuse, et elles ne subsistèrent que trois ou quatre ans.

Cette tentative ne fut cependant pas stérile ; l'idée en fut reprise en 1771, et une école militaire de cavalerie, formée des débris des quatre écoles de 1764, fut établie à Saumur, dans les bâtiments construits en 1768 pour caserner les carabiniers de Monsieur, frère du Roi.

Vinrent les embarras financiers du règne de Louis XVI, et l'École de Saumur fut supprimée faute de fonds pour subvenir à sa dépense.

Le 7 vendémiaire an V (27 septembre 1796), la Convention nationale décréta une loi qui créait trois écoles de cavalerie à Versailles, Lunéville et Angers. Parmi ces trois établissements, épuisés, à mesure qu'ils se remplissaient, par les réquisitions des armées actives, un seul, celui de Versailles, avait conservé quelques élèves, quand, en 1809, un décret impérial le supprima pour installer l'École de cavalerie à Saint-Germain.

C'était dès lors une école spéciale, dont l'accès était réservé aux jeunes officiers sortant de Saint-Cyr.

Avec la Restauration survint un nouveau transfèrement ; l'École de cavalerie fut, par ordonnance du 30 juillet 1814, établie de nouveau à Saumur, avec cette modification que les officiers et sous-officiers y seraient admis comme à la première école créée par Louis XV. Une rébellion causée par des influences politiques amena en 1822 une dissolution ; mais dès l'année suivante l'école fut réorganisée et cette fois encore placée à Versailles. Comme à Saint-Germain, l'institution fut destinée à recevoir exclusivement les jeunes sous-lieutenants sortant de Saint-Cyr.

Bientôt cependant on put remarquer un vice capital dans cette organisation ; en effet, les recrues des régiments de cavalerie sont instruites non par les officiers, mais par les sous-officiers ; c'est donc à ceux-ci qu'il importait d'inculquer des principes uniformes, pour que l'instruction de toutes les armes à cheval présentât un caractère sérieux d'homogénéité. Dans ce but, on rétablit une fois de plus à Saumur l'École royale de cavalerie, mais sur des bases nouvelles ; à côté de la section des officiers issus de l'École de Saint-Cyr, on forma des escadrons de sous-officiers instructeurs. Telle était l'organisation du 10 mars 1825, la dernière des vicissitudes qui ont affecté l'institution, car on peut dire que les modifications survenues depuis ont été insignifiantes et n'ont porté que sur des points de détail.

Aujourd'hui encore l'École de cavalerie occupe à Saumur les magnifiques bâtiments qui furent construits pour servir de caserne aux carabiniers. L'aile droite est occupée par les officiers et les cavaliers de remonte, formant un corps de 300 hommes; l'aile gauche, par les sous-officiers, les cavaliers-élèves et les arçonniers, formant trois escadrons forts de 170 hommes chacun. Devant l'École est un champ de manœuvres, appelé le Chardonnet. Sur les côtés de cette vaste carrière, qui s'étend jusqu'à la Loire, sont les annexes de l'établissement militaire, écuries, manèges, magasins à fourrages, etc.

État actuel. — L'École de Saumur a donc pour double but de compléter l'instruction spéciale de l'officier de cavalerie et de former de bons sous-officiers instructeurs. L'élève y trouve tout ce qui développe les facultés, les instincts militaires; des professeurs d'élite lui enseignent l'art de l'équitation, qui est le point de départ et la condition essentielle de cette instruction individuelle, si nécessaire au perfectionnement du cavalier; au haras d'études, il se pénètre des bonnes méthodes à suivre pour le croisement des races, pour l'élevage du cheval de guerre; à l'atelier d'arçonnerie, il entre dans tous les détails du harnachement; enfin il met en pratique sur le terrain ces principes invariables qui doivent présider à l'instruction dans les régiments et la maintenir dans une rigoureuse homogénéité.

Le décret du 25 mai 1883 a fixé comme suit l'organisation de l'École de Saumur.

L'École d'application de cavalerie est instituée en vue :

1° De perfectionner l'instruction d'un certain nombre de lieutenants de cavalerie et d'artillerie, de lieutenants et de sous-lieutenants du génie désignés pour en suivre les cours;

2° De compléter l'instruction des élèves de la section de cavalerie de l'École spéciale militaire (Saint-Cyr);

3°. De perfectionner et d'uniformiser l'instruction des sous-officiers reconnus susceptibles d'être nommés sous-lieutenants;.

4° De compléter l'instruction technique des aides-vétérinaires stagiaires nouvellement promus, de leur enseigner l'équitation et de les initier au service régimentaire.

Il est ainsi formé à l'École de Saumur les catégories d'élèves suivantes :

Division d'officiers d'instruction de cavalerie, d'artillerie et du génie ;

Division d'officiers-élèves;

Division de sous-officiers élèves-officiers;

Division d'aides-vétérinaires stagiaires.

L'École reçoit, en outre : des élèves-télégraphistes, qui viennent s'exercer au maniement des appareils de télégraphie électrique et optique; des élèves-maréchaux ferrants provenant des corps de troupes à cheval.

Pour toutes les divisions, sauf celle des élèves-télégraphistes, la durée des cours est de onze mois.

Les *officiers d'instruction* sont désignés par le Ministre sur les propositions formulées par les inspecteurs généraux. Indépendamment des cours qui leur sont personnels, les lieutenants d'instruction peuvent être adjoints, selon les besoins et selon leurs aptitudes personnelles, aux différents instructeurs ou professeurs. Ils peuvent

exercer les fonctions de répétiteurs auprès des sous-officiers élèves-officiers.

Les capitaines et les lieutenants des corps de troupes
à pied venus par permutation dans l'arme de la cavalerie suivent les cours de cette division.

Les élèves de cavalerie de l'École spéciale militaire,
après leur promotion au grade de sous-lieutenant, sont
envoyés à Saumur pour y compléter et perfectionner
leur instruction militaire et équestre.

Ils constituent la division d'*officiers-élèves* et sont logés
dans les bâtiments de l'École.

Les matières qui appartiennent à l'enseignement général ne sont pas l'objet de nouveaux cours, mais d'applications destinées à fixer le savoir de ces officiers et à
leur faire repasser ces matières au point de vue qui in-
téresse plus spécialement la cavalerie.

Les sous-lieutenants des corps de troupes à pied,
venus dans l'arme de la cavalerie par suite de permutation, ainsi que les sous-lieutenants de cavalerie provenant
des sous-officiers de l'arme et n'ayant pas suivi les cours
de l'École d'application de cavalerie, font partie de
cette division.

Ils peuvent être autorisés à loger en ville.

L'admission à l'École de cavalerie, comme *élèves-officiers*, des *sous-officiers* proposés pour l'avancement a
lieu, chaque année, à la suite d'un concours subi dans
les conditions déterminées par le Ministre.

Les *aides-vétérinaires* stagiaires sont admis à suivre
les cours de l'École de cavalerie dans les conditions indiquées par le décret d'organisation de l'École.

Le nombre à admettre est déterminé chaque année
par le Ministre, selon les besoins du service.

Ils sont logés, autant que le nombre de places le permet, dans les bâtiments de l'École.

Les *élèves-télégraphistes* de la 1re division sont choisis parmi les jeunes soldats arrivant au corps, justifiant de connaissances suffisantes et possédant les aptitudes physiques nécessaires.

Les élèves de la 2e division sont désignés par le Ministre de la guerre et comprennent les jeunes soldats munis d'un titre constatant qu'ils savent manipuler ou qu'ils ont exercé les fonctions d'employé auxiliaire, de surnuméraire, ou d'employé titulaire dans l'administration des télégraphes.

Les uns et les autres sont désignés d'après les prescriptions du règlement du 6 mai 1884, sur l'organisation du service de la télégraphie légère dans les régiments de cavalerie.

Il y a encore à Saumur une division d'*élèves-maréchaux ferrants*, dont le nombre est fixé chaque année par le Ministre.

Régime intérieur. — Tous les officiers célibataires et les sous-officiers vivent en mess.

Les mess sont au nombre de trois :

Le premier est affecté aux officiers du cadre, aux lieutenants d'instruction de cavalerie, aux lieutenants et sous-lieutenants d'artillerie et du génie et aux officiers-élèves.

Le deuxième est attribué aux aides-vétérinaires stagiaires.

Le troisième aux sous-officiers du cadre et aux élèves-officiers.

Ces mess ont des salles de café indépendantes de leurs salles à manger.

Chacun d'eux est géré par un entrepreneur civil soumis au dépôt d'un cautionnement et à des obligations déterminées par un règlement spécial, élaboré par le commandant de l'École et approuvé par le Ministre.

Une commission de surveillance, distincte pour chacun des trois mess, est chargée de veiller à l'exécution des règlements, tant de la part des gérants que de celle des pensionnaires.

Enseignement. — Pour les officiers d'instruction, l'enseignement de l'École a pour but de perfectionner l'instruction équestre et militaire, et de les initier à tout ce qui concerne la conduite et l'emploi de la cavalerie.

Les matières de cet enseignement sont les suivantes :

1° Les règlements d'exercices de la cavalerie (en France et à l'étranger);

2° L'équitation;

3° L'hippologie;

4° L'art militaire (comprenant la législation militaire) et la tactique appliquée à la cavalerie;

5° La topographie;

6° La fortification passagère;

7° L'artillerie;

8° L'allemand.

Les lieutenants d'instruction sont exercés à l'escrime et au tir de la carabine et du revolver.

A la fin du cours, il est établi une liste de classement par rang de mérite. Les officiers compris dans la première moitié de cette liste sont inscrits au tableau d'avancement, s'ils ont obtenu la mention *très bien.*

Le lieutenant d'instruction qui, ayant l'ancienneté de grade exigée par la loi pour obtenir de l'avancement, a été classé le premier à l'examen de sortie, est présenté pour le premier emploi de capitaine revenant au tour du choix.

Le lieutenant d'instruction sortant avec le n° 2 obtient, aux mêmes conditions, le deuxième emploi de capitaine revenant au tour du choix, si la division dont il fait partie se compose de plus de 30 officiers.

Des lieutenants d'artillerie, ainsi qu'un certain nombre de lieutenants ou de sous-lieutenants du génie, sont envoyés à Saumur dans le but d'acquérir les connaissances équestres qui leur sont nécessaires comme instructeurs d'équitation. Ils sont, en outre, initiés à la tactique et à l'emploi de la cavalerie.

Ils suivent les mêmes cours que les lieutenants de cavalerie ; ils sont seulement dispensés des cours d'artillerie et de fortification, qui leur sont familiers.

Ces officiers font l'objet d'un classement spécial.

Les *officiers-élèves*, nommés sous-lieutenants à leur sortie de Saint-Cyr, sont envoyés à Saumur afin d'y compléter et perfectionner leur instruction équestre militaire. Ils portent un uniforme analogue à celui de la cavalerie légère : dolman bleu-noir, collet bleu clair, pantalon rouge à bandes bleu clair, képi rouge à bande bleue.

Les applications du service en campagne sont pour eux l'objet d'une étude suivie.

En matière d'enseignement général, il n'est fait aux officiers-élèves qu'un cours d'histoire militaire et un cours d'allemand. Mais ils sont interrogés une fois par mois sur les autres cours qui leur ont été professés à l'École spéciale militaire.

L'équitation, le dressage et les différents détails du service intérieur sont pratiqués journellement par les officiers-élèves.

Ils sont exercés à l'escrime et au tir de la carabine et du revolver.[1]

Ceux d'entre eux qui, par suite de mauvais vouloir, n'auraient pas satisfait aux examens de sortie, seront mis en non-activité par suspension d'emploi pendant une année, à l'expiration de laquelle ils seront admis à suivre un nouveau cours à Saumur. A la fin de ce deuxième cours, l'officier-élève qui ne satisferait pas encore aux examens de sortie, sera déféré à un conseil d'enquête, pour que, s'il y a lieu, sa mise en réforme soit prononcée, conformément aux articles 9 et 12 de la loi du 19 mai 1834.

Ceux qui ont satisfait aux examens de sortie sont appelés, d'après leur numéro, à choisir le corps dans lequel ils désirent servir, sous la réserve de la condition de taille déterminée pour chaque subdivision de l'arme.

Les sous-lieutenants promus à ce grade pour faits de guerre ou toute autre cause exceptionnelle, sans avoir préalablement suivi les cours des élèves-officiers, doivent être autorisés à suivre les cours de la première division d'officiers-élèves qui entre à l'École après leur promotion.

Ils font l'objet d'un classement spécial, mais une mention particulière indique, pour mémoire, le numéro qu'ils auraient pu obtenir dans le classement général de cette division.

Les *sous-officiers élèves-officiers* sont envoyés à Saumur à la suite d'un concours subi dans les conditions déterminées par le Ministre de la guerre. Ils conservent la tenue de leurs régiments d'origine; on les distingue par la tresse mi-partie argent et rouge, d'un dessin très simple, qu'ils portent sur les manches.

L'enseignement qu'ils reçoivent à l'École est dirigé en vue de compléter leur instruction équestre et de leur faire acquérir les connaissances générales et professionnelles exigibles de tout officier.

Leurs cours purement militaires comportent l'étude et l'application du règlement sur les exercices de la cavalerie et des divers services, l'équitation, le dressage, l'hippologie.

Leurs autres cours ont pour objet :

1° L'histoire et la géographie militaires ;

2° Des notions de sciences appliquées à l'art militaire ;

3° L'art militaire et la législation ;

4° L'artillerie ;

5° La fortification ;

6° La topographie ;

7° L'allemand.

Les sous-officiers élèves-officiers sont exercés à l'escrime et au tir de la carabine et du revolver.

Tous les sous-officiers, quel que soit leur grade dans leurs régiments respectifs, sont remis à leur arrivée à l'École dans l'emploi de maréchal des logis. Ceux qui seraient libérables pendant leur séjour à l'École doivent contracter, avant d'y entrer, un rengagement.

Les sous-officiers élèves-officiers doivent le salut aux officiers ; ils y ont droit de la part des maréchaux des logis chefs, des maréchaux-fourriers, des maréchaux des logis, des brigadiers et cavaliers. Quand ils ont satisfait aux examens de sortie, ils sont promus au grade de sous-lieutenant.

Les vétérinaires diplômés qui ont satisfait à l'examen prescrit par le décret du 14 janvier 1860, sont nommés *aides-vétérinaires stagiaires* et envoyés à l'École de cavalerie pour y accomplir une période d'instruction d'un an au plus, pendant laquelle ils sont initiés à la pratique de la médecine vétérinaire et au service régimentaire.

Deux divisions d'*élèves-télégraphistes* sont appelées chaque année à Saumur. La première est composée de jeunes soldats n'ayant pas encore appris le maniement des appareils et qui sont désignés dans les conditions déterminées par un règlement ministériel.

Les cours de cette division commencent le 15 décembre et se terminent le 15 juillet.

Au point de vue de l'instruction militaire, les élèves-télégraphistes qui en font partie sont exercés à l'école du cavalier à pied et à cheval, à l'école du peloton et au service en campagne.

La seconde comprend des télégraphistes déjà initiés à la manipulation et admis à l'école de l'escadron. Le nombre de ces élèves est déterminé chaque année par le Ministre. Leurs cours commencent le 25 juillet et se terminent le 25 octobre; il a pour but l'enseignement spécial de la télégraphie militaire et des exercices pratiques et extérieurs qu'elle comporte.

Des élèves-maréchaux ferrants provenant des régiments sont désignés, chaque année, pour suivre le cours de l'école de maréchalerie.

Ce cours comprend l'étude théorique et pratique du Manuel de maréchalerie et l'instruction primaire du 1er degré. — Tout élève-maréchal qui, dès son arrivée à Saumur, ne sera pas reconnu apte à le suivre utilement devra être renvoyé immédiatement à son corps.

L'École de dressage annexée à l'École de cavalerie a pour but de mettre à la disposition des élèves les ressources nécessaires pour s'exercer au dressage, tout en formant des chevaux susceptibles d'être ultérieurement affectés soit à des officiers généraux, soit au service spécial des Écoles militaires.

Les chevaux difficiles des régiments peuvent y être envoyés pour être soumis à un nouveau dressage méthodique.

L'École de dressage est sous la direction immédiate du chef d'escadron, instructeur en chef d'équitation. Un sous-instructeur d'équitation lui est spécialement affecté.

L'atelier d'arçonnerie est chargé de l'établissement des modèles de harnachement et de la confection d'arçons pour selles de chevaux de troupe.

Les cavaliers qui, pour des causes indépendantes de leur volonté, n'ont pas satisfait aux examens de sortie, peuvent être autorisés, sur la proposition du général commandant, à doubler une année d'études.

Les jeunes gens qui veulent concourir pour être admis comme cavaliers-élèves se rendent à leurs frais à Saumur; les dépenses qu'occasionne leur séjour dans cette place, jusqu'au jour de leur engagement, sont également à leur charge.

A leur arrivée à Saumur, les candidats informent le général commandant l'École de leur intention de se présenter aux examens et lui adressent les pièces à l'appui de leur demande.

Avant qu'ils se présentent devant la commission d'examen, le général s'assure, en les faisant visiter par le médecin principal, que les candidats n'ont aucun vice de conformation qui soit de nature à les empêcher de suivre les cours d'instruction de l'École et de se livrer à tous les exercices équestres, notamment à ceux de la voltige.

2.

La guerre de 1870, qui a été pour notre organisation militaire une si rude expérience, a provoqué des modifications importantes dans l'enseignement de l'École de Saumur. En effet, le rôle de la cavalerie consiste moins aujourd'hui à combattre qu'à éclairer la marche des armées. Le travail des reconnaissances est devenu le principal objectif des études de l'École ; aussi ne cherche-t-on pas seulement à exercer les officiers à la direction de ce genre de manœuvres, mais s'applique-t-on aussi à les munir de la science pratique qui leur permettra de faire sur le terrain des levés topographiques. Pour mettre à la fois les officiers et les élèves à même de remplir cette utile mission, on a créé à Saumur un cours de topographie et d'art militaire. On veut pouvoir, désormais, entourer nos corps d'armée d'un rideau d'éclaireurs aptes à fournir des rapports précis sur la configuration du terrain comme sur la situation de l'ennemi, et à dissimuler à ce dernier les dispositions prises, les mouvements en cours d'exécution. L'ensemble des renseignements fournis constitue une base précieuse, indispensable pour les décisions du commandant en chef.

Nous avons vu que l'École de Saumur a été réorganisée en 1825 pour donner à la cavalerie une unité d'instruction qui lui faisait défaut en raison des origines très diverses des colonels qui étaient alors à la tête des régiments. Ce but a été atteint ; mais dès lors l'École est restée stationnaire ; on a cessé d'y travailler et de s'y tenir à la hauteur des idées nouvelles et des progrès des autres armes.

Quelques modifications importantes ont été introduites par l'arrêté du 31 octobre 1872 ; mais dans l'état actuel l'École coûte trop cher encore au budget, eu égard aux résultats qu'elle donne. En deux mots, les études n'y sont pas assez sérieuses et manquent de consécration.

Nous croyons devoir résumer dans un aperçu succinct les idées de réforme que nous avons entendu émettre par un officier général très compétent. Saumur devrait être une école *supérieure* de cavalerie, et non plus une école d'équitation ; on devrait y donner une extension considérable aux études qui ont trait au service en campagne : topographie, lecture des cartes, art militaire, allemand, etc.

1° On y formerait des sous-officiers instructeurs, en y recevant des engagés volontaires qui, au bout d'une année d'études constatées par un examen de sortie, seraient promus sous-officiers dans les régiments de cavalerie et deviendraient une pépinière utile de sous-officiers comptables et instructeurs.

2° On s'efforcerait de faire disparaître la différence souvent choquante qu'on remarque entre les officiers sortant du rang et ceux sortant des écoles. Dans ce but, on prendrait, sur la liste de propositions pour l'avancement des sous-officiers établie à l'inspection générale annuelle, les nos 1 ou nos 1 et 2 de chaque régiment, et on les enverrait à Saumur, où ils formeraient une division à part et suivraient des cours appropriés au but qu'on se propose, c'est-à-dire plutôt théoriques et scientifiques que pratiques, puisque cette dernière série de connaissances a été acquise par eux dans les régiments.

Ces jeunes gens, à l'expiration de leur cours (soit après 12 ou 15 mois) et s'ils avaient satisfait aux examens de sortie, seraient promus sous-lieutenants et pourraient marcher de front avec les élèves de Saint-Cyr.

3° L'École recevrait, comme cela a lieu depuis l'arrêté

de 1872, les promotions des officiers-élèves sortant de Saint-Cyr, qui viendraient y apprendre spécialement leur rôle d'officiers de cavalerie. L'instruction de cette série serait au contraire plutôt pratique que théorique, ce dernier genre d'études ayant été suivi à Saint-Cyr.

4° Enfin une division, formée des lieutenants portés avec le n° 1 dans leurs régiments, recevrait une instruction spéciale ayant pour but d'en faire des officiers de cavalerie complets à tous les points de vue. Au bout d'une année d'études sérieuses, ceux qui auraient satisfait aux examens de sortie seraient promus capitaines.

Nous avons tenu à développer ce projet, parce que son application nous paraît indiquée par la voie dans laquelle est entrée la réforme de 1872 : exiger plus des élèves de Saumur, et leur accorder plus à la sortie ; forcer au travail, et lui donner une sanction.

ÉCOLE D'APPLICATION

DU GÉNIE MARITIME

PARIS.

L'École d'application du génie maritime a pour but de former les ingénieurs chargés de diriger la construction des vaisseaux et les travaux relatifs à ce service, ainsi que ceux désignés pour le service forestier de la marine.

Historique. — Les premiers constructeurs des bâtiments de la flotte ont été des *maîtres,* placés sous les ordres des commissaires ou de l'intendant chargé de la gestion des arsenaux. Dans chaque port, un conseil spécial examinait et arrêtait les plans et devis des travaux à faire. Un inspecteur des constructions avait pour mission de visiter successivement les divers ports militaires, pour veiller à ce que les ouvrages fussent conformes aux plans et devis arrêtés. Il devait en outre apprendre aux charpentiers la manière de faire les plans et profils des vaisseaux. (*Ordonnance de* 1689.)

En 1717, les maîtres charpentiers reçurent le nom de *chefs des ouvrages des constructions de radoubs.* Ce fut l'ordonnance du 25 mars 1765 qui les forma en un corps sous le titre d'*ingénieurs-constructeurs.*

Par la même ordonnance, l'intendant ou ordonnateur

devait proposer au secrétaire d'État d'envoyer à Paris les élèves admis, qui auraient montré le plus de dispositions et d'application, pour y être instruits de toutes les parties des mathématiques relatives à l'art de la construction.

Les ingénieurs-constructeurs furent maintenus sous les ordres de l'intendant; mais les travaux de constructions et de refontes furent soumis à la surveillance des officiers de marine. Une ordonnance du 27 septembre 1776 plaça ces travaux dans les attributions d'un directeur et d'un sous-directeur des constructions, choisis l'un et l'autre parmi les capitaines de vaisseau et chargés de diriger les ingénieurs-constructeurs placés sous leurs ordres.

Une ordonnance de 1786 attribua aux ingénieurs-constructeurs les fonctions que l'ordonnance de 1776 avait dévolues aux officiers de marine. Le corps se recrutait alors au moyen d'une école spéciale, établie à Paris, dans laquelle on instruisait six élèves désignés par les ports marchands. Le décret du 28 septembre 1791 réunit les ingénieurs-constructeurs à l'administration de la marine et substitua aux anciennes désignations celles de chefs, sous-chefs et aides des travaux de constructions.

Deux ans après, un décret du 27 septembre, qui supprima l'administration civile de la marine, restitua aux ingénieurs-constructeurs leur ancien titre et rendit l'ingénieur en chef indépendant des autorités du port. Cet ingénieur correspondait directement avec le Ministre.

En 1794, l'École polytechnique, alors connue sous le nom d'*École centrale des travaux publics*, devint la pépinière où se recruta le corps du génie maritime. L'École eut à cette époque pour directeur *Sané*, une des illustrations du corps.

Napoléon fit installer une école de constructions navales à Anvers, au moment des préparatifs de sa descente projetée en Angleterre. Il y avait là des chantiers offrant des richesses inouïes et de grandes ressources pour l'instruction.

L'arrêté du 7 thermidor an VIII réorganisa le corps des ingénieurs-constructeurs sous le titre de *Génie maritime*, qu'il a conservé depuis. L'école spéciale établie à Paris fut transférée à Brest par arrêté du 3 vendémiaire an X, puis à Lorient par ordonnance du 28 mars 1830. Elle eut alors pour directeur M. Reech, dont la carrière présente cette particularité qu'il a passé par tous les grades du corps sans changer de fonctions. En 1870, à la veille de sa retraite, il était encore directeur de l'École.

M. Reech a été le véritable organisateur de l'enseignement de l'École. A Lorient, il était seul chargé de l'instruction théorique, assisté, pour le cours d'application, par un ingénieur du port. C'est sur ses instances qu'un décret du 11 avril 1854 établit le siège de l'École à Paris, au Dépôt des cartes. Ici l'enseignement fut constitué sur des bases nouvelles, et M. Reech, nommé au grade de directeur des constructions navales, se vit adjoindre des professeurs émérites, tels que M. Delapoix de Fréminville, sous-directeur, ingénieur de 1re classe, MM. Leclert et Boden, sous-ingénieurs; puis M. Gaussin, ingénieur hydrographe, M. Danquillécourt, commissaire de la marine.

En 1857, l'École a quitté le Dépôt des cartes et s'est installée dans un hôtel spécial, n° 2, rue de Lille. Puis

un décret du 18 février 1872 l'a transférée à Cherbourg.
Enfin un décret du 29 janvier 1882 l'a réinstallée à
Paris.

L'École d'application ne reçoit, à titre d'élèves susceptibles de parvenir au grade de sous-ingénieur de
3° classe de la marine, que les jeunes gens qui, à leur
sortie de l'École polytechnique, ont pu, en raison de
leur rang de classement, être nommés élèves du génie
maritime. Le rang d'ancienneté de ces élèves est celui
du classement de sortie de l'École polytechnique.

L'ingénieur le plus ancien de grade, attaché à l'École,
remplit les fonctions de sous-directeur ; il fait observer
la discipline intérieure et est particulièrement chargé de
la surveillance et de l'entretien du matériel, des collections de modèles, de la bibliothèque et des archives.
L'École possède une riche collection de modèles propres
à faciliter les études des élèves, en ce qui concerne plus
particulièrement la charpente, le gréement des vaisseaux
et le détail des machines à vapeur.

L'enseignement donné aux élèves dure deux ans ; il
comprend des sessions de cours professés à l'École d'application, des missions effectuées dans les arsenaux et
établissements de la marine, comme l'usine de Ruelle ou
celle d'Indret. Parfois même ces missions s'étendent à
de grands établissements privés, tels que les chantiers
de la Seyne ou du Havre.

Les cours de l'École d'application commencent le
3 novembre et se terminent le 15 juin.

Les élèves ne sont pas casernés ; ils logent en ville,
mais doivent être présents pendant la durée des cours,
de huit heures et demie à dix heures et demie du matin,
et de midi à cinq heures du soir. Leur présence est cons-

tatée par des appels, et il est tenu note exacte de leurs
absences; le degré d'assiduité, de tenue et de régularité
dont ils font preuve dans le service est représenté par
une note mensuelle, qui devient un élément du classement de sortie.

Les cours, divisés en deux sessions, comprennent les
matières suivantes :

Constructions navales ;   Comptabilité ;
Résistance des matériaux ;   Langue anglaise ;
Architecture navale ;   Travaux graphiques ;
Machines à vapeur ;   Projets de navires et de ma-
Thermodynamique ;   chines à vapeur ;
Technologie ;   Travaux de missions ;
Artillerie navale ;   Dessin pittoresque.
Régulation des compas ;

Le 20 juin de chaque année, sur la proposition du
Directeur du personnel, le Ministre envoie les élèves en
mission dans les arsenaux et établissements de la marine, pour y suivre les travaux en cours d'exécution ;
ces missions durent jusqu'au 19 septembre.

Les élèves sont fréquemment interrogés par les professeurs avant le commencement des leçons, sur les matières enseignées dans les séances précédentes. Ils subissent en outre, pour chaque cours, un certain nombre
d'interrogations générales proportionné à la durée des
cours. Les notes obtenues, exprimées par des numéros
de 0 à 20, sont affichées dans la salle des cours, à la fin
de chaque semaine. A la suite de chaque cours, la
moyenne des notes devient un des éléments de classement. A la fin de chaque session de cours, les élèves
sont classés d'après les notes qu'ils ont obtenues dans
les interrogations, et d'après celles qui leur sont données
pour les autres parties de l'enseignement.

Pendant les missions d'été, les élèves suivent particulièrement dans les ports et arsenaux les travaux des
chantiers, des ateliers, ainsi que les expériences des
bâtiments en essai, la régulation des compas, etc.

Après vingt jours de vacances, commençant le 20 septembre les élèves rentrent à l'École le 10 octobre pour
s'y préparer aux examens de passage en deuxième année.

Les élèves de deuxième année, pendant la session
d'été, sont envoyés à Indret. Ils rentrent à l'École pour
faire le projet de machines et se préparer aux examens
de sortie qui commencent le 1ᵉʳ décembre.

Le directeur des constructions navales, à Cherbourg,
et le directeur de l'établissement d'Indret désignent les
détails de leur service auxquels les élèves devront être
attachés, ainsi que les ingénieurs chargés des travaux en
cours d'exécution sous les ordres desquels ils seront
placés. Ces deux chefs de service veillent à ce que les
élèves suivent avec assiduité les travaux et à ce qu'ils
aient toute facilité pour accomplir ceux qu'ils ont à faire
pour eux-mêmes. Chaque élève reçoit du directeur de
l'École d'application une instruction détaillée qui lui
sert de guide pour ses études, soit à Cherbourg, soit à
Indret.

Les élèves de première et de deuxième année sont
tenus de rédiger un journal accompagné de croquis et
de plans relatifs aux travaux qu'ils ont suivis hors de
l'École. Ce journal et les plans sont visés par l'ingénieur
sous les ordres duquel l'élève est placé et par le directeur des constructions navales ou de l'établissement.

Au retour de l'élève à l'École, l'ensemble de son travail
est examiné ; l'appréciation qui en est faite devient un
des éléments du classement de sortie par ordre de mé-

rite. Il est à remarquer que dans la note des journaux de mission il est tenu compte du style et de la correction grammaticale. .

Pendant la durée de leur emploi ou mission en dehors de l'École, les élèves reçoivent pour frais de bureau les mêmes allocations que les officiers du génie maritime.

Après avoir terminé les études, les élèves subissent un examen public sur les diverses parties de l'instruction qu'ils ont reçue. La commission qui procède à ces examens est présidée par un vice-amiral et composée de l'inspecteur général du génie maritime, du directeur de l'École, d'un ingénieur de 1re classe et d'un capitaine de vaisseau.

Les élèves sont classés d'après le résultat de ces examens combiné avec les notes de l'École.

L'échelle de notation comprend les nombres de 0 à 20 multipliés par les coefficients suivants :

PREMIÈRE ANNÉE.

Cours de Construction du navire................ 10
   — de Théorie du navire.................... 9
   — d'Artillerie navale...................... 5
   — de Régulation des compas................ 5
   — de Technologie (1re et 2e parties).......... 3
   — d'Anglais.............................. 3
Travaux graphiques........................... 3
Projet de navire.............................. 4
Travaux de mission........................... 5
Assiduité, tenue et régularité dans le service....... 1.5

DEUXIÈME ANNÉE.

Cours de Technologie (3e et 4e parties).......... 5
   — de Machines à vapeur................... 10
   — de Résistance des matériaux.............. 3

Cours de Comptabilité............................ 4
— d'Anglais.............................. 3
Travaux graphiques 8
Projet de machines............................. 4
Travaux de mission 5
Assiduité, tenue et régularité dans le service...... 1.5

Ces matières sont l'objet de deux examens suivant un mode de répartition que le directeur de l'École soumet chaque année au jury. Les deux examens sont séparés par un intervalle de dix jours, pendant lesquels ont lieu les épreuves sur la langue anglaise et l'examen des travaux graphiques, dessins pittoresques, projets, journaux de mission.

L'élève qui n'a obtenu qu'un nombre total inférieur à la moitié du maximum n'est pas classé. Il peut être autorisé à faire une troisième année. Les élèves classés sont nommés sous-ingénieurs de 3e classe, au fur et à mesure des vacances qui se produisent dans ce grade.

L'élève qui obtient le premier rang aux examens de sortie est envoyé, à titre de récompense, en mission en Angleterre, pourvu toutefois que ses connaissances en anglais soient jugées suffisantes.

Les appointements des officiers du génie maritime sont réglés comme suit :

Inspecteur général. .... 14,000 fr.
Directeur des constructions navales de 1re classe. 14,000
—   —   — 2e classe. 10,000
Ingénieur de 1re classe..................... 8,000
—   2e   — 6,000
Sous-ingénieur de 1re classe................. 3,480
—   2e   — 3,000
—   3e   — 2,500
Élèves 1,800

Les officiers du génie maritime jouissent, en outre, d'indemnités de logement et d'ameublement.

. Leurs rangs par assimilation aux officiers du corps de la marine sont les suivants :

Inspecteur général........	= Contre-amiral.
Directeur des constructions navales..............	= Après les contre-amiraux et avant les capitaines de vaisseau.
Ingénieur de 1re classe	= Capitaine de vaisseau.
— 2e —	= Capitaine de frégate.
Sous-ingénieur de 1re classe .	= Lieuten. de vaisseau de 1re classe
— 2e —	= — — 2e —
— 3e —	= Enseigne de vaisseau.
Élèves	= Aspirants de 1re classe.

Le nombre des élèves est déterminé selon les besoins du service ; mais le corps des officiers du génie maritime ne comprenant que 121 membres, on conçoit que les promotions ne soient pas fortes. Elles ont varié de 4 à 10 admissions.

L'uniforme du génie maritime, peu connu en dehors des ports, est le même que celui des officiers de marine, sauf les épaulettes ; il se distingue encore par les parements en velours noir analogues à ceux qui caractérisent le génie militaire.

Élèves libres. — L'École d'application du génie maritime admet à suivre les cours, en qualité d'élèves libres, les jeunes gens français ou étrangers qui font preuve d'une *instruction préalable suffisante* et qui obtiennent l'autorisation du ministre. Le niveau des études à l'École étant fort élevé, la provenance ordinaire de cette catégorie d'élèves se compose de jeunes gens sortant de l'École polytechnique dans un rang qui ne leur à pas permis le choix.

Les officiers de marine présents à Paris sont admis à jouir des mêmes privilèges avec l'autorisation du préfet maritime.

Les élèves libres sont admis à participer aux travaux intérieurs de l'École, mais seulement dans des salles affectées spécialement à leur usage et en nombre limité par les places disponibles.

En été, ils peuvent être autorisés à se rendre, à leurs frais, dans un des ports militaires, pour y suivre les travaux des chantiers et ateliers, mais ils n'y sont placés sous les ordres d'aucun ingénieur.

Quand les élèves libres quittent l'École du génie maritime, il leur est délivré, par le directeur de cette École, s'ils en font la demande, un certificat constatant l'espèce et la durée de leurs travaux, ainsi que le degré d'application et de capacité dont ils ont fait preuve.

Ils entrent alors dans l'industrie privée, soit en France, soit à l'étranger. Les grands ateliers de construction de la Méditerranée en ont accueilli un certain nombre. On sait d'ailleurs que les établissements privés ont depuis une dizaine d'années fréquemment attiré des officiers du génie maritime, ingénieurs et sous-ingénieurs, qui ont obtenu l'autorisation de servir dans l'industrie.

Beaucoup d'Espagnols et d'Italiens ont aussi reporté dans leur patrie les connaissances puisées à l'École d'application.

Enfin le meilleur éloge à faire de l'institution de notre École du génie maritime, c'est assurément de dire qu'elle a servi de modèle à une École semblable

établie à Londres en 1865 par le gouvernement anglais
Il y avait eu déjà une École de constructions navales
établie en Angleterre, à Chatam; elle a été supprimée
en 1854. L'enseignement chez nos voisins n'est pas
identique au nôtre; ils manquent d'École préparatoire, et l'École de Londres, où la durée des études est
de trois ans, doit donner à la fois l'enseignement théorique et pratique; c'est beaucoup pour un pareil laps
de temps.

ÉCOLE SUPÉRIEURE

DE GUERRE.

L'École supérieure de guerre, de création récente, se rattache directement à l'École d'application d'état-major à laquelle elle a succédé, comme genre d'études et comme destination ; elle fournit à l'armée une phalange d'officiers distingués qui font le service tout spécial de l'état-major.

Le corps d'état-major n'est pas d'origine ancienne ; pendant les guerres incessantes de la Révolution et de l'Empire, il n'y avait sous ce titre qu'une institution incomplète, sans principes fixes, sans base sérieuse, sans stabilité ; on donnait le nom d'état-major à un ensemble d'officiers distraits des différentes armes pour faire le service dont ce corps est chargé auprès des généraux. Ce service n'avait alors que peu de développement ; il n'exigeait, par suite, qu'un petit nombre de connaissances spéciales ; les officiers auxquels il était confié n'avaient pas d'attributions précises. Il était cependant complété, au quartier général de chaque corps d'armée, par l'adjonction d'ingénieurs-géographes chargés de la topographie.

Ce fut seulement en 1818 que le maréchal Gouvion Saint-Cyr, alors ministre de la guerre, rédigea et fit approuver l'ordonnance du 10 mars, portant formation du *corps royal d'état-major* et de son École d'application.

Notre armée se trouva dès lors constituée sur des bases complètes. On comprenait que la nouvelle institution devait de suite établir sa réputation; on sentait que les officiers d'état-major devaient inspirer le respect, la considération, l'estime, et exercer une prépondérance réelle; un tel résultat ne pouvait s'acquérir qu'au prix d'une instruction solide et variée, comme les attributions du corps le sont elles-mêmes; la garantie de cette instruction ne pouvait être que dans la création d'une école spéciale. Chacun sait la juste renommée que l'École d'état-major a su promptement conquérir et fidèlement conserver par la valeur soutenue de son enseignement. Grâce à elle, il est certain qu'aujourd'hui, dans notre armée, le corps d'état-major est une élite dans une élite.

Le maréchal de camp Desprez, ancien élève de l'École polytechnique, fut en 1818 le premier commandant de l'école qui eut seule le privilège de recruter l'état-major de l'armée.

C'est un décret présidentiel, signé du Maréchal de Mac-Mahon et daté de Versailles, le 15 juin 1878, qui a créé l'École supérieure de guerre destinée à développer les hautes études militaires dans l'armée. Les cours militaires spéciaux institués en 1876 ont constitué l'enseignement donné dans l'École; les officiers admis en 1876 et 1877, à suivre les cours militaires spéciaux, ont formé les premières promotions de la nouvelle école.

Présentement, le passage des officiers par l'École supérieure de guerre a pour but et pour sanction l'obtention du brevet d'état-major.

Admission. — L'admission à l'École de guerre a lieu par la voie du concours. Ce concours comprend : 1° des

8.

épreuves écrites déterminant l'admissibilité; 2° des épreuves orales ; 3° une épreuve d'équitation.

Les sous-lieutenants, lieutenants et capitaines de toutes armes sont admis à se présenter au concours, s'ils remplissent la condition suivante : Avoir au 31 décembre de l'année du concours au moins cinq ans de grade d'officier, et au 1er février de la même année, trois ans de service effectif dans un corps de troupes.

Les officiers de l'infanterie et de l'artillerie de marine peuvent prendre part au concours, s'ils sont dans les mêmes conditions que les officiers de l'armée de terre.

Les officiers qui désirent prendre part au concours doivent remettre leurs demandes à leurs chefs de corps ou de service. Ces demandes seront transmises avec l'avis du chef de corps et du général de brigade à l'inspecteur général, qui établira des états de proposition en faveur des officiers qu'il aura jugés dignes d'être admis au concours, tant par leur instruction que par leurs aptitudes professionnelles.

Ces états de proposition devront parvenir au ministère de la guerre le 1er février, *au plus tard, terme absolu de rigueur*, par l'intermédiaire de MM. les gouverneurs militaires de Paris et de Lyon, si les candidats sont placés directement sous les ordres de ces officiers généraux, ou de MM. les commandants de corps d'armée.

Les officiers de l'armée de mer transmettront leur demande par l'intermédiaire de M. le Ministre de la marine.

Les dossiers de demandes devront contenir uniformément :

1° L'état des services de l'officier ;

2° Le relevé du registre du personnel ;

3.º La feuille d'inspection comportant les notes du chef de corps, des généraux de brigade, et, s'il y a lieu, de division, et celles du commandant du corps d'armée ; toutes ces notes devront donner une appréciation aussi complète que possible sur chaque candidat.

Les demandes, *réunies, examinées et admises par les commandants de chaque corps d'armée*, seront envoyées au ministère de la guerre avec un bordereau nominatif sur lequel ils porteront :

1º Toutes les demandes reçues par eux ;

2º Celles qu'ils admettent et transmettent ;

3º Celles qu'ils ont cru devoir rejeter, avec motif du rejet ;

4º Des observations personnelles sur chaque candidat au point de vue de son admission au concours.

L'examen des demandes sera fait par le comité consultatif d'état-major, et le Ministre prononcera alors sur l'admission définitive au concours et fera connaître en temps utile aux commandants de corps d'armée les candidats admis à y prendre part.

Les compositions écrites seront faites aux chefs-lieux des corps d'armée, où les candidats devront être réunis dès la veille. Toutefois, les officiers détachés ou en position régulière d'absence, feront leurs compositions au chef-lieu du corps d'armée ou du gouvernement dans lequel ils se trouveront.

Les candidats d'Algérie feront leurs compositions écrites à Alger ; ceux de la division d'occupation de Tunisie les feront à Tunis.

Les officiers de l'armée de mer composeront au chef-lieu de la préfecture maritime dans laquelle ils seront régulièrement stationnés ou détachés.

Les sujets de compositions seront les mêmes pour tous ; ils seront adressés par le ministre à chaque commandant de corps d'armée, ainsi qu'aux préfets maritimes intéressés, sous double enveloppe cachetée. La première sera ouverte dès la réception des sujets ; la deuxième ne le sera qu'en présence des candidats.

Pour assurer la régularité des épreuves, les officiers seront prévenus qu'ils doivent s'abstenir *absolument* de signer leurs feuilles de composition et d'y porter d'autres indications que les suivantes :

1° Corps d'armée, gouvernement militaire ou préfecture maritime ;

2° Centre de composition ;

3° Une devise fort courte à leur choix. Chaque candidat devra adopter une devise unique pour toutes les compositions. Il importe que cette prescription soit rigoureusement observée.

Ces indications seront écrites de la main des candidats en tête de leurs feuilles de composition et uniformément à l'angle droit supérieur.

Sur une autre feuille de papier libre, ils porteront également :

1° La devise qu'ils auront choisie ;

2° Leurs nom et prénoms, grade, régiment, corps d'armée et centre de composition.

Les feuilles concernant ces derniers renseignements seront réunies par le chef d'état-major sous une enveloppe qui sera cachetée à la cire sous les yeux des candidats.

Les épreuves écrites, au nombre de quatre, portent sur les matières ci-après :

1er *jour* (5 *heures*).

1" Solution d'une question militaire, traitée d'après la carte et se rattachant à une des opérations les plus simples, sur les manœuvres avec cadres.

2e *jour* (3 *heures*).

2° Analyse ou étude sommaire d'une question d'organisation, d'administration, de législation ou d'histoire militaire, dans les limites du programme de l'examen oral correspondant.

2° *jour* (2 *heures*).

3° Traduction en allemand (avec dictionnaire) d'un morceau de prose française, choisi de préférence dans un ouvrage militaire.

3° *jour* (4 *heures*).

4° Croquis topographique, à une échelle double ou quadruple, d'une portion de carte, le figuré du terrain étant représenté par des courbes horizontales.

Le sujet de chacune de ces quatre épreuves sera choisi parmi un certain nombre de sujets proposés par le conseil d'instruction de l'École.

Les candidats reconnus admissibles subissent, à partir du 14 avril, à Paris, devant la commission, quatre examens oraux, portant sur les matières ci-après :

1er Examen.
{ Organisation et histoire militaires.
{ Tactique d'infanterie.
{ Allemand.

2ᵉ Examen.	{	Tactique de cavalerie.
		Législation et administration.
3ᵉ Examen.	{	Artillerie.
		Fortification.
4ᵒ Examen.	{	Géographie.
		Topographie.

Les candidats seront autorisés à présenter à la commission, à chaque examen, les travaux militaires correspondants qu'ils auraient antérieurement exécutés.

Enfin les candidats subissent devant la commission d'examen une épreuve d'équitation.

Régime intérieur. — Les cours de l'École de guerre commencent le 1ᵉʳ novembre.

L'École de guerre occupe une portion des bâtiments de l'École militaire ; c'est pour son installation qu'on a déplacé un des deux régiments de cuirassiers autrefois stationnés à Paris.

Les officiers se logent à proximité de l'École ; leur présence est obligatoire à toutes les leçons et à tous les exercices indiqués au tableau de travail.

Les officiers sont répartis en deux divisions, dont la seconde comprend les officiers entrant à l'École, et la première ceux qui ont déjà suivi une année de cours et satisfait aux conditions du règlement.

La moyenne des promotions annuelles est de 72 officiers, provenant des sources suivantes :

Infanterie...................... 43
Cavalerie...................... 9
Artillerie 14
Génie........................ 5
Artillerie de marine 1
                               ——
                               72

Chaque division est partagée en six groupes de douze officiers. Le plus ancien de grade de chaque groupe en est le chef. Il est l'intermédiaire entre l'officier supérieur de service et ses camarades pour tout ce qui concerne son groupe. Il est responsable des documents qui lui sont remis pour l'usage commun.

Les cours de l'École supérieure de guerre sont ainsi répartis :

Tactique appliquée à l'infanterie ;
Tactique appliquée à la cavalerie ;
Tactique appliquée à l'artillerie ;
Fortification ;
Service d'état-major ;
Géodésie et topographie ;
Géographie ;
Administration ;
Histoire militaire, stratégie et tactique générale ;
Droit international ;
Télégraphie militaire ;
Chemins de fer ;
Mobilisation ;
Hygiène ;
Équitation.

Des professeurs civils ou militaires enseignent l'allemand et le russe.

Les listes de classement sont arrêtées à la fin de chaque année à la suite d'épreuves qui sont de trois sortes :

1° Épreuves orales portant sur l'ensemble de chaque cours ;

2° Épreuves pratiques qui, indépendamment des levés topographiques, comprennent des travaux extérieurs se rapportant à divers cours, et particulièrement des applications des cours de tactique;

3° Des travaux d'étude qui comprennent : 1° des questions traitées avec l'aide de tous les documents que les officiers peuvent avoir à leur disposition, d'après un programme donné et dans un temps déterminé; 2° des rapports faits à l'improviste sans le secours d'aucun document.

Qu'ils soient ou non terminés, les travaux doivent toujours être remis à l'époque fixée. Tout travail d'un officier doit être fait entièrement de sa main et signé de lui. Un travail qui ne serait pas fait dans ces conditions compterait pour zéro.

Pour passer en première division, il faut avoir obtenu sur l'ensemble des travaux de l'année la moyenne minima de 12.

A la fin de la deuxième année, les listes de classement sont arrêtées d'après le résultat des travaux des deux ans et des examens de sortie.

Ceux-ci consistent en :

1° Un travail d'étude écrit surépreuve; une question de tactiquegénérale traitée sans document;

2° Une épreuve d'équitation;

3° Quatre séries d'examens oraux devant les membres du Comité d'état-major répartis en quatre sous-commissions.

Les officiers de la première division qui ont satisfait aux examens de sortie reçoivent le brevet d'état-major.

Ces officiers sont portés sur le contrôle spécial du personnel du service d'état-major, et sont, dès ce moment, susceptibles d'être employés à ce service.

Un certain nombre de ces officiers, calculé d'après

les besoins du service, sont détachés dans les états-majors de corps d'armée ou de division pour y faire un stage. Pendant la durée de ce stage, à l'époque des grandes manœuvres, ces officiers sont envoyés dans des corps de troupes d'une arme autre que la leur, où ils remplissent des fonctions de leur grade.

Les fonctions et les diverses attributions des officiers d'état-major sont très peu connues du vulgaire ; on va voir qu'elles sont aussi importantes que compliquées ; elles comprennent :

1° *Service des officiers détachés dans les corps de troupes.* — Les lieutenants d'état-major sont détachés deux ans dans l'infanterie et deux ans dans la cavalerie ; c'est ce qu'on nomme le stage. Après ces quatre ans de service dans les deux armes, ils peuvent être envoyés à la suite pendant une autre année dans les régiments d'artillerie ou de génie.

Les lieutenants promus au grade de capitaine avant l'expiration des quatre années achèvent leur stage en cette nouvelle qualité et remplissent les fonctions d'adjudant-major.

2° *Service au Dépôt de la guerre et à la carte de France.* — C'est l'héritage direct du corps des ingénieurs-géographes. Le Dépôt de la guerre, créé en 1688 par Louvois, fut d'abord une espèce de dépôt des archives ; en 1793, il eut à mettre en ordre les mémoires et les travaux des opérations militaires ; aujourd'hui ses fonctions sont à peu près identiques. Le Dépôt de la guerre est chargé : de la confection de la nouvelle carte de France si connue sous le nom de *Carte de l'état-major* et si justement appréciée ; des travaux géodésiques et topographiques qui se font au dehors ; de la mise au net et de la gravure de ces travaux ; des travaux historiques ; de la statistique militaire tant en France qu'à l'étranger.

3° *Service dans les divisions territoriales et actives.* — Les officiers détachés se divisent en deux sections : 1° le service de bureau, qui comprend : l'organisation, l'instruction et l'administration des troupes ; les rapports au ministre ; les correspondances avec les généraux, les chefs de service, les autorités, etc. ; les ordres de mouvement, les ordres du jour ; les opérations du recrutement ; la justice militaire ; — 2° le service actif, qui comprend : la visite des postes, des hôpitaux ; la présence aux revues, aux manœuvres ; en campagne, la conduite de convois, de reconnaissances, etc.

4° *Service d'officier d'ordonnance.* — Les officiers placés en cette qualité près des maréchaux et généraux les accompagnent dans toutes les circonstances se rattachant au service ; ils sont chargés de la correspondance, du travail de bureau et d'inspection, de la transmission des ordres.

5° *Service à l'état-major de la place de Paris.* — Rondes, visites de postes, honneurs funèbres, conduite de troupes à leur arrivée dans la garnison.

6° *Missions diplomatiques.* — Les officiers d'état-major sont souvent envoyés en mission temporaire pour traiter des questions militaires. De plus, l'usage est établi depuis un certain nombre d'années, et plus particulièrement depuis la guerre de 1870-1871, de placer dans chacune des ambassades, et dans la plupart des légations françaises à l'étranger, un attaché militaire, chargé d'étudier spécialement l'organisation militaire du pays dans lequel il réside, le fonctionnement du service dans l'armée, les progrès qui s'accomplissent, les modifications apportées à l'armement de l'infanterie comme à celui de l'artillerie, les inventions susceptibles d'application à la guerre.

7° *Service dans les armées en campagne.* — Dans les armées actives en campagne, les officiers d'état-major sont employés dans les états-majors des divisions, des corps d'armée et de l'armée, ou comme aides de camp près des généraux autres que ceux exerçant des commandements spéciaux d'artillerie ou du génie. Ils concourent à tous les travaux continués comme en temps de paix ; de plus, quand les troupes sont en marche, ils sont chargés de parcourir le terrain, les cantonnements, de conduire les colonnes, d'établir les postes, de porter les ordres et d'en surveiller l'exécution ; ce sont eux qui rédigent les bulletins de la journée.

On peut dire que les officiers d'état-major n'ont aucun repos ; leurs fonctions isolées les exposent à de nombreux périls ; mais les dangers qu'ils affrontent, les travaux qu'ils accomplissent et l'instruction forte qu'ils possèdent, sont les titres à l'estime et à la considération dont le corps jouit sans conteste au sein de l'armée.

ÉCOLE D'HYDROGRAPHIE

PARIS.

Le corps des ingénieurs-hydrographes occupe un rang élevé dans les services publics, mais il est peu connu du vulgaire, par cette double raison qu'il a une mission très spéciale et que le cadre en est excessivement restreint.

Les ingénieurs-hydrographes sont chargés des reconnaissances hydrographiques, du levé et de la construction des cartes marines.

Ils ont encore dans leurs attributions :

La construction, la réparation et la conservation des instruments de précision;

Le dépouillement des documents nautiques et scientifiques recueillis par le dépôt de la marine ;

La rédaction des instructions ou avis à l'usage des navigateurs;

Les publications d'ouvrages scientifiques entreprises par le département de la marine ;

Les observations des marées, du régime des eaux et des phénomènes magnétiques utiles à la navigation.

Les ingénieurs-hydrographes peuvent être appelés à remplir des missions hydrographiques sur les côtes de France et à l'étranger. Ils peuvent aussi être attachés aux stations navales, pour l'exécution de travaux hydrographiques ou scientifiques. C'est ainsi que depuis plusieurs années un sous-ingénieur est détaché en résidence en Cochinchine.

Les élèves-hydrographes sont pris parmi les élèves de l'École polytechnique qui ont été déclarés admissibles dans les services publics, et suivant l'ordre établi dans ladite École par les examens de sortie.

Qui dit école, dit réunion d'élèves ; ici, au contraire, c'est le simple titre d'élève qui comporte l'idée d'une école, car les promotions sont de *un* élève tous les deux ou trois ans.

Comme la proportion d'admissions est cependant variable, puisqu'elle est réglée chaque année par le ministre, selon les besoins du service, nous continuerons à parler au pluriel.

L'École d'hydrographie est installée à Paris au Dépôt des cartes de la marine, rue de l'Université. C'est là du reste que réside le corps tout entier, ce qu'il est facile de comprendre, puisque, sauf les missions temporaires, les fonctions des ingénieurs consistent, ainsi que nous l'avons indiqué plus haut, dans le colligement de nombreux documents et la diffusion vers tous les parages maritimes d'avis intéressant les navigateurs.

Les élèves-hydrographes, après deux années d'études, sont nommés sous-ingénieurs de 3° classe, au fur et à mesure qu'il survient des vacances dans ce grade.

Le cadre de l'hydrographie maritime comprend :

Ingénieur en chef......................		1
Ingénieurs de 1re classe...................		4
— 2° —		4
Sous-ingénieurs de 1re classe..............		3
— 2° —		3
— 3° —		2

L'avancement au grade de sous-ingénieur de 2e classe est accordé à l'ancienneté aux sous-ingénieurs de 3e classe ayant au moins deux années de service dans ce grade.

L'avancement à la 1re classe du grade a lieu également à l'ancienneté.

L'avancement au grade d'ingénieur de 2e classe a lieu, moitié à l'ancienneté, moitié au choix.

Pour les grades supérieurs, l'avancement n'a lieu qu'au choix.

Les ingénieurs-hydrographes ne peuvent être promus à un grade supérieur qu'après avoir servi pendant trois ans dans le grade immédiatement inférieur. Il n'y a d'exception que celle susindiquée pour le passage de la 3° à la 2° classe du grade de sous-ingénieur.

Les appointements des ingénieurs-hydrographes sont réglés comme suit :

	Solde à terre.	Solde à la mer.
Ingénieur en chef............	10,000 fr.	
Ingénieurs de 1re classe........	8,185	9,814 fr.
— 2e —	6,669	8,088
Sous-ingénieurs de 1re classe....	3,486	4,168
— 2e — ...	3,069	3,675
— 3e — ...	2,589	3,081
Élèves....................	1,800	

Les ingénieurs-hydrographes embarqués pour faire campagne sont traités comme les ingénieurs des constructions navales, auxquels ils sont assimilés. Cela est de toute justice, puisque la provenance est la même, l'École polytechnique. L'assimilation est complète et facile, car les degrés sont les mêmes dans le corps de l'hydrographie que dans celui du génie maritime.

ÉCOLE D'INFANTERIE

SAINT-MAIXENT.

Encore une institution qui n'a pas d'histoire, étant de fondation récente ; l'École militaire d'infanterie de Saint-Maixent a été créée par les décrets des 4 février 1881, 18 janvier et 1er décembre 1882, et réorganisée par décret du 22 mars 1883.

L'École militaire d'infanterie instituée à Saint-Maixent a pour but de compléter l'instruction militaire des sous-officiers de cette arme jugés susceptibles d'être nommés sous-lieutenants.

Les sous-officiers des sections d'infirmiers, de commis et ouvriers d'administration concourent avec les sous-officiers des corps de troupes d'infanterie pour l'admission à l'École militaire de Saint-Maixent.

En temps de paix, nul sous-officier ne pourra être promu sous-lieutenant au titre français, s'il n'a suivi avec succès les cours de cette école.

Indépendamment des sous-officiers de l'armée de terre régulièrement désignés, l'École peut recevoir, sur la demande du Ministre de la marine, des sous-officiers des régiments d'infanterie de marine.

Admission. — Les sous-officiers régulièrement proposés par leur inspecteur général sont admis à l'École militaire d'infanterie, à la suite d'un concours dont les

conditions sont déterminées par un règlement ministériel.

Pour être proposés, les sous-officiers doivent avoir un
an de grade de sous-officier au 1er mars de l'année du
concours.

Les sous-officiers qui seraient libérables pendant la
durée de leur séjour à l'École devront souscrire, avant
d'y entrer, un nouvel engagement.

Le Ministre fixe, chaque année, suivant les besoins
du service, le nombre des élèves à admettre à l'École.
Pendant les premières années, les chiffres ont varié entre
350 et 450; ils se sont depuis fixés à 400.

Les sous-officiers ainsi désignés prennent la dénomination de sous-officiers élèves-officiers; ils sont remplacés
dans les emplois spéciaux (adjudant, sergent-major,
sergent fourrier) dont ils peuvent être pourvus dans
leur corps, et placés comme sergents dans une compagnie; ils peuvent même être mis hors cadre sur l'ordre
du Ministre.

Les sous-officiers élèves-officiers reçoivent tous la
tenue, l'armement et l'équipement des sergents de l'infanterie de ligne, sauf des signes distincts déterminés
par règlement ministériel.

Les sous-officiers élèves-officiers doivent le salut aux
officiers; ils y ont droit de la part des sergents-majors,
sergents fourriers, sergents, caporaux et soldats.

La direction de l'École est confiée à un colonel ou à
un lieutenant-colonel d'infanterie. Il a sous ses ordres
un chef de bataillon commandant en second.

L'autorité du commandant de l'École s'étend sur
toutes les parties du service, de l'instruction et de l'administration.

Le commandant de l'École est sous les ordres directs du Ministre de la guerre.

Le commandant en second est chargé, sous les ordres du commandant de l'École, de toutes les parties du service ; il remplit les fonctions de directeur des études.

Des capitaines instructeurs sont chargés de l'instruction théorique et pratique, de la tenue et de la discipline ; ils ont sous leurs ordres des lieutenants instructeurs.

Des capitaines professeurs, aidés par des lieutenants professeurs adjoints, et au besoin par des lieutenants instructeurs, professent les cours, et sont, en outre, chargés des répétitions, des interrogations, de la correction des travaux et de l'instruction pratique des cours qui leur sont confiés.

Le capitaine professeur du cours d'administration remplit les fonctions de major.

Un lieutenant de cavalerie dirige les exercices d'équitation.

Deux lieutenants remplissent les fonctions de trésorier et d'officier comptable du matériel.

Un médecin-major de 2° classe est chargé du service sanitaire de l'École et professe le cours d'hygiène.

Un personnel secondaire, composé de sous-officiers, de caporaux et de soldats, est employé soit à l'instruction militaire des élèves, soit à la tenue des écritures et aux divers services intérieurs de l'École. Ce personnel est mis hors cadre, conformément à l'article 28 de la loi du 13 mars 1875, modifiée par celle du 15 décembre 1875.

Un détachement de la 5° compagnie de cavaliers de remonte est affecté au service de l'École.

Enseignement. — Les sous-officiers élèves-officiers reçoivent à l'École une instruction générale et une instruction militaire.

La première a pour but de développer les connaissances générales qu'ils possèdent déjà, de façon à leur donner la culture intellectuelle indispensable à tout officier.

L'instruction militaire est dirigée de façon à leur faire acquérir l'aptitude professionnelle nécessaire pour bien remplir les fonctions d'officier de compagnie. Cette instruction est à la fois théorique et pratique.

L'instruction pratique comprend, en dehors des manœuvres de l'infanterie et du tir, la manœuvre des bouches à feu, l'équitation, l'escrime et la gymnastique.

L'ouverture des cours a lieu, chaque année, dans la deuxième quinzaine d'avril; leur clôture, au commencement de mars de l'année suivante.

A la fin de chaque année d'études, les sous-officiers élèves-officiers subissent, devant un jury dont la composition est fixée par le Ministre, des examens de sortie.

Le conseil d'instruction établit le classement des élèves par ordre de mérite, d'après les résultats de ces examens et les notes de l'année.

Tous les sous-officiers élèves-officiers qui ont satisfait aux examens de sortie sont immédiatement promus sous-lieutenants dans un des corps de l'arme de l'infanterie.

Le numéro dans le classement de sortie détermine leur rang d'ancienneté dans le grade de sous-lieutenant et l'ordre dans lequel ils indiquent le corps auquel ils désirent être affectés.

Les sous-officiers élèves-officiers qui n'ont pas satisfait

aux épreuves de sortie sont renvoyés dans un corps et pourvus du grade et de l'emploi qu'ils avaient avant leur entrée à l'École. Ceux d'entre eux qui auraient eu une interruption forcée de travail de plus de trente jours consécutifs peuvent être autorisés par le Ministre de la guerre, à titre exceptionnel, et sur la proposition du conseil d'instruction, à faire une deuxième année d'études.

ÉCOLE

D'ADMINISTRATION MILITAIRE

VINCENNES.

L'École d'administration de Vincennes a été organisée par décret du 21 juillet 1875, modifié par décision présidentielle du 31 décembre 1878.

Elle est destinée à former le personnel nécessaire au recrutement des officiers d'administration des bureaux de l'intendance militaire, des subsistances, des hôpitaux, de l'habillement et du campement.

L'École reçoit, par voie de concours, les sous-officiers de toutes armes admis au stage administratif.

L'ouverture des cours est fixée, chaque année, par le Ministre de la guerre, selon les besoins et les exigences du service.

Les sous-officiers qui satisfont aux examens de sortie sont nommés adjudants-élèves d'administration dans l'un des services administratifs de l'armée.

L'École d'administration militaire de Vincennes comporte en moyenne 75 sous-officiers admis comme élèves-stagiaires au titre de l'Intérieur, de l'Algérie et de la Tunisie.

ÉCOLE

DES ENFANTS DE TROUPE

RAMBOUILLET.

Le but de cette École est d'élever et de diriger vers la profession militaire les enfants qui y sont admis, et de leur donner les aptitudes nécessaires pour devenir de bons sous-officiers. Ils y reçoivent l'enseignement primaire, l'enseignement religieux et l'enseignement militaire.

Les élèves sont choisis parmi les enfants de troupe immatriculés dans les corps. Un certain nombre d'enfants issus de familles militaires, et dont l'instruction reste entièrement à la charge de leurs parents ou tuteurs, peuvent être reçus comme pensionnaires.

Le nombre des élèves est de 450 ; ils sont reçus à treize ans et restent à l'École de Rambouillet jusqu'à dix-huit ans, époque à laquelle ils s'engagent.

Une institution nouvelle, due à la munificence d'un riche donateur, M. le commandant Hériot, a été remise par lui au ministère de la guerre ; c'est l'*Orphelinat militaire*, situé à la Boissière, créé et doté par le fondateur ; il admet 160 enfants de troupe, qui sont élevés et instruits de cinq à treize ans. C'est donc en quelque sorte une pépinière pour l'École de Rambouillet.

En octobre 1887, une nouvelle École d'enfants de troupe a été ouverte aux Andelys.

4.

ÉCOLE

DE MÉDECINE MILITAIRE

PARIS, — VAL-DE-GRACE.

La nécessité d'assurer au corps des officiers de santé un recrutement en rapport avec ses besoins a porté le gouvernement à créer, vers le milieu du siècle dernier, des écoles où fussent instruits et formés des élèves pour le service de santé militaire.

Déjà avant cette création, on s'était occupé d'instruire dans les hôpitaux les jeunes chirurgiens qui y étaient attachés. C'est en 1747 que furent installés dans les principaux hôpitaux militaires des cours de médecine, d'anatomie, d'opérations, d'ostéologie et de bandages.

L'ordonnance de 1772 indique, parmi les attributions de la commission permanente de santé, celle de préparer dans l'hôpital principal de chaque province une École d'instruction joignant la théorie à la pratique; mais ces Écoles ne furent organisées que par suite des ordonnances des 2 décembre 1775, 26 février 1777 et 2 mai 1781.

Les hôpitaux militaires de Strasbourg, Metz et Lille reçurent les premiers l'organisation nouvelle; on y ajouta ensuite ceux de Toulon et de Brest. On enseignait dans ces établissements la médecine théorique et pratique, la chirurgie, l'anatomie, la pharmacie, la chimie et la botanique.

L'enseignement clinique, qui a depuis près d'un siècle jeté tant d'éclat sur la science et rendu tant de services à l'humanité, a débuté dans les amphithéâtres de la médecine militaire et y était complètement organisé avant que Desbois de Rochefort et Corvisart l'introduisissent dans les facultés de médecine.

La durée de la scolarité dans les Écoles du service de santé était fixée à trois ans au moins et à six au plus. Il y avait de très fréquents examens partiels : tous les ans, au mois de mai, avait lieu d'après un ordre déterminé l'examen général. Les deux chirurgiens et l'apothicaire qui, au jugement des examinateurs, s'étaient le plus distingués, recevaient chacun un prix consistant en une somme de 150 francs.

Toutes les places de médecins titulaires, de médecins surnuméraires appointés et d'élèves-chirurgiens et apothicaires appointés, étaient réservées dans les hôpitaux aux surnuméraires ayant passé par les amphithéâtres et subi les examens.

Ces amphithéâtres furent momentanément supprimés en 1780 ; toutefois les Écoles du service de santé, tout en perdant leur titre d'amphithéâtres, trouvèrent grâce devant la révolution hospitalière de 1788. Des cinq grands hôpitaux maintenus par elle, Metz, Lille, Strasbourg, Toulon, Brest, les quatre premiers continuèrent à former des officiers de santé.

L'avancement ultérieur des chirurgiens surnuméraires appointés, qui en 1775 avait lieu au concours, fut arrêté en 1781 ainsi qu'il suit : les chirurgiens sous-aides-majors étaient choisis parmi eux, et les aides-majors parmi les sous-aides. L'instruction commencée dans les Écoles était ainsi continuée dans les hôpitaux militaires, dont les officiers de santé en chef devaient faire des cours réguliers aux élèves appointés, aux aides et sous-aides-majors placés sous leurs ordres.

La Révolution avait, en 1793, fermé les Écoles de santé militaire, comme toutes les autres Écoles publiques, mais on dut vite les rouvrir. Il n'était resté debout que les Écoles de chirurgie des hôpitaux militaires. La loi du 14 frimaire an III (23 novembre 1794), votée par la Convention nationale, porte qu'il sera établi des Écoles de santé à Paris, Montpellier et Strasbourg ; ces trois Écoles seront destinées à former des officiers de santé pour le service des hôpitaux, et spécialement des hôpitaux militaires et de marine.

Les bâtiments destinés jusqu'ici aux Écoles de médecine et de chirurgie dans les communes de Montpellier et de Strasbourg seront consacrés à ces Écoles. Celle de Paris sera placée dans le local de la ci-devant Académie de chirurgie (l'École de médecine actuelle), auquel on réunira le ci-devant couvent des Cordeliers (la Clinique et l'École pratique d'aujourd'hui).

On y enseignera aux élèves l'organisation et la physique de l'homme, etc.

Un règlement intérieur, délibéré par l'École, et approuvé le 14 messidor an IV par le Directoire exécutif, pourvut à tous les détails de l'enseignement et de la discipline.

Les trois Écoles devinrent bientôt insuffisantes, et de nouveaux ordres furent donnés pour que des cours d'instruction fussent donnés à la fois dans les hôpitaux de Lille, Metz, Strasbourg et Toulon, auxquels on ajouta

le Val-de-Grâce. Ces hôpitaux ne furent toutefois orga-
nisés qu'en l'an V. L'hôpital de Toulon, par des raisons
dérivant de sa situation, ne put acquérir pour l'armée
de terre la même importance que les autres Écoles. Il
passa alors du département de la guerre dans celui de la
marine, où il rendit de grands services. Un arrêté du
4 thermidor an VIII le remplaça par celui de Rennes,
qui n'eut qu'un rang secondaire et une existence de
courte durée.

Les cours étaient alors divisés en deux groupes : cours
théoriques et cours pratiques.

Les premiers comprenaient : 1° la physique de
l'homme en état de santé (anatomie, physiologie,
hygiène) ; 2° la physique de l'homme malade (pathologie générale et particulière, histoire des maladies internes et externes, thérapeutique ou art de les traiter par
la diététique, opérations chirurgicales et médicaments) ;
3° l'histoire naturelle des médicaments tirés des trois
règnes de la nature ; 4° enfin la physique médicale, qui
traite des propriétés générales des corps et des principes
de l'application des sciences physiques des diverses parties de l'art de guérir.

Les cours pratiques étaient : la clinique chirurgicale,
la clinique médicale, la préparation des médicaments et
la manière de les employer.

Cet enseignement était complété par des leçons sur
les principes d'après lesquels doit être réglé et exécuté
le service de santé dans les hôpitaux militaires et à l'armée. Ces hôpitaux jouirent d'une grande prospérité ;
mais peu à peu les besoins de la guerre permanente firent
de tels vides, que les Écoles devinrent languissantes,
et quand l'arrêté du 9 frimaire an XII les supprima,

elles avaient par le fait cessé d'exister, laissant le personnel des officiers de santé aux hasards des plus mauvais choix.

Ce ne fut qu'après la paix que cette faute fut réparée et que l'enseignement médical fut sérieusement appliqué au service de santé militaire.

Les quatre hôpitaux militaires du Val-de-Grâce à Paris, de Lille, Metz et Strasbourg furent érigés de nouveau en hôpitaux d'instruction.

Un règlement du 17 avril 1816 fixa le mode d'enseignement dans ces établissements. Ce règlement n'était qu'une copie tronquée de celui du 5 vendémiaire an V. En effet, sans rien ajouter d'utile, il omettait l'examen d'admission des élèves, le concours pour le professorat et les examens périodiques.

Le règlement du 1er avril 1831 ne l'a pas sensiblement amélioré. La durée de la scolarité demeurait fixée à trois ans ; les élèves ne devaient pas rester à l'hôpital d'instruction au delà de ce terme, à moins qu'ils n'y eussent obtenu de l'avancement ; mais, dans l'application, les élèves ont toujours échappé à cette règle, qui aurait détruit toute garantie de placement, et l'on a pu en conserver pendant cinq, six et même sept ans, lorsque aucune plainte ne motivait leur renvoi. Ce règlement de 1831 ne fait mention que des examens de fin d'année.

Une nouvelle organisation fut donnée par l'ordonnance du 12 août 1836. La pensée dominante alors fut de former des Écoles de deux degrés par lesquelles les élèves devraient nécessairement et régulièrement passer. Les Écoles de second degré ou élémentaires conservèrent le nom d'hôpitaux militaires d'instruction, maintenus à

Strasbourg, Metz et Lille ; l'École du premier degré reçut le nom d'hôpital de perfectionnement et resta placée au Val-de-Grâce.

Un décret du 26 avril 1864 modifia cet état de choses en supprimant les Écoles élémentaires de Lille et de Metz, et concentrant à Strasbourg l'enseignement préparatoire de la médecine militaire. La durée des études à Strasbourg était de quatre ans pour les élèves-médecins et de trois pour les élèves-pharmaciens ; ils passaient de là à l'École du Val-de-Grâce, d'où, après une année d'instruction complémentaire pratique et spéciale, ils sortaient comme stagiaires avec le grade d'aide-major de 2° classe.

Après les événements de guerre de 1870, les élèves de Strasbourg furent placés en situation de poursuivre leurs études près des Facultés de médecine et des Écoles supérieures de pharmacie de Paris et de Montpellier. Enfin la perte de l'Alsace a provoqué une modification radicale dans l'enseignement qui nous occupe : l'École de Strasbourg n'a pas été transférée ailleurs, mais supprimée par décret du 5 octobre 1872.

Le recrutement du corps de santé militaire a été reconstitué sur de nouvelles bases par le décret du 15 juin 1880, modifié, dans quelques parties, par celui du 1er octobre 1883.

Admission. — Chaque année, dans la première quinzaine d'août, un concours a lieu pour les épreuves écrites dans les villes suivantes : Alger, Amiens, Angers, Arras, Besançon, Bordeaux, Caen, Clermont-Ferrand, Dijon, Grenoble, Lille, Limoges, Lyon, Montpellier, Nancy, Nantes, Paris, Poitiers, Reims, Rennes, Rouen, Toulouse, Tours.

Les épreuves orales ont lieu en septembre à Paris, Nancy, Lyon, Montpellier, Bordeaux.

Les candidats admis sont répartis, d'après leur choix, entre les villes ci-dessous indiquées, qui possèdent à la fois un hôpital militaire, ou des salles militaires dans un hospice civil, et une Faculté de médecine et une École supérieure de pharmacie, ou une Faculté mixte, ou une école de plein exercice et de pharmacie, savoir : Paris, Lille, Nancy, Lyon, Marseille, Montpellier, Toulouse, Bordeaux, Nantes, Rennes et Alger.

Sont admis à concourir :

Pour les emplois d'élève en médecine : les étudiants ayant quatre, huit, douze et seize inscriptions pour le doctorat, et ayant satisfait aux examens correspondant à la période de leur scolarité.

Pour les emplois d'élève en pharmacie : les étudiants pourvus du diplôme de bachelier ès lettres ou de celui de bachelier ès sciences complet, ayant accompli, au 1er novembre prochain, un stage officinal de deux années ; ceux ayant quatre, huit et douze inscriptions valables pour le titre de pharmacien de 1re classe, et ayant subi avec succès les examens de fin d'année ou les examens semestriels.

Suivant un arrêté de M. le Ministre de l'instruction publique, les étudiants en pharmacie, sans inscriptions, sont dispensés de l'examen de validation du stage officinal, le fait même de leur nomination à l'emploi d'élève du service de santé militaire devant leur en tenir lieu.

Les candidats en médecine et en pharmacie devront concourir avec le nombre d'inscriptions qu'ils possèdent réellement, et ne pourront, pour quelque motif que ce soit, se faire inscrire dans la catégorie des étudiants de la période de scolarité inférieure à la leur.

Nul ne peut être admis au concours, s'il n'a préalablement justifié :

1° Qu'il est Français ou naturalisé ;

2° Qu'il a eu, au 1er janvier de l'année du concours :

Moins de vingt-deux ans (élèves en médecine à quatre inscriptions, et élèves en pharmacie sans inscriptions) ;

Moins de vingt-trois ans (élèves en médecine à huit, et élèves en pharmacie à quatre inscriptions) ;

Moins de vingt-quatre ans (élèves en médecine à douze, et élèves en pharmacie à huit inscriptions) ;

Moins de vingt-cinq ans (élèves en médecine à seize et élèves en pharmacie à douze inscriptions) ;

3° Qu'il est apte à servir activement dans l'armée.

Cette aptitude sera constatée par un certificat délivré par un médecin militaire, du grade de major de 2e classe au moins. Elle pourra être vérifiée, au besoin, par le médecin professeur, examinateur.

Toutes les conditions qui précèdent sont de rigueur et aucune dérogation ne pourra être autorisée pour quelque motif que ce soit.

Les candidats à l'emploi d'élève du service de santé militaire auront à requérir leur inscription sur une liste qui sera ouverte à cet effet, à dater du 1er juillet prochain, dans les bureaux de MM. les directeurs du service de santé des corps d'armée où sont situées les villes dans lesquelles se fera la composition écrite.

La liste sera close le 31 juillet.

Les pièces à produire, pour l'inscription, sont :

1° L'acte de naissance, revêtu des formalités prescrites par la loi ;

2° Le certificat d'aptitude au service militaire ;

3° Un certificat délivré par le commandant du bureau de recrutement, indiquant la situation du candidat au point de vue du service militaire ;

4° Une déclaration écrite, indiquant les centres de composition et d'examen choisis par le candidat, parmi les villes désignées ci-dessus, et dans lesquelles il devra se rendre, aux dates fixées, sans attendre aucun avertissement particulier ;

5° Les certificats des examens réglementaires correspondant à la période de scolarité, où il sera fait mention de la note obtenue à chacun de ces examens, et, s'il est candidat en pharmacie sans inscriptions, le diplôme de bachelier, avec les certificats de stage dûment légalisés. (Ces pièces pourront n'être produites que le jour de l'ouverture des épreuves.)

Les candidats militaires présents sous les drapeaux doivent ajouter aux pièces indiquées ci-dessus :

1° Un état signalétique et des services.

2° Un certificat de bonne conduite ;

3° Un relevé des punitions.

Les candidats non militaires ont la faculté de choisir les villes dans lesquelles ils veulent subir leurs examens, ainsi qu'il est dit plus haut ; mais, une fois le choix fait, aucun candidat ne sera autorisé à changer de centre d'examen que pour des motifs graves et par décision du Ministre.

Les candidats militaires ne peuvent choisir, comme centres de composition et d'examen oral, que les villes les plus rapprochées du lieu où ils sont en garnison ; ils auront droit à des permissions, dont la durée ne pourra excéder le temps nécessaire au voyage et à l'examen.

Les candidats en activité de service, s'ils sont compris dans la liste d'admission, seront placés en position de congé pouvant être renouvelé aussi longtemps qu'ils conserveront la qualité d'élève du service de santé militaire. La même mesure sera appliquée à ceux des élèves que la loi appellerait à l'activité pendant le cours de leurs études.

Chaque candidat indiquera exactement son domicile, où lui sera adressée, en cas d'admission, sa commission d'élève du service de santé militaire, ainsi que la ville où il désirerait continuer ses études.

Les pièces fournies par les candidats qui ne seraient point admis leur seront ultérieurement restituées par le directeur du service de santé dans les bureaux duquel l'inscription aura été effectuée.

Voici la forme et la nature des épreuves à subir :

1° *Concours en médecine.*

Candidats à quatre inscriptions, ayant satisfait au premier examen de doctorat :

1° Composition sur un sujet d'histoire naturelle médicale ;

2° Interrogations sur la physique et la chimie.

Candidats à huit inscriptions :

1° Composition sur une question de physiologie;

2° Interrogations sur l'anatomie et l'histologie.

Candidats à douze inscriptions et ayant satisfait à la première partie du 2° examen de doctorat :

1° Composition sur une question de pathologie générale ;

2° Interrogations sur l'anatomie et la physiologie;

3° Interrogations sur la pathologie interne et la pathologie externe.

Candidats à seize inscriptions :

1° Composition écrite sur un sujet de pathologie et de thérapeutique médicale ;

2° Interrogations sur la pathologie externe et la médecine opératoire ;

3° Interrogations sur la pathologie interne, l'hygiène et la thérapeutique.

2° *Concours en pharmacie.*

Candidats sans inscriptions :

1° Réponse écrite à une question sur une opération pharmaceutique ;

2° Préparation d'un ou plusieurs médicaments inscrits au Codex et interrogations sur ces préparations ;

3° Détermination de quinze drogues simples appartenant à la matière médicale et de cinq médicaments composés.

Candidats à quatre inscriptions, ayant satisfait à l'examen de première année :

1° Composition sur une question de physique ou de chimie minérale ;

2° Interrogations sur la physique, la minéralogie, la chimie minérale et les éléments de chimie organique ;

3° Interrogations sur les éléments d'histoire naturelle : géologie, zoologie et botanique (classification sans familles).

Candidats à huit inscriptions, ayant satisfait aux examens de deuxième année :

1° Composition sur une question de chimie (minérale ou organique);

2° Interrogations sur la physique, la chimie organique et la toxicologie minérale ;

3° Interrogations sur la pharmacie galénique, la botanique (familles naturelles phanérogames) et l'histoire naturelle des médicaments.

Candidats à douze inscriptions :

1° Composition sur une question d'histoire naturelle des médicaments et de matière médicale ;

2° Interrogations sur la physique médicale, la chimie, l'analyse chimique et la toxicologie ;

3° Interrogations sur la pharmacie chimique et galénique et sur l'histoire naturelle.

La composition se fait au commencement d'août, à huit heures du matin, dans une salle de l'hôpital militaire, ou dans le local désigné par M. le général commandant le corps d'armée, sur la proposition de M. le directeur du service de santé.

Le sujet est le même pour chaque catégorie de candidats :

Il est accordé trois heures pour cette épreuve ; les candidats ne peuvent se servir ni de livres ni de notes.

Les compositions sont cotées, par les examinateurs, d'un numéro de mérite compris entre 0 et 20 ; la cote est multipliée par le coefficient affecté à la composition, et le résultat indique le nombre de points obtenus dans cette épreuve. Les examinateurs établissent la liste dans chaque catégorie, par ordre de mérite, d'après le nombre de points obtenus ; le président du jury l'adresse au Ministre, qui détermine le nombre des candidats admissibles aux épreuves orales. Immédiatement après la décision du Ministre, les noms des candidats admissibles sont inscrits sur la liste générale, à l'aide du numéro d'ordre porté sur l'en-tête imprimé, qui avait été séparé ; ces noms sont publiés par le *Journal officiel*.

Les candidats admissibles aux examens oraux devront être rendus la veille du jour fixé pour ces examens, dans la ville qu'ils auront choisie comme centre.

Les examens oraux sont subis devant deux examinateurs : un médecin professeur et un médecin professeur agrégé de l'École d'application du service de santé, pour les médecins.

Pour les candidats médecins ayant quatre inscriptions, et pour les candidats pharmaciens, le médecin professeur est remplacé par le pharmacien examinateur.

Le tour d'examen des candidats est déterminé, dans chaque catégorie, par l'ordre alphabétique de leurs noms.

La durée de chaque épreuve d'interrogation est fixée à vingt minutes ; l'appréciation est exprimée, pour chaque épreuve, par un chiffre compris de 0 à 20.

Les coefficients sont fixés ainsi qu'il suit :

$$\text{Compositions.} \begin{cases} \text{Rédaction} \ldots \ldots & 8 \\ \text{Orthographe} \ldots \ldots & 8 \end{cases}$$

EXAMENS ORAUX.

CANDIDATS MÉDECINS.		CANDIDATS PHARMACIENS.	
Physique............	5	Physique............	15
Chimie............	10	Chimie............	14
Anatomie............	14	Minéralogie............	5
Histologie............	5	Histoire naturelle......	10
Physiologie............	10	Pharmacie galénique...	15
Médecine opératoire....	15	Préparation de médicaments............	8
Pathologie { interne...	10		
Pathologie { externe..	10	Détermination de substances............	5
Hygiène............	8		
Thérapeutique........	5		

Les élèves du service de santé militaire sont dirigés chacun, sur celle des villes ci-dessus mentionnées qu'il aura choisie pour y faire ses études.

A leur arrivée, ils se présentent au médecin-chef de l'hôpital militaire ou des salles militaires de l'hospice civil, sous les ordres duquel ils sont placés, et souscrivent l'engagement d'honneur de servir dans le corps de santé militaire pendant dix ans au moins, à dater de leur nomination au grade d'aide-major de 2º classe.

Ces élèves ne portent pas d'uniforme ; ils sont soumis à certaines règles disciplinaires, déterminées par le règlement ministériel du 14 juin 1880, et concourent, autant que le comportent les cours et travaux pratiques de la Faculté ou de l'École qu'ils sont tenus de suivre, à l'exécution du service médical et pharmaceutique de l'hôpital auquel ils sont affectés.

A dater de l'admission à l'emploi d'élève du service de santé militaire, les frais universitaires, réglés conformément aux tarifs en vigueur, sont versés par l'administration de la guerre à la caisse du Trésor public. Toutefois, en cas d'ajournement à un examen, les frais de consignation pour la répétition de cet examen sont à la charge de l'élève. Un second échec au même examen entraîne, d'office, le licenciement de l'élève et sa radiation immédiate des contrôles. L'autorisation de doubler une année ne pourra être accordée que si l'élève justifie, régulièrement, d'avoir été empêché, par la maladie de suivre les cours pendant une période de deux mois au moins, de ladite année.

Il est accordé aux élèves médecins, à partir de la treizième inscription, et aux élèves pharmaciens, à partir de la neuvième inscription, pendant deux ans au maximum, une indemnité de 1,200 fr. par an, pour subvenir à leurs frais d'entretien, d'achat de livres et d'instruments.

Toutefois, ceux d'entre eux qui auraient été boursiers au Prytanée militaire pourront obtenir, sur leur demande et dès leur admission à l'emploi d'élève du service de santé militaire, une subvention mensuelle fixée à 1,200 fr. par an, à Paris; à 1,000 fr., à Lyon et à Marseille, et à 800 fr. dans les autres villes que celles ci-dessus désignées. *Cette dernière faveur ne pourra être étendue à aucun autre élève, pour quelque motif que ce soit* Ladite subvention pourra être cumulée avec celle dont il est parlé ci-dessus.

En cas de démission ou de licenciement, l'élève sera tenu à rembourser le montant des frais de scolarité et d'indemnité, et à remplir, comme soldat, les obligations militaires qui pourraient être encore les siennes, sans pouvoir jamais prétendre à aucun grade, soit dans la réserve, soit dans l'armée territoriale.

Les élèves doivent se loger dans des conditions de convenance morale et sociale. Ils sont tenus de donner leur adresse en ville et celle de leurs parents ou de leur tuteur. Ils préviennent sans retard le médecin militaire, chef de service à l'hôpital auquel ils sont attachés, de tout changement qui pourrait survenir dans les adresses.

Les élèves ne portent pas d'uniforme. Leur tenue doit toujours être convenable et correcte.

Leur conduite doit être en tout régulière et dictée par les règles de bienséance et de respect qu'ils doivent observer, tant à l'égard de leurs supérieurs et du *personnel de l'hôpital*, qu'envers leurs professeurs à la Faculté ou à l'École, et en général envers toutes les personnes avec lesquelles ils sont appelés à être en rapport.

Tout élève du service de santé militaire, reçu docteur ou pharmacien de 1re classe, est admis de plein droit à l'École d'application, du 1er novembre au 25 décembre, et, sur le vu de son certificat d'aptitude, le médecin-chef de l'hôpital, sous les ordres duquel il est placé, lui fait délivrer immédiatement une feuille de route pour cette destination.

Tout élève qui n'est pas reçu docteur ou pharmacien de 1re classe à la date du 25 décembre, est licencié et tenu au remboursement du montant des frais de scolarité et d'indemnité qui lui auront été alloués.

Les élèves du service de santé, admis à l'École d'application, subissent un examen qui détermine leur rang de classement; il comprend les épreuves suivantes :

Pour les élèves docteurs :

1° Une composition écrite sur un sujet de pathologie générale;

2° Examen de deux malades atteints, l'un, d'une affection médicale, l'autre, d'une affection chirurgicale;

3° Une épreuve de médecine opératoire, précédée de la description de la région sur laquelle elle doit porter;

4° Interrogations sur l'hygiène.

Pour les élèves pharmaciens :

1° Une composition écrite sur une question d'histoire naturelle des médicaments et de matière médicale;

2° Interrogations sur la physique, la chimie, l'histoire naturelle et la pharmacie;

3° Préparation de plusieurs médicaments inscrits au Codex, et détermination de substances diverses (minéraux usuels, drogues simples, plantes sèches ou fraîches, médicaments composés).

Cet examen est passé, du 26 au 31 décembre, devant un jury, présidé par le médecin-inspecteur, directeur de l'École, et composé, pour les élèves médecins, des médecins professeurs, et pour les élèves pharmaciens, des pharmaciens professeurs et d'un professeur agrégé à l'École, ainsi que d'un pharmacien-major, désigné par le gouverneur de Paris, sur la proposition du directeur du service de santé de ce gouvernement.

A la suite de cet examen, les élèves sont nommés stagiaires. Le stage commence le 1er janvier.

Pendant leur séjour à l'École, les stagiaires reçoivent un enseignement essentiellement pratique, qui a pour but de leur donner l'instruction complémentaire en rapport avec les fonctions qu'ils auront à exercer dans l'armée, et de leur faire connaître les lois, décrets et règlements constitutifs de l'armée et du service de santé militaire.

Les stagiaires sont rétribués, à l'École, sur le pied de 2,800 francs par an, à titre de subvention ; ils portent l'uniforme et il leur est accordé une indemnité de première mise d'équipement. L'uniforme d'aide-major coûte environ 630 francs ; mais les stagiaires reçoivent une mise de 350 francs en entrant et une autre de 400 francs en sortant. Ils ont encore à payer l'équipement, qui est de 300 francs, et, s'ils sont envoyés en Algérie, une tente avec lit complet. Les stagiaires sortent de l'École avec le grade d'aide-major de 2e classe, après avoir satisfait aux examens de sortie. Les stagiaires qui n'auront pas satisfait à l'épreuve de sortie, seront licenciés et tenus au remboursement du montant des frais de scolarité, d'indemnité qu'ils auront pu toucher étant élèves, et d'indemnité de 1re mise d'équipement.

Le même remboursement sera exigé de ceux qui quitteraient plus tard, volontairement, le service de santé militaire, avant d'avoir accompli leur engagement d'honneur. Ils resteront, eux aussi, soumis comme soldats aux obligations militaires qui pourraient être encore les leurs, sans pouvoir non plus prétendre jamais à un grade de leur spécialité, soit dans la réserve, soit dans l'armée territoriale.

Sous le régime du règlement de floréal an IV, les diverses professions des officiers de santé de l'armée se distinguaient à la couleur du collet et des parements de l'habit; c'était : pour les médecins, le velours noir; pour les chirurgiens, le velours rouge; pour les pharmaciens, le velours vert. D'après le règlement du 9 avril 1852, il n'y a plus que deux distinctions : 1° les médecins et chirurgiens avec le titre indistinct de médecin-major (velours rouge); 2° les pharmaciens (velours vert). Les broderies indiquent le grade.

Au Val-de-Grâce, les promotions annuelles varient de 55 à 70 sujets; la moyenne est de 62.

Voici la hiérarchie et le cadre des officiers de santé du service militaire réglés par la loi du 16 mars 1882 :

Médecin inspecteur général..................			1
Médecins-inspecteurs.............,........			9
Médecins principaux de	1re classe...........		45
—	2^e	—	45
Médecins-majors	1re	— ....,...	320
—	2^e	—	480
Médecins aides-majors	1re	—	300
—	2^e	—	100
		Total..........	1,800

Pharmacien-inspecteur			1
Pharmaciens principaux de 1ro classe........			6
—	2e	—	6
Pharmaciens-majors	1ro	—	46
—	2e	—	68
Pharmaciens aides-majors	1ro	—	43
	2o	—	15
		Total..........	185

Le personnel médical compose donc un effectif de 1,485 sujets. Voici quelle est l'assimilation des grades du service de santé :

Inspecteur général		= Général de division.
Inspecteur.		= Général de brigade.
Principal de 1ro classe......		= Colonel.
—	2e	—	= Lieutenant-colonel.
Major	1ro	—	= Chef de bataillon.
—	2o	—	= Capitaine.
Aide-major	1re	—	= Lieutenant.
—	2e	—	= Sous-lieutenant.

Le cadre des médecins et pharmaciens militaires est le même en temps de guerre qu'en temps de paix ; mais en cas de besoin le Ministre de la guerre forme un cadre spécial de médecins et pharmaciens civils commissionnés par lui ou requis par les intendants militaires. Les officiers de santé *commissionnés* portent l'uniforme ; ceux qui sont *requis* par l'intendance ne sont pas soumis à la tenue.

La loi du 16 mars 1882 a fixé comme suit les traitements et indemnités des cadres du service de santé militaire :

Médecins et pharmaciens :	SOLDE.		INDEMNITÉ par jour à Paris.	
	fr.	c.	fr.	c.
Inspecteur général.........	19,856	»	2	50
Inspecteurs...............	13,825	»	1	70
Principaux de 1re classe....	9,094	»	4	60
Principaux de 2e classe.....	7,465	»	4	45
Majors de 1re classe.......	6,290	»	3	75
Majors de 2e classe........	3,789	»	2	55
Aides-majors de 1re classe...	2,766	»	2	30
Aides-majors de 2e classe....	2,690	»	2	30

Les officiers du corps de santé militaire, comme ceux de médecine navale, ont cet avantage qu'à l'époque de leur retraite, ils trouvent facilement à s'installer dans une résidence de leur choix pour s'y faire une clientèle civile.

Une très grosse question pour le corps de santé militaire est pendante devant le Parlement; il s'agit de réduire de dix années à six l'engagement d'honneur de servir à l'État. La solution favorable ne paraît pas douteuse, le principe ayant été adopté par la commission même de la Chambre des Députés dans le projet général du recrutement de l'armée.

ÉCOLES

DE MÉDECINE NAVALE

Historique. — L'institution d'une médecine navale
organisée ne remonte qu'au règne de Louis XIV. En
effet, on voit dans un état général de la marine, dressé
en 1642 par de La Porte, intendant de la navigation,
qu'il était « enjoint aux capitaines de faire choix d'un
« très bon chirurgien, bien entendu et fort fidèle ».

A cette époque, le chirurgien de chaque navire,
médiocrement considéré d'ailleurs en raison de son peu
de savoir, était donc l'homme du capitaine. Louis XIV
nomma, en 1652, Jean Portier chirurgien-major des
armées de terre et de mer ; mais les capitaines continuèrent d'user de leur droit de choisir les chirurgiens, et ce
ne fut qu'en 1689 qu'une ordonnance royale imposa la
règle de faire examiner par le médecin et le chirurgien-
major de chaque port les chirurgiens qui se présente-
raient pour servir sur les vaisseaux et autres bâtiments
du Roi.

La ville de Rochefort, une autre création de
Louis XIV, fut pour ainsi dire le berceau de l'enseignement de la médecine navale.

On sait que la ville de Rochefort fut créée tout d'une
pièce, par ordonnance du roi, en 1666. Il en résulta,
comme dans la plupart des grands travaux improvisés
de ce règne, des épidémies de fièvre qui forcèrent à

créer un hôpital. Cet établissement acquit bientôt une juste réputation. L'hôpital de Brest ne fut édifié qu'en 1684.

A Rochefort, l'hôpital de la marine dut en partie le relief de sa renommée aux hommes d'élite qui y pratiquaient, et notamment à Cochon-Dupuy, qui a laissé dans la ville un nom impérissable. Ce fut lui qui, en qualité de premier médecin de l'hôpital, signala à maintes reprises les difficultés que présentait le recrutement des chirurgiens de la marine. Le système des levées ou des réquisitions ne fournissait guère que des sujets médiocres, étrangers le plus souvent aux habitudes de la vie de marin, et n'ayant fait apprentissage que dans les boutiques de barbiers, c'est-à-dire plus *experts en barberie qu'en chirurgie*, dit M. Lefèvre, dans son excellent et compendieux ouvrage sur le service de santé de la marine, auquel nous avons emprunté de précieux détails. Aussi les chirurgiens occupaient-ils à bord une position infime.

Cochon-Dupuy sollicita la création d'un établissement permanent d'enseignement de l'anatomie et de la chirurgie. Son insistance triompha d'un long mauvais vouloir, et en février 1712 il eut la joie d'inaugurer un amphithéâtre de leçons ouvert par l'administration à l'hôpital de Rochefort.

Le célèbre maître, jugeant la méthode des Facultés trop longue et trop difficile, rédigea lui-même un manuel des opérations de chirurgie, spécialement destiné à l'instruction de ses élèves. Il proposa un projet de règlement de l'École qui fut approuvé par le conseil du Roi.

L'insuffisance du nombre des chirurgiens entretenus était manifeste; Cochon-Dupuy insista pour les faire augmenter, et le conseil de marine approuva également cette proposition.

Sur ces entrefaites, M. Mithon, intendant du port de Toulon, fit demander des renseignements sur l'organisation de l'École de Rochefort. Il reçut aussitôt des instructions pour en établir une semblable au chef-lieu de son département. Elle fut ouverte en 1725, mais n'eut pas le succès de celle de Rochefort, pour cette cause principale que Toulon ne possédait pas encore d'hôpital de la marine. Le premier médecin en chef fut Boyer.

La création de l'École de Brest n'eut lieu qu'en 1731. Le premier médecin en fut le Dr Pépin ; mais l'enseignement fut pénible à établir et ne commença sérieusement qu'en 1739. A Brest, comme à Toulon, il manquait une tête énergique, une volonté persévérante, un Cochon-Dupuy ; c'est grâce à lui que l'École de Rochefort acquit et conserva une suprématie marquée.

En 1744, les cadres furent accrus de quatre places.

Eu 1752, malgré les menées de nombreux détracteurs, Cochon-Dupuy reçut du roi Louis XV des lettres de noblesse en récompense de ses bons et longs services. Il mourut le 2 novembre 1757, après 53 ans d'exercice. Son fils lui succéda dans l'emploi de premier médecin et de directeur de l'École.

Dans cette année 1757, le Ministre de la guerre ayant décidé que les chirurgiens des armées de terre, des places et régiments, porteraient un uniforme, les chirurgiens de la marine royale demandèrent la même faveur. Ils furent longtemps à l'obtenir, car ce ne fut que par arrêté du 30 novembre 1767 que la licence leur en fut accordée. Les uniformes furent ainsi réglés : pour les médecins de marine : habit gris-d'épine, collet et parements de *velours* rouge, veste et culotte pareilles à l'habit, boutonnières d'or, boutons d'or en limace ; — pour les chirurgiens : habit gris d'épine, collet, veste et culotte en *drap* écarlate. Des galons d'or indiquaient les grades. Les élèves eurent la faculté de porter l'habit gris-d'épine tout uni, avec la veste et la culotte en drap écarlate. La différence d'étoffe, velours ou drap, indique à elle seule la distinction qu'à cette époque on faisait entre les médecins et les chirurgiens.

Les trois Écoles de chirurgie navale poursuivirent leur carrière avec des fortunes diverses, dues à la qualité des hommes placés successivement à leur tête.

En 1783, on reconnut la nécessité de créer une École de médecine pratique pour l'instruction des élèves-médecins destinés au service de la marine, les médecins que l'on employait ayant des connaissances théoriques très étendues, mais manquant de la pratique nécessaire à l'observation des maladies des gens de mer. Un règlement du 1er février 1783 posa les conditions de l'institution nouvelle. Brest fut désigné comme le lieu de son établissement.

Les élèves, nommés par le Ministre, devaient être pourvus du diplôme de docteur en médecine ; c'était donc là une véritable École d'application. Les places vacantes dans les hôpitaux des ports ou des colonies ne pouvaient leur être données qu'après deux ans de séjour à l'École. Après trois ans, ils avaient droit à toutes les vacances.

Ces élèves, déjà docteurs, présentant une supériorité véritable sur les élèves en chirurgie, le Ministre décida qu'ils porteraient l'habit gris-d'épine avec collet montant de *velours* pourpre et boutons à l'ancre.

Il y eut donc à Brest simultanément deux centres d'enseignement : la médecine et la chirurgie. C'était là une anomalie qui se reproduisait dans toutes les parties du service. Il semblait que les chirurgiens, bons à la mer, ne valussent plus rien à terre. Sauf exceptions, tous les chirurgiens étaient embarqués, tandis que les médecins séjournaient dans les ports. Il y avait alors prééminence absolue de la médecine sur la chirurgie, et cependant la plupart des chirurgiens, nés dans les ports, de familles de marins, étaient supérieurs au point de vue pratique et spécial.

En 1787, les chirurgiens du port de Toulon adressèrent une pétition au gouvernement pour obtenir la dénomination de chirurgiens-médecins, la sévérité des examens qu'ils subissaient équivalant aux épreuves exigées dans les Universités pour le diplôme de docteur en médecine.

Il appartenait au gouvernement républicain d'appliquer dans la branche de la médecine navale les principes de l'égalité ; le Comité de salut public, par arrêté du 21 brumaire an III (12 novembre 1794), assimila complètement les officiers de santé de la marine à ceux de l'armée de terre et décida que les conditions seraient les mêmes pour entrer dans les deux services. De cette époque date aussi la parité dans les études et l'égalité dans les droits des médecins et des chirurgiens. La distinction entre les officiers de santé entretenus et auxiliaires fut maintenue.

L'Empire consacra le mode d'instruction et les conditions d'état du service de santé de la marine ; il ouvrit seulement à Anvers et Echuysen de nouvelles Écoles qui furent fermées en 1814.

A la Restauration, le corps du service de santé, qui

avait donné, notamment pendant les Cent-Jours, des marques de sympathie pour le régime impérial, fut désorganisé ; le personnel en fut largement renouvelé.

Un règlement du 1er février organisa certaines parties du service et modifia les uniformes. On donna l'habit à la française aux chefs et professeurs, l'habit à retroussis aux officiers du service actif. Les professions furent désignées par la couleur du collet et des parements de velours : noir pour les médecins, rouge pour les chirurgiens et vert pour les pharmaciens.

Sous le gouvernement de Juillet, une ordonnance royale du 23 juillet 1836 vint régler le mode d'admission, d'enseignement et de concours. Les trois Écoles furent maintenues, avec les mêmes conditions que pour l'inscription dans les facultés.

Enfin le second Empire a réorganisé le service en 1865 avec des modifications importantes, nécessitées par l'accroissement de la marine provoqué par les besoins de la guerre de Crimée, l'expédition du Mexique et l'occupation de la Cochinchine.

Le décret de 1865 a substitué pour tous les grades le titre de médecin à celui de chirurgien.

État actuel. — Les Écoles de médecine et de pharmacie navales sont destinées à assurer le recrutement des officiers du corps de santé de la marine. Ces officiers sont chargés du service médical et pharmaceutique dans les hôpitaux et arsenaux maritimes, sur la flotte, dans les colonies, dans les régiments d'artillerie et d'infanterie de la marine et dans les établissements de la marine hors des ports.

L'organisation de ce corps a été réglée définitivement

par le décret du 7 août 1885. Un règlement ministériel de même date a déterminé le mode d'admission, d'enseignement et de concours.

Les Écoles de médecine navale, au nombre de trois, sont établies dans les ports de Brest, de Rochefort et de Toulon. Elles sont pourvues de bibliothèques, de cabinets d'histoire naturelle, de jardins botaniques, d'amphithéâtres de dissection, de musées d'anatomie, de laboratoires de chimie, de cabinets de physique, etc.

Les Écoles de médecine navale, établies auprès des hôpitaux de la marine militaire, sont placées, sous le rapport de la valeur des études et de la scolarité, sur le même pied que les Écoles préparatoires de médecine et de pharmacie ; elles donnent les mêmes avantages.

Admission. — Les étudiants qui se présentent pour être admis dans les Écoles de médecine navale doivent justifier des diplômes de baccalauréat exigés pour les examens du doctorat en médecine ou pour les examens de pharmacien universitaire de 1re classe, selon qu'ils se destinent à la médecine ou à la pharmacie. S'ils sont mineurs, ils sont pourvus d'une autorisation de leurs parents ou de leurs tuteurs ; s'ils sont éloignés de leur famille, ils sont accompagnés, au moment où ils sollicitent leur inscription, par un correspondant qui doit être choisi parmi les habitants connus de la ville.

S'ils n'ont pas d'inscriptions antérieures dans une Faculté ou une École de médecine, ils doivent compter au plus 21 ans d'âge dans le cours de l'année de leur inscription.

Au moment de leur admission, les postulants reçoivent une carte d'étudiant et versent au trésorier de la commission chargée d'administrer les fonds de la bibliothèque de l'École, la somme de 50 francs, destinée à l'achat des livres.

Les étudiants sont soumis à la discipline de l'École, discipline dont le règlement intérieur est approuvé par le préfet maritime du port. Indépendamment des punitions disciplinaires, le préfet maritime, sur la proposition du directeur du service de santé, peut prononcer l'exclusion de l'étudiant qui a mérité cette peine.

Dans les Écoles de médecine navale, l'année scolaire commence le 3 novembre et finit le 31 août de chaque année. Elle se divise en deux semestres : celui d'hiver commence le 3 novembre, et celui d'été le 1er avril.

Le registre annuel d'inscription des étudiants reste ouvert jusqu'au 30 novembre au soir.

Les élèves du service de santé de la marine obtiennent la concession gratuite de toutes leurs inscriptions et du droit de sceau. Les élèves qui à ce titre auraient joui d'une gratuité quelconque et qui donneraient leur démission, auraient à rembourser au Trésor le montant des sommes qu'ils n'auraient pas payées.

Les études faites dans les hôpitaux de la marine ne sont admises comme études universitaires et converties en inscriptions de Facultés qu'après avoir été préalablement reconnues par le Ministre de la marine et celui de l'instruction publique.

Le temps passé dans ces hôpitaux sera compté pour le même temps dans les Facultés.

Le régime des Écoles de médecine navale est l'externat ; les élèves logent en ville comme les étudiants en médecine. Ils ne portent pas d'uniforme.

Les cours, au nombre de quinze, sont ainsi répartis par semestres :

SEMESTRE D'HIVER.

Clinique médicale. Pathologie interne. Pathologie exotique ;

Clinique chirurgicale. Pathologie externe ;

Chimie médicale. Chimie toxicologique ;

Thérapeutique et médecine légale ;

Physiologie ;

Pathologie interne élémentaire. Séméiotique ;

Anatomie descriptive (dissections) ;

Chirurgie élémentaire ;

Histologie ;

Pharmacie extemporanée, manipulations chimiques ;

Conférences de zoologie médicale.

SEMESTRE D'ÉTÉ.

Clinique médicale. Pathologie interne. Pathologie exotique ;

Clinique chirurgicale. Pathologie externe ;

Médecine opératoire. Chirurgie d'armée :

Hygiène générale. Hygiène navale ;

Physique médicale. Pharmacie ;

Histoire naturelle médicale. Pharmacologie ;

Pathologie interne élémentaire. Séméiotique ;

Chirurgie élémentaire ;

Histologie ;

Accouchements, maladies des femmes en couches et des enfants nouveau-nés ;

Pharmacie extemporanée. Manipulations de physique ; Conférences de botanique médicale.

Les étudiants, restant deux années à l'École de médecine navale, forment deux divisions et passent de la seconde à la première après avoir satisfait à un examen de fin d'année. Cet examen commence le 25 août.

Les aides-médecins, les médecins de 2ᵉ classe et les médecins professeurs sont nommés au concours, suivant l'ordre de classement établi par les jurys médicaux.

Les médecins de 1ʳᵉ classe sont nommés au concours et au choix. Les nominations au choix ne peuvent avoir lieu que pour moitié seulement des vacances.

Le choix ne peut s'exercer que sur des médecins de 2ᵉ classe, reconnus admissibles à l'avancement, après concours, et portés sur un tableau dressé à cet effet.

Les médecins principaux sont nommés moitié à l'ancienneté, moitié au choix.

Les médecins en chef sont nommés au choix.

Les médecins principaux et les médecins en chef sont choisis sur un tableau d'avancement dressé par le conseil d'amirauté.

L'inspecteur adjoint, les directeurs et l'inspecteur général sont nommés au choix.

Médecins. — Nul n'est admis à concourir pour le grade d'aide-médecin :

1° S'il n'est Français ou naturalisé ;

2° S'il n'est âgé de dix-huit ans au moins ou de vingt-trois au plus, accomplis au 31 décembre de l'année du concours ;

3° S'il n'est reconnu propre au service de la marine, après constatation faite par le conseil de santé ;

4° S'il ne justifie de deux années d'études dans une École de médecine navale, dans une Faculté ou dans une École préparatoire de médecine et de pharmacie ; dans ces deux derniers cas, le candidat devra établir son temps d'études en produisant ses inscriptions :

5° S'il n'est pourvu des titres universitaires exigés, dans les Facultés, des candidats qui se présentent aux examens du doctorat;

6° S'il ne prouve qu'il a satisfait à la loi du recrutement, dans le cas où il aurait été appelé au service militaire en vertu de cette loi.

Les deux années passées par les étudiants dans les Écoles de médecine navale sont, au point de vue de la retraite, comptées pour deux années de service.

Le concours pour le grade d'aide-médecin porte sur les matières suivantes :

PREMIER EXAMEN (VERBAL).

1re partie. — Anatomie descriptive.
2e partie. — Préparation d'une pièce anatomique.

DEUXIÈME EXAMEN (VERBAL).

Pharmacologie. — Pharmacie extemporanée.

TROISIÈME EXAMEN (VERBAL).

· Petite chirurgie. — Appareils et bandages. — Exercices pratiques.

QUATRIÈME EXAMEN (ÉCRIT).

Éléments de pathologie générale et séméiotique.

Pharmaciens. — Nul n'est admis au concours pour le grade d'aide-pharmacien, s'il n'est pourvu des titres universitaires exigés, dans les Écoles supérieures de pharmacie, des candidats qui se présentent aux examens de pharmacien de 1ʳᵉ classe, et s'il ne réunit, par ailleurs, toutes les conditions requises des étudiants qui concourent pour le grade d'aide-médecin.

Le concours, pour cette catégorie, porte sur les matières suivantes :

PREMIER EXAMEN (VERBAL).

Éléments de botanique et d'histoire naturelle médicale. — Déterminer une drogue simple.

DEUXIÈME EXAMEN (VERBAL)

1ʳᵉ partie. — Pharmacie.
2ᵉ partie. — Une préparation pharmaceutique au laboratoire.

TROISIÈME EXAMEN (VERBAL).

1ʳᵉ partie. — Éléments de chimie et de physique.
2ᵉ partie. — Manipulations chimiques au laboratoire.

QUATRIÈME EXAMEN (ÉCRIT).

Pharmacie générale.

L'avancement aux grades de pharmacien de 2ᵉ classe et de 1ʳᵉ classe a lieu au concours. Pour les grades supérieurs, l'avancement est conféré à l'ancienneté et au choix.

Les concours pour toutes les places vacantes s'ouvrent le 15 septembre de chaque année.

Les aides-médecins et les aides-pharmaciens, après la deuxième année passée dans ces grades, obtiennent, les premiers, un congé de *six* mois, les seconds, un congé de *trois* mois *à solde entière*, pour aller subir les épreuves du doctorat devant une Faculté ou se présenter devant une École supérieure de pharmacie.

Les droits d'inscriptions et d'examens, ainsi que les frais de thèse et de diplôme d'aide-médecin ou pharmacien, leur sont remboursés sur les fonds du budget de la marine, sur la production du diplôme de docteur ou de pharmacien de 1ʳᵒ classe. Les titulaires s'engagent alors à servir *dix* ans dans la marine ou à restituer, en cas de démission, le montant de ces frais.

Après trente ans de services effectifs, ou vingt-cinq ans, si l'officier réunit six ans de service à la mer ou neuf aux colonies, le droit existe à une pension de retraite, calculée d'après un tarif selon les grades et selon les années de service.

Il est compté pour la retraite deux années de service, à titre d'études préliminaires, aux officiers du corps de santé de la marine qui ont passé un temps égal dans les Écoles de médecine navale en qualité d'étudiants.

Nul n'est médecin de 2ᵒ classe, c'est-à-dire susceptible d'embarquer seul, s'il n'est docteur. On peut arriver au grade de médecin de 2ᵒ classe en passant par celui de médecin auxiliaire ; mais c'est là une fonction qui n'exige pas de garanties sérieuses, et on en restreint le nombre selon les besoins du service.

L'embarquement des médecins, sauf pour les principaux et ceux de 1ʳᵉ classe, est d'une année seulement les sujets ayant besoin d'achever leur instruction médicale par un séjour de quelque durée auprès des centres d'enseignement, afin d'être toujours en état de subir les épreuves des concours.

Il y a correspondance de grade entre les officiers de santé de l'armée de terre et ceux de la marine ; toutefois, dans cette dernière, l'enseignement est confié à des professeurs et médecins en chef qui ont par cela même des grades distincts, tandis que, dans l'armée, la fonction est indépendante du grade.

Dans la marine, on arrive vite au grade de médecin de 1re classe, équivalent à celui de médecin-major de 2e classe de l'armée, et l'on peut en cinq ans être nommé au choix médecin principal ; mais il faut dire que, sauf exceptions, la carrière est bornée à ce grade.

Une décision ministérielle du 4 octobre 1886 a autorisé l'incorporation d'un certain nombre d'étudiants (vingt) des écoles de médecine navale dans le personnel des infirmiers militaires en qualité d'*infirmiers de visite*.

Auxiliaires. — Lorsque les besoins du service l'exigent, il peut être employé des médecins et pharmaciens auxiliaires de 2e classe, ainsi que des aides de chaque profession.

Nul n'est admis à l'emploi d'aide-médecin auxiliaire s'il ne justifie de deux années d'études dans une École de médecine navale, dans une Faculté ou une École préparatoire, et s'il n'est reconnu admissible à la suite d'un examen portant sur les mêmes matières que celles exigées des entretenus.

On exige également deux années d'études et un examen des aides-pharmaciens auxiliaires.

Les docteurs en médecine ou pharmaciens de 1re classe sont dispensés de l'examen.

Les auxiliaires sont licenciés aussitôt que les circonstances le permettent.

Le cadre du corps de santé de la marine comprend :

Inspecteur général............... **1**

SERVICE MÉDICAL.

Directeurs du service de santé....	5	
Médecin inspecteur	1	
Médecins en chef.................	22	
Médecins professeurs.............	9	668
Médecins principaux.............	41	
Médecins de 1re classe............	200	
Médecins de 2° classe...........	240	
Aides-médecins	150	

SERVICE PHARMACEUTIQUE.

Pharmacien inspecteur...........	1	
Pharmaciens en chef.............	5	
Pharmaciens professeurs.........	5	
Pharmaciens principaux..........	3	86
Pharmaciens de 1re classe........	20	
Pharmaciens de 2° classe........	27	
Aides-pharmaciens...............	25	

Ensemble............ **755**

Des emplois sédentaires, dits *prévôtés*, dont le nombre est déterminé par le Ministre, sont attribués, dans les ports militaires, dans les établissements hors des ports et en Algérie, à des médecins principaux, des médecins de 1re et de 2° classe de la marine.

L'officier titulaire d'une *prévôté* est rayé de la liste d'embarquement.

La durée des prévôtés des médecins principaux et des médecins de 1re classe est de deux ans ; celle des médecins de 2e classe est d'un an, pour les emplois qui s'exercent dans les ports militaires.

Dans les établissements hors des ports et en Algérie, la durée de ce service est de trois ans pour les médecins principaux et les médecins de 1re classe, et de deux ans pour les médecins de 2e classe.

Pour les emplois de secrétaire archiviste des conseils de santé, ainsi que pour l'emploi de médecin à l'île de Groix, la durée de la prévôté n'est pas limitée.

La solde du corps de santé de la marine a été ainsi réglée par décret du 1er janvier 1880 :

DÉSIGNATION.	A TERRE.	A LA MER.
Inspecteur général......................	14,000	
Directeur de 1re classe..................	12,000	
— 2° —	10,000	
Médecin ou pharmacien en chef.........	8,185	9,814
Médecin et pharmacien, professeur ou principal.........................	5,608	6,745
Médecin ou pharmacien de 1re classe.....	3,486	4,168
— — 2° —	2,589	3,081
Aide-médecin ou pharmacien............	1,818	2,197

Les médecins et pharmaciens de 1re classe, ayant douze ans de grade, touchent un supplément de solde de 530 fr.

Lorsque les officiers du corps de santé sont embarqués, la solde d'Europe s'augmente d'un cinquième ; l'indemnité de logement est supprimée, mais ils ont droit à un traitement de table en rapport avec leur grade. Les médecins ou pharmaciens en chef, professeurs ou principaux, qu'ils soient en service ou passagers, sont admis

6.

à la table des amiraux ou commandants de bâtiment; les médecins ou pharmaciens de 1ro et de 2o classe, à celle de l'état-major du bâtiment ; les aides-médecins ou pharmaciens, à celle des aspirants.

On a pu voir par les conditions imposées aux étudiants que la médecine navale exige plus de temps et de soins que d'argent ; aussi n'est-il pas rare que des jeunes gens dont les familles sont peu aisées emploient cette voie pour se procurer d'une façon économique le diplôme de docteur en médecine ou de pharmacien de 1ro classe. Un décret du 10 avril 1869 a réglé ainsi les conditions à remplir pour arriver à ce but. Les aspirants au doctorat en médecine ou en chirurgie et les aspirants au titre de pharmacien universitaire de 1ro classe, appartenant au corps de santé de la marine en qualité d'aides-médecins ou d'aides-pharmaciens, obtiendront, *après deux ans d'exercice dans leur grade :* 1o l'équivalence et la gratuité des inscriptions nécessaires pour parvenir soit au doctorat, soit au titre de pharmacien de 1ro classe ; 2o la dispense des frais d'examen de fin d'année pour les médecins, d'examens semestriels et de travaux pratiques pour les pharmaciens, de certificats d'aptitude et de diplômes pour les uns et les autres, de sorte qu'ils n'aient à acquitter par eux-mêmes ou par le ministère des colonies que les droits de présence dus aux juges des examens et de la thèse et les frais relatifs aux opérations qui font partie des examens, ainsi que l'impression de la thèse inaugurale. Ces avantages ne leur seront du reste accordés que sous la condition de se vouer pendant dix ans, au moins, au service de la marine.

Quatre années de services constatés, soit en qualité d'élève, soit en qualité de médecin ou de pharmacien dans un des hôpitaux de la marine, à bord des bâtiments de l'État ou dans les colonies, donnent droit, non pas à la gratuité, mais à l'équivalence des seize inscriptions prescrites dans les Facultés de médecine ou des douze exigées dans les Écoles supérieures de pharmacie, ainsi qu'à la dispense des trois années de stage dans une officine.

Les dispositions ci-dessus sont applicables aux auxiliaires du service de santé.

Le corps de santé de la marine a son organe de publicité : *les Archives de médecine navale,* publiées mensuellement en conformité de la décision ministérielle du 4 mai 1864, et distribuées gratuitement aux officiers du corps de santé en activité de service.

Les Écoles de médecine navale se recrutent surtout dans les ports militaires.

Elles sont une précieuse ressource pour les jeunes gens dont les familles y résident et tiennent presque toutes plus ou moins à la marine.

En dehors de ce milieu, de jeunes médecins étrangers à la marine ne pourraient accepter que difficilement les charges, les dangers de la navigation et des colonies, ainsi que les dures épreuves du concours qu'ils auront à subir jusqu'au grade d'officier supérieur.

Mais au contraire, habitués dès leur enfance aux choses de la mer, dont tout le monde les entretient autour d'eux, voyant leurs aînés entrer résolument dans une carrière où chacun est le fils de ses œuvres, les étudiants des Écoles de médecine navale y trouvent une tradition qu'ils se font gloire de continuer et de transmettre à ceux qui les suivent.

En résumé, la médecine navale offre aux jeunes gens

qui se destinent à la profession médicale de grandes facilités pécuniaires ; elle présente aussi des avantages sur la médecine militaire.

Il y a, en effet, dans le corps de santé de la marine, plus de liberté d'allures, une grande variété de sujets d'étude, et les praticiens habiles arrivent très facilement à se constituer dans les villes maritimes une brillante clientèle, qui leur permet de quitter le service et souvent de se faire un nom.

ÉCOLE SPÉCIALE MILITAIRE

DE SAINT-CYR

C'est vers le milieu du xvi° siècle qu'il faut placer la première pensée de l'institution d'une école militaire en France. Un gentilhomme breton, né en 1531, François de La Noue, dans ses *Discours politiques et militaires*, se plaint de ce que « les jeunes gens de seize ou dix-sept « ans envoyés dans les régiments, au lieu de se façonner, « se défaçonnent de tout par les mauvais exemples. Il « serait expédient qu'il plût au Roi de les réunir en quel- « ques lieux choisis pour les instruire. On les appellerait « Académies militaires ; ce serait assez qu'on en dres- « sât quatre en quatre endroits du royaume. » (V. Pellegrin, *Histoire de Saint-Cyr.*)

Cette idée n'eut pas de suite, et ce n'est guère qu'un siècle plus tard, en 1636, que le cardinal de Richelieu fonda une véritable école militaire avec ce titre : *Académie royale pour la noblesse.* Elle fut installée rue Vieille-du-Temple, à Paris, et le cardinal la dota de ses deniers d'une rente de 22,000 livres ; mais cet établissement disparut avec la dotation, à la mort de l'illustre fondateur.

Mazarin, jaloux d'égaler son devancier, voulut relever cette institution en créant le collège qui porta son nom. Des lettres patentes de 1665 confirmèrent sa création, mais son œuvre fut un sujet de lutte avec l'Université, et, en tant qu'école militaire, le projet fut ajourné. Le ministre Louvois le reprit cependant avec la pensée d'annexer l'École militaire à l'hôtel des Invalides, pour que « le berceau des hommes de guerre se trouvât à côté de « leur retraite et de leur tombeau ». Mais on recula devant la dépense, et le projet d'école se transforma en création de compagnies de cadets-gentilshommes qui furent placées au nombre de neuf dans les places frontières.

En 1693, Louis XIV supprima les compagnies de cadets, qui coûtaient fort cher et rendaient peu de service, à cause de la morgue aristocratique que ces jeunes gens apportaient à l'armée.

Le plan de Louvois fut repris en 1724 par Pâris-Duverney, intendant des finances ; mais, cette fois encore, on se contenta de reconstituer des compagnies de cadets, qui, moins de dix ans après, et pour les mêmes causes, furent de nouveau supprimées.

Mme de Pompadour, jalouse de la popularité qu'avait value à Mme de Maintenon la fondation des Demoiselles de Saint-Louis à Saint-Cyr, obtint du Roi, par lettres patentes du 22 janvier 1751, la création d'un établissement destiné à recevoir, au nombre de cinq cents, « les fils de gentilshommes nés sans biens ou morts à la « guerre ».

Aux termes de l'édit, on se mit immédiatement à l'œuvre pour construire dans la plaine de Grenelle l'hôtel monumental et grandiose qui, malgré son changement de destination, n'a pas cessé de s'appeler l'*École militaire*. Les travaux ne devant être achevés qu'en 1755, on plaça provisoirement les élèves au château de Vincennes. La nouvelle institution étant une lourde charge pour les finances, on imposa à son profit les cartes à jouer et l'on établit pour subvenir à son entretien une loterie dite de l'École militaire. L'École subsista jusqu'au 1er février 1776 ; mais, à cette date, Louis XVI rendit une ordonnance qui la supprimait comme trop onéreuse et la remplaçait par des Écoles militaires provinciales. Les élèves furent répartis entre les dix collèges de Sorrèze, Brienne, Tiron, Rebais, Pont-le-Voy, Vendôme, Effiat, Pont-à-Mousson, Tournon et Beaumont : la direction en fut confiée à des religieux bénédictins, oratoriens et minimes. Les plus grands parmi les élèves furent constitués en compagnies de cadets ; les plus forts en mathématiques furent envoyés à Mézières et à la Fère.

En 1777, on rétablit en quelque sorte l'état de choses ancien, par la formation à l'École militaire de Paris d'une compagnie de cadets qui se recrutait parmi les meilleurs sujets des écoles provinciales. C'est ainsi que Napoleone de Buonaparte, entré à Brienne en 1779, à l'âge de dix ans, arriva le 22 octobre 1784 à la compagnie de cadets de l'École militaire, qui se trouvait ainsi une véritable école d'application. Une année après, il était nommé lieutenant de la compagnie de bombardiers d'Autun du régiment de la Fère.

Tous les élèves des Écoles de province s'ingéniant à venir à Paris, la compagnie des cadets prit des proportions exagérées ; elle monta de 200 à 700 sujets ; le Trésor ne pouvant subvenir à tant de frais, l'École de Paris fut de nouveau supprimée en octobre 1787, et les jeunes gens furent répartis encore une fois dans les Écoles de province, dont le nombre fut porté à douze par la création de celles d'Auxerre et de Dôle.

La Révolution survint, et les guerres de la République appelèrent aux armées ceux des élèves qui n'avaient pas quitté la France. L'École militaire fut transformée en caserne, destination qu'elle a conservée jusqu'ici. Il fallait cependant une instruction spéciale pour la jeunesse qu'on envoyait aux armées. Barrère proposa à la Convention, le 13 prairial an II (1er juin 1794), d'organiser une École militaire, dite *École de Mars*, « où trois « mille jeunes gens, pris parmi les sans-culottes apparte_ « nant à l'armée, recevraient les leçons de la frugalité ». Cette École fut en effet établie dans la plaine des Sablons et sur la lisière du bois de Boulogne.

On donna aux élèves un uniforme bizarre et prétentieux qui contrastait avec la sévérité affectée des mœurs républicaines ; il consistait en un maillot collant, une tunique bleu clair, un bonnet historié de plumes légères ; ajoutez à cela une pique et vous aurez exactement le costume de baladin qui figurait dans les ballets pseudo-héroïques du Roi-Soleil. L'organisation ayant été faite en plein été, les élèves campaient sous la tente ; l'instruction se bornait à l'exercice des armes. L'École de Mars fit le charme des nombreuses fêtes républicaines et ne servit qu'à cela. Dès la fin de l'année, le 4 brumaire (25 octobre), elle fut dissoute par un décret.

Il appartenait au général Bonaparte de reconstituer une École militaire sur des bases sérieuses ; ce fut lui, en effet, qui, étant premier Consul, institua, le 10 floréal an X (1er mai 1802), l'École spéciale militaire de Fontainebleau, qui reçut 500 élèves, sous le commandement du général Bellavène. Six ans plus tard, l'empereur voulant faire sa résidence du palais de Fontainebleau, fit transférer l'École militaire à Saint-Cyr, d'où elle délogea le Prytanée, qui fut installé à la Flèche.

L'histoire de la maison royale de Saint-Cyr est des plus connues, et il nous suffira de la rappeler à grands traits. C'est en 1686, par édit du 18 juin, que Mme de Maintenon obtint de Louis XIV la fondation de la maison d'éducation dite Maison royale de Saint-Louis, où deux cent cinquante demoiselles nobles et sans fortune étaient entretenues sur la cassette du Roi. Chacun sait que la tragédie d'*Esther*, faite par Racine, pour ainsi dire sur commande, y fut représentée par les élèves en 1689.

Le prestige de l'institution alla en s'affaiblissant sous Louis XV et Louis XVI, et, aux premiers jours de la Révolution, la Maison royale de Saint-Louis, changée d'abord en Maison nationale d'éducation, fut supprimée par décret de l'Assemblée législative du 16 août 1792. Les demoiselles de Saint-Cyr furent renvoyées chez leurs parents, et l'on remarque entre autres, sur le registre de sortie, la demoiselle Marie-Anne de Buonaparte, remise à son frère, capitaine d'artillerie, pour la reconduire en Corse. La maison fut complètement évacuée le 1er avril 1793. Le 13 brumaire, un hôpital y fut établi.

Par arrêté du Directoire, en date du 17 messidor an VI, l'hôpital de Saint-Cyr fut supprimé et converti en une succursale des Invalides; le 22 nivôse an VIII, les Invalides furent transférés de Saint-Cyr à Versailles. La maison resta vide quelques mois seulement, et, le 1er germinal an VIII, le premier Consul y installa le Prytanée français pour les enfants des militaires morts et de tous les hommes ayant rendu service à la patrie. La maison de Saint-Cyr conserva cette destination jusqu'au 24 mars 1808, époque à laquelle, comme nous l'avons vu, un décret impérial y transféra l'École militaire de Fontainebleau en plaçant le Prytanée à la Flèche.

Dans les dernières années de l'Empire, à force de réquisitions anticipées, l'École de Saint-Cyr fut comme épuisée; les élèves ne faisaient guère qu'y passer.

L'École militaire prit une part active aux derniers événements politiques de l'Empire. Le bataillon des élèves se distingua par un fait d'armes célèbre, en retardant l'invasion des alliés à Montereau et à Nemours.

Le gouvernement de la Restauration ne vit pas d'un bon œil cette École animée d'un vif esprit guerrier et imbue des principes du régime impérial; l'École fut dissoute, puis réorganisée sur le modèle de l'École du Champ-de-Mars, instituée par Louis XV. C'est dire qu'on y fit surtout entrer les jeunes gens de la noblesse.

Sous Charles X et Louis-Philippe, l'École de Saint-Cyr n'éprouva plus dans son organisation que des changements sans portée, tels que des modifications dans l'uniforme. Pendant la guerre de 1870, tous les élèves furent disséminés dans les diverses armées de province. Ceux de la seconde division refirent une année d'études avec le grade de sous-lieutenant. Le dernier décret de réorganisation est du 18 janvier 1882.

État actuel. — L'École spéciale militaire établie à Saint-Cyr est destinée à former des officiers pour l'infanterie, la cavalerie et l'infanterie de marine.

La durée du cours d'instruction est de deux ans.

L'École est soumise au régime militaire.

Le prix de la pension est de 1,500 francs, et celui du trousseau de 600 à 700 francs.

Des bourses et demi-bourses sont instituées en faveur des élèves dont les parents sont hors d'état de payer la pension et qui remplissent les conditions que nous énumérons plus loin.

De plus, il peut être alloué à chaque boursier ou demi-boursier un trousseau ou un demi-trousseau à son entrée à l'École.

Concours. — Nul n'est admis que par la voie du concours. Les épreuves consistent en examens oraux et en compositions écrites.

Nul ne peut être admis aux épreuves orales s'il ne produit un des diplômes de bachelier ès lettres, de bachelier ès sciences, de bachelier de l'enseignement secondaire spécial ou le certificat de la première épreuve du baccalauréat ès lettres.

Un avantage de 40 points sera accordé aux candidats pourvus au moment des examens écrits du diplôme du baccalauréat ès lettres complet et un avantage de 20 points à ceux pourvus du certificat de première épreuve de ce baccalauréat; 10 points supplémentaires seront accordés à ceux de ces candidats qui seraient pourvus en outre des diplômes du baccalauréat ès sciences ou de celui du baccalauréat de l'enseignement spécial.

Il sera tenu compte de ces avantages dans l'épreuve d'admissibilité.

Les candidats qui possèdent seulement le baccalauréat ès sciences, ou le baccalauréat de l'enseignement spécial, présentent leurs titres au président de la commission de surveillance des compositions au moment de l'appel.

Quant à ceux qui possèdent les diplômes ou certificats

donnant droit aux avantages ci-dessus mentionnés, ils remettent ces documents au président, chargé de les faire parvenir au Ministre de la guerre.

Les candidats non pourvus du diplôme au moment de l'inscription devront se présenter les premiers aux examens du baccalauréat, à la session de juillet et août, afin de justifier de leurs titres lorsqu'ils seront appelés à subir les épreuves orales.

Les examens roulent sur toutes les parties du programme.

Les compositions écrites, dont les matières sont également indiquées, se font au milieu de juin dans les villes où se sont fait inscrire un certain nombre de candidats ; le *Journal officiel* en donne la liste dans le courant de mai.

Indépendamment des épreuves orales et écrites, les candidats en subissent une autre pour la constatation de leur aptitude physique et des connaissances qu'ils peuvent posséder en escrime, en équitation et en gymnastique.

A Paris, les épreuves orales commencent vers le 15 juillet.

Les époques d'ouverture des examens oraux dans les départements sont fixées par le Ministre.

Un avis inséré en août au *Journal officiel,* et publié dans chaque préfecture, fait connaître les époques et les villes où les examens oraux doivent avoir lieu.

Nul ne peut être admis au concours s'il n'a préalablement justifié : 1° qu'il est Français ou naturalisé ; 2° qu'il aura dix-huit ans au moins au 1ᵉʳ octobre, ou qu'il n'a pas accompli sa vingtième année avant le 1ᵉʳ janvier de l'année du concours.

Néanmoins, les sous-officiers, caporaux, ou brigadiers et soldats des corps de l'armée âgés de plus de vingt et un ans et qui auront accompli au 1er juillet de l'année du concours six mois de service réel et effectif, sont admis à concourir, pourvu toutefois qu'ils n'aient pas dépassé l'âge de vingt-cinq ans à cette même date et qu'ils soient encore sous les drapeaux au moment du commencement des compositions.

Les candidats qui remplissent les conditions indiquées doivent se faire inscrire avant le 30 avril au soir, s'ils sont civils, à la préfecture du département où ils étudient, et, s'ils sont militaires, à la préfecture du département dans lequel ils sont en garnison.

Les élèves du Prytanée militaire de la Flèche sont seuls dispensés de l'inscription.

Les pièces à produire sont :

1° L'acte de naissance du candidat, revêtu des formalités prescrites par la loi;

2° Une déclaration d'un docteur en médecine ou en chirurgie attaché à un hospice civil ou à un hôpital militaire, dûment légalisée, et constatant que le candidat a eu la petite vérole ou qu'il a été vacciné ou inoculé;

3° Un certificat du commandant de recrutement du département, constatant, dans les mêmes conditions que pour l'engagement volontaire, l'aptitude réelle au service militaire;

4° Une déclaration écrite des centres d'examen et de composition choisis par le candidat ou par sa famille;

5° Une déclaration sur papier libre du père, de la mère ou du tuteur, reconnaissant qu'il est en mesure de payer la pension, ou, à défaut de cette déclaration, la remise d'une demande de concession de bourse, sur papier timbré. — La demande de bourse doit préciser si la famille sollicite une bourse avec trousseau ou demi-trousseau, ou une demi-bourse avec trousseau ou demi-trousseau, ou seulement la demi-bourse.

Les candidats militaires n'ont pas à fournir la déclaration relative au choix des centres d'examen, mais ils doivent ajouter aux pièces indiquées ci-dessus :

1° Un état signalétique et des services renfermant, en sus des renseignements réglementaires, l'indication des périodes de mise en subsistance dans d'autres corps ;

2° Une déclaration du chef du corps indiquant que, déduction faite de tous les congés, permissions ou dispenses de service de toute nature qu'il a obtenus, et du temps passé en subsistance dans d'autres corps, le candidat comptera au 1er juillet de l'année du concours six mois de service réel et effectif sous les drapeaux. Il est entendu que la condition de six mois de service n'est exigée des candidats militaires que s'ils ont dépassé la limite d'âge imposée aux candidats civils ;

3° Un certificat de bonne conduite ;

4° Un relevé des punitions.

Les candidats civils, ayant la faculté de subir les examens oraux dans la ville d'examen assignée au département où le domicile de leur famille est établi ou à celui où ils ont achevé leur instruction, font connaître le département qu'ils choisissent.

Les candidats militaires subissent les épreuves dans les centres d'examen assignés au département dans lequel ils sont en garnison.

Si, après s'être fait inscrire à la préfecture, ces candidats changent de garnison, ils doivent en informer le Ministre.

Les généraux commandant les corps d'armée leur délivrent à cet effet, s'il y a lieu, des permissions dont la durée ne peut excéder le temps nécessaire au voyage et à l'examen.

Dans toutes les épreuves, l'écriture devra être couramment lisible et généralement correcte. Toute composition qui ne réunirait pas ces conditions serait écartée.

Les candidats admis à subir les examens oraux devront être rendus, la veille du jour fixé pour ces examens, dans la ville qu'ils auront choisie comme centre.

L'offre de démission des candidats admis à l'École devra être accompagnée du consentement de leur père ou de leur tuteur.

Les pièces fournies par les candidats qui ne seraient pas admis à l'École leur seront ultérieurement restituées par la préfecture où l'inscription aura été effectuée.

Programme d'admission. — Les épreuves imposées aux candidats sont de deux sortes :

1° Pour l'admissibilité ;

2° Pour l'admission.

1° ADMISSIBILITÉ.

1° Une composition française de la force de la classe de mathématiques élémentaires (2ᵉ année) ;

2° Un thème allemand. — Les caractères allemands seront employés pour l'écriture de ce thème, qui sera fait à l'aide d'un simple lexique ;

3° Une composition mathématique comprenant une ou plusieurs questions et un calcul logarithmique (on se servira des tables à sept décimales). Les candidats ne pourront se présenter qu'avec une table de logarithmes, tout autre secours leur étant formellement interdit ;

4° Le tracé d'une épure de géométrie descriptive d'après les données numériques, et dont le sujet sera pris tantôt dans la géométrie descriptive, tantôt dans la théorie des plans cotés ;

5° Une épreuve de dessin d'imitation comprenant : 1° la réduction au trait d'une académie dans une proportion donnée ; 2° la copie ombrée d'un paysage (genre Calame) ;

6° Un lavis à teintes plates et à teintes fondues, exécuté à l'encre de Chine.

2° ADMISSION.

Les épreuves pour l'admission se composent :

1° Des compositions ayant servi à l'établissement de la liste d'admissibilité ;

2° D'examens oraux portant sur les matières suivantes :

Arithmétique. — Nombres entiers et décimaux. — Système métrique. — Racines carrée et cubique. — Grandeurs directement et inversement proportionnelles.

Algèbre. — Équations du premier degré. — Équations du second degré à une inconnue. — Progressions arithmétiques et géométriques. — Logarithmes. — Intérêts composés et annuités.

Géométrie. — Lignes, angles, circonférence. — Usage de la règle et du compas. — Polyèdres, cônes et cylindres. — Sphère. — Notions sur quelques courbes usuelles : ellipse, parabole, hélice.

Géométrie descriptive. — Représentation graphique d'un corps par la méthode des projections. — Problèmes sur la ligne droite et le plan. — Plans tangents aux surfaces et intersections des surfaces entre elles.

Géométrie cotée. — Projections cotées. — Notions élémentaires sur les surfaces topographiques. — Courbes de niveau.

Trigonométrie rectiligne. — Construction et usage des tables trigonométriques. — Résolution des triangles. — Applications.

Mécanique. — Éléments de statique. — Des machines simples supposées régies par deux forces, la puissance et la résistance, sans avoir égard au frottement. — Éléments de cinématique et de dynamique.

Physique. — Électricité. — Télégraphie. — Téléphonie. — Acoustique. — Optique. — Photographie. — Télescopie.

Chimie. — Analyse. — Synthèse. — Matières organiques.

Géographie physique et politique, principalement la France et l'Europe centrale. (Les examinateurs insisteront sur la géographie physique et constateront chez les candidats l'habitude de tracer des croquis de géographie au tableau.)

Histoire et littérature. — Résumé du cours d'histoire pour les classes de rhétorique et de philosophie extrait du plan d'études des lycées. En plus : la guerre franco-allemande de 1870; le traité de Francfort; les événements militaires en Algérie de 1848 à 1870.

1° Faire quelques lignes de thème au tableau.

2° Lire l'écriture usuelle allemande. (Il sera tenu un compte sérieux de la lecture des autographes.)

3° Expliquer un texte allemand à livre ouvert.

4° Converser en allemand.

7.

LANGUE ANGLAISE.

Les candidats qui en feront la demande seront interrogés sur la langue anglaise, pour laquelle une note leur sera attribuée.

Les coefficients sont fixés ainsi qu'il suit, tant pour les compositions que pour les examens oraux et l'aptitude physique :

1º COMPOSITIONS.

1º Composition française......................	16
2º Composition mathématique et calcul logarithmique..	10
3º Épure...	6
4º Dessin d'imitation............................	3
5º Lavis à l'encre de Chine......................	2
6º Thème allemand.............................	5
Total.................	42

2º EXAMENS ORAUX.

Sciences mathématiques.	Algèbre et trigonométrie rectiligne .	10
	Géométrie	10
	Géométrie descriptive.............	7
	Géométrie cotée	8
	Arithmétique.....................	10
	Mécanique	10
	Cosmographie	10
Sciences physiques.	Physique	10
	Chimie	5
Lettres.	Histoire........................	14
	Géographie......................	14
	Allemand	10
	Anglais (facultatif)...............	2
	Total....................	115
	A reporter........	115

3° APTITUDE PHYSIQUE.

Report		115
Aptitude physique	Équitation	2
	Escrime	2
	Gymnastique	2
Total		6
Total général		168

Places gratuites. — Les bourses et demi-bourses, trousseaux et demi-trousseaux, sont accordés par le Ministre de la guerre, sur la présentation des conseils d'instruction et d'administration de l'École, conformément à la loi du 5 juin 1850.

Les demandes adressées au Ministre de la guerre, établies sur papier timbré, doivent être remises au moment de l'inscription, c'est-à-dire avant le 30 avril, au préfet chargé de les instruire et de les transmettre.

Elles devront être accompagnées d'un engagement pris par les parents ou tuteurs des candidats et libellé ainsi qu'il suit :

« Je soussigné... étant en instance pour obtenir une « place gratuite à l'École spéciale militaire en faveur « de mon... m'engage à rembourser au Trésor le montant des frais de pension et de trousseau qui me seront « accordés, dans le cas où il ne servirait pas au moins « pendant dix ans dans l'armée, y compris le temps « passé à l'École. »

Le 1er mai, le préfet en enverra la liste au Ministre, liste qui sera ainsi *arrêtée* et *close* définitivement.

Toutefois, dans quelques cas de circonstances exceptionnelles, dont les familles auraient à justifier, ce délai du 30 avril sera prorogé par tolérance jusqu'au 1er juillet; mais toute demande produite après le 1ᵉʳ juillet, de quelque manière qu'elle se présente et quelles que soient les causes du retard, sera irrévocablement écartée.

Dans le courant de mai, le préfet soumettra au conseil municipal chaque demande, appuyée de renseignements détaillés sur les moyens d'existence, le nombre d'enfants et les autres charges des parents, ainsi que d'un relevé du rôle des contributions ; il provoquera une délibération du conseil à ce sujet : il y joindra ses observations et son avis, quand bien même la délibération serait défavorable.

Le travail du préfet, avec chaque dossier ainsi complété, devra être envoyé au Ministre de la guerre avant le 1ᵉʳ août, dernier délai.

Entrée. — Tout candidat nommé élève, qui ne se sera pas présenté au commandant de l'École dans le délai fixé par sa lettre de nomination, sera considéré comme démissionnaire.

Nul ne peut être admis s'il n'a au moins la taille de 1 mètre 540 millimètres, exigée par loi sur le recrutement de l'armée, ou s'il se trouve dans un des cas de réforme prévus par les dispositions réglementaires concernant le recrutement. En conséquence, les élèves, à leur arrivée à l'École, sont soumis à une contre-visite des officiers de santé.

Les élèves non militaires devront contracter un engagement volontaire de cinq ans avant leur entrée à l'École

Nul ne peut être reçu à l'École s'il ne produit un récépissé soit d'un trésorier-payeur général, soit d'un receveur particulier des finances, constatant qu'il a payé le prix du trousseau ou demi-trousseau, et s'il ne remet au général commandant l'École une promesse sous seing privé, dans la forme indiquée par l'article 1326 du Code civil, par laquelle son père, sa mère ou son tuteur s'engage à verser dans la caisse d'un trésorier-payeur général ou d'un receveur particulier des finances, par trimestre et d'avance, le montant de la pension, si l'élève est pensionnaire, ou de la demi-pension, s'il est demi-boursier. Cette promesse, qui doit être légalisée par le maire ou le sous-préfet, sera faite par l'élève lui-même, s'il est majeur ou s'il jouit de ses biens.

Il est donc essentiel que, dans la prévision de leur admission à l'École, les candidats se procurent à l'avance les pièces indiquées ci-dessus et qu'ils se mettent en état de payer la valeur du trousseau dès qu'ils auront reçu leur lettre de nomination.

Les élèves dont le père, la mère ou le tuteur ne réside pas à proximité de Saint-Cyr doivent, en outre, avoir un correspondant dûment accrédité auprès du général commandant l'École.

Régime intérieur. — Les élèves ne sont reçus à l'École que sur la présentation de la lettre ministérielle qui leur annonce leur nomination, et d'un acte d'engagement de cinq ans.

Tout élève verse dans la caisse du trésorier de l'École, le jour de son arrivée, une somme de 75 francs.

Cette somme constitue le fonds de son compte particulier, elle pourvoit aux remplacements ou réparations des objets perdus ou détériorés.

L'élève qui, en deuxième année, est admis dans la section de cavalerie, fait un versement complémentaire de 25 francs.

Chaque élève, en quittant l'École, reçoit l'excédent de son compte, ou rembourse le débet, s'il y a lieu.

Les élèves sont formés en bataillons et compagnies pour l'instruction militaire ; pour l'enseignement, ils sont répartis par année d'études en divisions et sections, selon la nature des cours et l'ordre des études. Le bataillon de Saint-Cyr, bien connu pour la perfection de ses évolutions, porte le nom de *premier bataillon de France ;* dans les prises d'armes, il occupe la droite de l'armée.

Les sous-officiers et caporaux sont pris parmi les élèves; ils portent les insignes de leur grade. Le régime militaire auquel les élèves sont soumis exige que tout supérieur trouve dans ses subordonnés une entière obéissance ; la discipline est rigoureuse à Saint-Cyr ; chacun se fait d'ailleurs un point d'honneur de s'y soumettre.

Les sergents-majors sont chargés de tous les détails de la police et de la discipline de leurs compagnies respectives ; ils ont, pour les seconder, des sergents, un fourrier et des caporaux.

Les cours d'études de l'École militaire se divisent ainsi par année :

PREMIÈRE ANNÉE. — DEUXIÈME DIVISION.

Géométrie descriptive......................... 15 leçons.
Physique et chimie.................... 52 —
Géographie. — Statistique militaire..... 31 —
Littérature........................... 32 —
Histoire............................. 42 —
Allemand, 2 conférences par semaine.

DEUXIÈME ANNÉE. — PREMIÈRE DIVISION.

Topographie......................... 15 leçons.
Fortification......................... 27 —
Artillerie............................ 11 —

Art et histoire militaires (comprenant la
tactique et la stratégie)............... 32 leçons.
Législation et administration militaires.. 22 —
Hygiène militaire (conférences)........ 5 —

En principe, la moitié de la journée est consacrée à l'instruction générale, et l'autre moitié à l'enseignement militaire comprenant les théories et les exercices.

Les récompenses consistent dans les permissions de sortie, la nomination à la première classe et les promotions aux grades de caporal et de sous-officier. Les élèves proposés pour la première classe ou les différents grades sont choisis parmi ceux placés dans la première partie de la liste du classement effectué à l'École.

Les sorties sont le prix de la bonne conduite et du travail. Les permissions ne doivent être accordées que tous les huit jours aux sous-officiers, tous les quinze jours aux caporaux et élèves de première classe, et tous les mois aux autres élèves.

Les punitions consistent dans la consigne à l'étude, ou le peloton de punition pendant la récréation; la privation de sortie; la salle de police; le blâme devant le bataillon ou la mise à l'ordre du jour; la perte de la première classe; la suspension ou la cassation du grade; la prison à l'École ou à la prison militaire de Paris.

Cavalerie. — Le décret du 30 septembre 1853 avait organisé à Saint-Cyr une section de cavalerie. Cet état de choses a été modifié par le décret du 18 janvier 1882. D'après l'organisation nouvelle, tous les élèves sont fantassins, mais tous prennent des leçons d'équitation, et c'est le résultat de l'aptitude constatée par ces leçons, combiné avec les notes scientifiques, qui assure à la sortie le passage dans la cavalerie. On avait remarqué, en effet, que les élèves de la section de cavalerie négligeaient trop souvent le travail scientifique. Le nouveau système force tout le monde à travailler, puisqu'il faut obtenir un certain rang au classement de sortie pour pouvoir choisir.

Les élèves déclarés par le jury supérieur aptes au service dans la cavalerie, exercent leur droit d'option d'après leur rang de passage en deuxième année et dans la limite des besoins prévus pour le recrutement des officiers de l'arme.

Élèves étrangers. — On admet chaque année à l'École militaire, sur leur demande appuyée par leur agent diplomatique, quelques élèves étrangers, une dizaine tout au plus ; ils sont en général de provenance lointaine et, le plus fréquemment, Polonais, Algériens indigènes, Moldo-Valaques, Ottomans, etc.

Sortie. — Chaque année, au mois de juillet, l'inspection générale est faite par un général de division désigné à cet effet. Elle se termine du 15 au 20 juillet.

Aussitôt après l'inspection générale, les jurys d'examen fonctionnent pour les deux divisions, et au fur et à mesure que les élèves ont terminé leurs examens, ils quittent l'École : ceux de la deuxième année, pour n'y plus rentrer, et attendre dans leurs foyers leur destination régimentaire ; ceux de première année, pour jouir d'un congé qui se prolonge jusqu'au 3 novembre.

Les élèves qui ont satisfait aux examens de sortie ont le droit de choisir, suivant le rang de mérite du classement, les régiments dans lesquels ils désirent servir.

Si donc le nombre des élèves ayant demandé le même régiment est supérieur à celui des vacances de sous-lieutenant qui y ont été réservées, c'est le numéro de sortie qui décide.

Il est un usage qui s'est perpétué de tout temps à Saint-Cyr ; chaque promotion se distingue des autres par une appellation spéciale empruntée, en général, à un fait important de l'ordre militaire ou politique s'étant produit dans le cours de la première année de séjour à l'École.

MOUSSES ET PUPILLES

Ces deux établissements sont fixés à Brest, le premier à bord du vaisseau l'*Austerlitz*, le second à terre.

Contrairement à une opinion erronée très répandue à l'intérieur de la France, l'*École des mousses* n'est pas destinée à corriger des natures indociles ; les meilleures références sont exigées des candidats, au point de vue de la conduite, de la docilité de caractère et de la moralité, les mousses de la flotte étant appelés à former l'élite de nos équipages et constituant le principal élément du recrutement des officiers-mariniers. L'effectif de l'École des mousses est de 800 ; le contingent se renouvelle par moitié chaque année.

Ils sont classés en quatre catégories comprenant : 1° les fils des officiers-mariniers, quartiers-maîtres et marins et de toutes personnes à la solde du département de la marine, tant des ports que du littoral; 2° les fils de militaires de l'armée de mer ou de l'armée de terre; 3° les fils des habitants du littoral; 4° les enfants de l'intérieur de la France.

Ils doivent avoir 14 ans au moins et 15 ans au plus, au jour de l'admission. Les conditions de taille exigées (l'enfant étant toisé pieds nus) sont :

A 14 ans, 1ᵐ407. — A 14 ans 3 mois, 1ᵐ418. — A 14 ans 6 mois, 1ᵐ429. — A 14 ans 9 mois, 1ᵐ440. — A 15 ans, 1ᵐ451

Les enfants doivent peser au moins 35 kilogrammes, sans vêtements.

Les mousses restent à bord de l'*Austerlitz* jusqu'à 16 ans révolus ; ils peuvent alors s'engager dans la marine ou suivre une autre carrière.

L'établissement des *Pupilles de la marine* recueille, élève et instruit les orphelins des gens de mer ; l'effectif maximum est de 500 enfants. Les orphelins de père et mère sont admis à 7 ans ; les orphelins de père ou de mère à 9 ans. A 14 ans, les pupilles passent à l'École des mousses, ou sont rendus à leurs familles ou tuteurs. Ils ont reçu une instruction primaire et professionnelle.

Un généreux donateur, M. Poirier, a légué en 1882 une somme de 300,000 francs pour fondation de bourses en faveur de pupilles fils de marins inscrits des dix départements composant la Bretagne et la Normandie. Les mousses et pupilles peuvent seuls aussi bénéficier des bourses de la fondation d'Anthonay.

ÉCOLE NAVALE

BREST.

La carrière maritime est assurément une de celles qui exercent sur l'imagination de la jeunesse un des plus vifs attraits. Il y faut d'ailleurs une vocation spéciale, manifestée d'une façon précoce, car c'est à un âge où l'esprit manque encore généralement de maturité et de résolution qu'il faut décider de sa vie. Grave problème, pour les parents surtout, dont l'expérience peut s'alarmer souvent d'un parti pris que des influences légères et des illusions fugitives ont pu provoquer.

C'est le métier qui le veut, doit-on dire, et les Anglais, qu'on peut prendre pour modèles en ce qui concerne les choses de la mer, vont plus loin que nous en ce sens, car ils ont émis cet axiome : « Après treize ans révolus, chaque jour passé sur terre est perdu pour le marin. » La vie de la mer exige en effet des aptitudes toutes spéciales, aussi bien physiques que morales, et c'est de bonne heure qu'il en faut faire l'épreuve.

C'est une belle et noble carrière que celle d'officier de marine, pleine, à bon droit, de considération et d'honneurs; mais, il faut le dire aussi, c'est là une profession qui, entre toutes, demande un dévouement et une abnégation de chaque jour. Des périls, nous n'en parlons pas : la vertu qui s'appelle courage n'a rien de rare; on la trouve, chez le matelot comme chez le chef, toujours présente à l'heure; mais la vertu supérieure, celle qu'on n'a pas toujours et qu'il faut acquérir, c'est tout un ensemble de soumission, de patience, de persévérance, d'amour du métier, d'espérance soutenue, de confiance en soi. Telles sont les qualités principales nécessaires à l'officier de marine.

Dans le langage officiel de l'administration navale, on fait une distinction entre les différents corps qui dépendent du département de la marine ; ainsi on appelle officiers de vaisseau ceux qu'en langage ordinaire on désigne par le nom d'officiers de marine. Cette désignation officielle sert à les distinguer des autres corps, infanterie et artillerie de marine, commissariat de diverses espèces, service de santé, ingénieurs des constructions navales, ingénieurs hydrographes, ingénieurs des travaux hydrauliques, etc.

Historique. — M. le duc de Vendôme, grand maître de la navigation, avait, en 1664, une compagnie d'archers-gardes qu'on appelait gardes de l'amiral, composée de jeunes gens nobles. Le 22 juin 1682, Louis XIV créa, en même temps que six compagnies de cadets réparties dans les places de guerre, trois compagnies de jeunes gentilshommes dits *gardes de la marine*, établies à Toulon, Brest et Rochefort. Ce n'était pas là, à proprement parler, une école, mais une garde d'honneur, qui toutefois servait de pépinière aux officiers de vaisseau.

Sous la régence du duc d'Orléans, Louis XV créa, par ordonnance du 18 novembre 1716, la compagnie des *gardes du pavillon*, au nombre de quatre-vingts, « pour servir dans les ports et à la mer près de la personne de l'amiral et sur les principaux vaisseaux de guerre, tant en Levant qu'en Ponant ».

La même ordonnance réduisit le nombre des gardes-marine, qui n'étaient pas moins de sept cents, à trois compagnies de quatre-vingts gardes chacune. On recrutait dès lors parmi ceux-ci les sujets destinés à compléter le corps des gardes du pavillon.

Les gardes-marine et les gardes du pavillon portaient le même uniforme : habit bleu, veste, culotte et bas écarlates ; les seconds étaient toutefois distingués par *un bordé d'or haut d'un pouce* aux parements et aux poches.

On modifia l'organisation première dans les détails de l'enseignement, tout en maintenant, comme à la fondation, trois compagnies de gardes-marine dans chacun des ports de Brest, Rochefort et Toulon. Le choix pour l'admission en était fait par le Roi ; l'instruction requise était des plus minimes ; les conditions se bornaient à la preuve de quelques quartiers de noblesse, mais on admettait de préférence les fils d'officiers de l'armée de mer ou les jeunes gens qui avaient déjà fait une campagne sur les vaisseaux du Roi.

Une fois admis, les gardes-marine recevaient une instruction sérieuse et étendue ; l'enseignement comprenait : les mathématiques, l'hydrographie, le dessin, la construction navale, l'escrime et... (trait caractéristique de l'époque) la danse. De plus, des maîtres-canonniers et des maîtres d'équipage leur enseignaient la manœuvre et le pilotage.

Après le temps d'études, trois ans en général, les gardes-marine subissaient des examens de capacité, et, suivant les preuves qu'ils donnaient de leurs connaissances acquises, ils étaient embarqués sur les vaisseaux avec le titre de *gardes du pavillon,* qu'ils conservaient souvent pendant plusieurs années avant d'obtenir le grade d'enseigne de vaisseau.

A bord des vaisseaux naviguant, les gardes du pavillon participaient aux travaux des officiers ; ils faisaient le quart avec eux ; puis, pour compléter par la pratique l'instruction théorique acquise à terre dans les Écoles, ils apprenaient la manœuvre, le pilotage et le canonnage avec les premiers-maîtres de chaque spécialité.

Ce système donna d'excellents résultats. Sous le règne de Louis XVI, le corps des officiers de la marine française avait la réputation d'être le plus instruit de toutes les marines d'Europe.

En dehors des gardes-marine, d'autres jeunes gentilshommes et même des jeunes gens non nobles étaient admis dans la marine royale en qualité de volontaires. A l'âge de vingt-deux ans, et après quatre ans et demi de navigation, les volontaires royaux étaient aptes à commander les bâtiments de la marine marchande.

A côté des officiers provenant des gardes du pavillon, il y en avait d'autres, en assez grand nombre, qui se recrutaient principalement parmi les capitaines des navires du commerce. Ceux-ci embarquaient surtout sur les bâtiments de transport et ils arrivaient très rarement aux grades supérieurs. En langage ordinaire, on les appelait les *officiers bleus*, à cause de leur uniforme spécial. Un charmant tableau de marine du musée du Louvre, *le port de Toulon*, peint à l'époque par Joseph Vernet, chargé par Louis XV de représenter tous les ports de France, donne le spécimen exact des divers uniformes des gardes du pavillon et des officiers bleus. Ces derniers étaient naturellement fort inférieurs sous le rapport de l'instruction et de l'éducation ; mais ils remplissaient avantageusement des emplois modestes qui demandaient une connaissance plus approfondie de certains détails du métier, comme le service des ports et les travaux à l'intérieur des arsenaux.

La révolution de 1789 trouva les officiers de marine fidèles au drapeau de la France; mais 93 survint, et leur origine noble les rendit suspects; ils émigrèrent en grand nombre. La plupart vinrent se faire tuer dans la célèbre expédition de Quiberon.

Le corps des officiers de vaisseau se trouva ainsi presque exclusivement composé d'anciens officiers bleus. Bientôt, le nombre de ceux-ci se trouvant insuffisant pour les gros armements de l'époque, on y suppléa au moyen des capitaines du commerce et des sous-officiers de la marine de l'État. Mais comme les choix se faisaient plus souvent d'après l'énergie des convictions politiques que d'après le savoir ou les services des élus, il en résulta une grande faiblesse dans l'instruction du nouveau corps d'officiers. Ce fut certes là une des principales causes de nos désastres maritimes sous la République. C'est par milliers qu'on peut compter, à cette époque, les prodiges de valeur; mais ce qui constitue la véritable force d'une marine de guerre, c'est la stabilité de la hiérarchie, l'étendue des connaissances spéciales, l'enseignement de l'expérience et de la tradition.

La Convention chercha à remédier à ce fâcheux état de choses, elle ordonna, par un décret de l'an VIII, l'établissement d'Écoles navales à Brest et à Toulon; mais ce décret, pour diverses causes, demeura sans effet.

Ce fut l'Empire qui reconstitua l'enseignement naval sur des bases solides. Un décret de 1810 créa deux Écoles navales établies, l'une à Brest, sur le vaisseau le *Tourville;* l'autre à Toulon, sur le *Duquesne.* Chacun de ces bâtiments devait recevoir trois cents élèves ; ils n'en réunirent jamais que la moitié. La nouvelle institution ne dura que quelques années ; elle finit avec l'Empire, mais les élèves qu'elle produisit sont devenus plus tard les officiers les plus remarquables de notre marine sous la Restauration et le gouvernement de Juillet.

La Restauration s'empressa de licencier les Écoles de Brest et de Toulon, qui portaient le stigmate d'une création impériale, et elle imagina d'établir une École navale... à Angoulême, sous ce prétexte curieux que le duc d'Angoulême était grand amiral de France! Un petit navire, mouillé dans la Charente, servait à donner aux élèves les principes de l'éducation maritime. Après avoir acquis, au *collège de la marine*, à Angoulême, les connaissances exigées par le programme, les élèves obtenaient au concours le grade d'élève de deuxième classe et embarquaient sur la flotte. Ce système d'apprentissage de la marine, fait loin des bords de la mer, laissait grandement à désirer ; il a cependant donné beaucoup d'officiers généraux qui ont brillé dans la marine.

En 1827, l'amiral Roussin détermina le ministère à rétablir une École navale à Brest, comme *succursale* du collège d'Angoulême, et, en 1829, le vaisseau l'*Orion* fut disposé sur la rade avec cette destination. L'établissement d'Angoulême servit encore, pendant quelques années, comme école préparatoire pour l'admission sur le vaisseau l'*Orion;* il fut définitivement supprimé en 1833.

Jusqu'à cette date, les élèves admis à l'École navale de Brest à la suite d'un examen, recevaient en y entrant le grade d'élève de deuxième classe ; ils étaient payés et nourris par l'État et recevaient sur l'*Orion* une éducation gratuite. Ils en sortaient après une année avec le même grade, qu'ils conservaient encore un an ; puis ils étaient nommés élèves de première classe et restaient dans cette position jusqu'à ce que des vacances dans le cadre permissent de les nommer lieutenants de frégate.

En 1833, la durée du séjour à bord du vaisseau-école fut portée à deux ans; les élèves n'eurent plus le titre d'élève de deuxième classe, mais celui d'aspirant; ils durent payer une pension de 700 francs par an et fournir un trousseau évalué à 850 francs. A leur sortie, ils étaient nommés élèves de deuxième classe, et, deux ans après, de première classe ; puis ils suivaient les éventualités des vacances pour la suite de leur avancement.

En 1834, le vaisseau l'*Orion* fut remplacé par le *Borda;* ce dernier nom a toujours été depuis lors conservé au bâtiment qui a servi de vaisseau-école.

État actuel. — L'École navale, établie en rade de Brest, est destinée à former des officiers de marine.

Elle est soumise au régime militaire.

La durée des cours est de deux ans.

Aux termes de l'article 19 de la loi du 27 juillet 1872, les élèves de l'École navale ne sont pas considérés comme présents sous les drapeaux pendant le temps passé à l'École; par suite, les élèves démissionnaires, expulsés de l'École par mesure disciplinaire, ou licenciés pour non-admission aux examens de fin d'année, sont assujettis à toutes les obligations de la loi sur le recrutement.

Les élèves de l'École navale ne sont obligés de contracter d'engagement ni lors de leur admission, ni pendant le séjour qu'ils font à l'École. Ceux qui abandonnent ultérieurement la carrière maritime, sans être liés par un engagement volontaire, ne comptent leurs services que de la date de leur nomination au grade d'aspirant de 2° classe, en supposant, bien entendu, cette nomination antérieure au jour à partir duquel ils sont liés au service comme jeunes soldats.

Les élèves de l'École navale qui désirent conférer la dispense du service militaire à un frère peuvent être autorisés à contracter un engagement dans les équipages de la flotte à partir de seize ans, tout en restant à l'École.

Les élèves sortant de l'École navale sont considérés comme liés au service dans l'armée active, à partir du jour où ils reçoivent leur brevet ou commission les nommant aspirants de 2° classe.

Le temps passé à l'École navale, à partir de l'âge de seize ans, est compté comme service effectif pour la pension de retraite.

Pensions, bourses, trousseaux et premières mises d'équipement. — Le prix de la pension est de 700 francs par an, celui du trousseau est de 1,000 francs environ pour les deux années. — Les élèves redoublants, qui font une troisième année, ont à payer une somme supplémentaire qui est fixée chaque année par le conseil d'administration de l'École.

Des bourses, demi-bourses, trousseaux, demi-trousseaux, peuvent être accordés aux élèves dont les parents sont hors d'état de payer la pension. — Des indemnités de première mise d'équipement peuvent être accordées également aux aspirants de 2° classe dont les familles sont dénuées de fortune.

Inscription. — Les candidats doivent se faire inscrire du 1ᵉʳ au 25 avril, *terme de rigueur,* à la préfecture du département où est établi le domicile de leur famille ou de celui où ils poursuivent leurs études.

Tout candidat, lors de son inscription, doit justifier :

1° Qu'il est Français ou qu'il se trouve placé dans une des conditions prévues par les lois des 16 décembre 1874, 14 février 1882 et 28 juin 1883;

2° Qu'il a eu quatorze ans au moins et qu'il n'a pas accompli sa dix-huitième année avant le 1ᵉʳ janvier de l'année du concours.

Les conditions d'âge sont de rigueur, il n'est accordé aucune dispense.

Les pièces à produire pour l'inscription sont :

1° L'acte de naissance du candidat, dûment légalisé ;

2° Un certificat du maire de la localité, constatant que le candidat est Français, ou bien qu'il se trouve dans une des conditions énoncées ci-dessus;

3° Une déclaration d'un docteur en médecine ou en chirurgie, dûment légalisée, attestant que le candidat a eu la petite vérole ou qu'il a été vacciné ou inoculé;

4° Une déclaration écrite indiquant celui ou ceux des centres de composition écrite ou d'examen oral choisi par le candidat ou par sa famille. *Ce choix une fois fait, aucun candidat ne sera autorisé à changer de centre d'examen ou de composition que pour des motifs graves,* avec preuves à l'appui et par décision du Ministre;

5° Une déclaration sur papier timbré par laquelle le père, la mère ou le tuteur reconnaît être en état de payer au Trésor public, par trimestre et d'avance, une pension annuelle de 700 francs.

Les familles ont la faculté de payer le prix de la pension des élèves à la caisse du Trésor à Paris, ou, dans les départements, entre les mains des receveurs des finances, qui en délivrent récépissé;

6° Un second acte sur papier timbré, portant engagement de fournir le trousseau, les livres et objets nécessaires aux études, dont l'administration de l'École navale fera connaître le détail aux parents ou aux correspondants. Le prix de ces objets est d'environ 1,000 francs, payables au *trésorier de l'École* en deux portions exigibles, savoir : 800 francs au moment de l'admission de l'élève et le reste au commencement de la seconde année.

Les deux engagements prévus aux paragraphes 5° et 6°, ci-dessus, doivent être écrits en entier de la main de celui qui les souscrit ou approuvés par l'intéressé dans la forme indiquée à l'article 1326 du Code civil;

7° S'il y a lieu, le diplôme de bachelier ès lettres (1re partie), ou de bachelier ès lettres complet, ou de bachelier ès sciences; à défaut, un certificat du recteur de l'Académie constatant que le candidat est possesseur d'un ou de plusieurs de ces diplômes.

A défaut des déclarations ci-dessus (§§ 5° et 6°), une demande sur papier libre énonçant que la famille (père, mère ou tuteur) sollicite : une bourse, une demi-bourse; une bourse avec trousseau ou demi-trousseau; une demi-bourse avec trousseau ou demi-trousseau, ou enfin un trousseau ou un demi-trousseau seulement.

Cette demande, adressée au Ministre de la marine, doit être remise au moment de l'inscription, c'est-à-dire *avant le 25 avril,* au préfet du département où réside la famille, accompagnée :

8.

1° D'un état de renseignements détaillés sur les moyens d'existence, le nombre, l'âge et la situation respective des enfants, et sur les autres charges de la famille;

2° D'un relevé du rôle des contributions.

La demande et ces deux documents sont ultérieurement transmis au Ministre (*le 1ᵉʳ juillet au plus tard*) par les soins des préfets des départements, qui provoquent une délibération du conseil municipal du lieu de la résidence ordinaire des familles, la joignent au dossier et font connaître leur avis.

Il peut être accordé en outre, par le Ministre, sur la proposition du même conseil, et en application de la même loi, une première mise d'équipement militaire (570 fr.) :

1° Aux élèves de l'École navale, dénués de fortune, à l'occasion de leur nomination au grade d'aspirant de 2ᵉ classe ;

2° Aux élèves de l'École polytechnique, qui se trouvent dans les mêmes conditions, à l'occasion de leur nomination au grade d'aspirant de 1ʳᵉ classe.

Les demandes doivent être adressées au Ministre *avant le 1ᵉʳ mai* de l'année de la sortie de l'École navale.

Les formalités à remplir et les pièces à produire sont les mêmes que celles énoncées ci-dessus, pour les concessions de bourses et de trousseaux.

Les pièces produites à l'appui des demandes de bourses, ainsi qu'à l'appui des demandes de première mise d'équipement, ne sont valables que pour l'année dont elles portent la date.

Concours. — Nul n'est admis à l'École navale que par voie de concours.

Les épreuves pour l'admission consistent en compositions et en examens oraux.

Les compositions ont lieu simultanément les deux premiers jours du mois de juin (dimanche excepté), dans les villes désignées ci-après :

Paris, Dunkerque, Cherbourg, Brest, Lorient, Rochefort, Bayonne, Toulouse, Toulon, Lyon, Nancy, Bastia et Alger.

Le sujet de chaque composition n'est donné qu'au moment précis où il doit être traité.

Le temps de la dictée n'est pas compris dans celui fixé pour la durée de chaque composition.

Les candidats ne peuvent avoir, pendant les séances, aucun document écrit, aucun livre, etc.; ils sont tenus de faire le thème anglais sans l'aide du dictionnaire.

Pour le calcul numérique de trigonométrie, et pendant cette seule séance, les candidats ne devront faire usage que d'une table de logarithmes ne contenant aucune note écrite à la main ; ils pourront se servir des formules imprimées qui se trouveront dans l'édition des tables dont ils disposent.

Répartition des séances de compositions.

1re journée.

Séance du matin.	Appel à 7 heures. Composition d'arithmétique et d'algèbre, dure 3 heures 1/2. Repos d'une 1/2 heure. Calcul trigonométrique, dure 1 heure.
Séance de l'après-midi.	Appel à 2 heures. Composition de géométrie descriptive, dure 1 heure 1/2. Repos d'une 1/2 heure. Thème anglais, dure 1 heure.

2ᵉ journée.

Séance du matin.	{ Appel à 7 heures. Composition de géométrie, dure 3 heures 1/2.
Séance de l'après-midi.	{ Appel à 1 heure. Composition française, dure 2 heures 1/2. Repos d'une 1/2 heure. Dessin, 1 heure.

Examens oraux. — Les matières du programme des examens oraux sont réparties entre les examinateurs de la manière suivante :

1° Anglais, histoire et géographie ;

2° Français et latin ;

3° Géométrie, géométrie descriptive, statique, physique et chimie ;

4° Arithmétique, algèbre et trigonométrie.

Les examens oraux commencent à Paris le 1ᵉʳ juillet, ou le 2, si le 1ᵉʳ est un dimanche ; ils ont lieu ultérieurement dans les villes indiquées ci-dessus, à l'exception de Bastia et d'Alger, aux époques publiées au *Journal officiel,* en même temps que la liste des candidats autorisés à subir les épreuves orales.

Programme et coefficients. — Lettres et dessin :

	COEFFICIENTS.	
	Compositions.	Examens.
Français. — Classes de grammaire et de 3ᵉ	4	6
Latin. — Classes de grammaire et de 3ᵉ.	»	8
Anglais. — Classes de grammaire et de 3ᵉ.	4	6
Histoire. — Classes de 5ᵉ, 4ᵉ et 3ᵉ........	»	4
Géographie. — Classes de 6ᵉ, 5ᵉ et 4ᵉ....	»	4
Dessin. — Tête d'après un modèle.......	4	»
	12	28

Total des lettres....... 40

Sciences :

Arithmétique. — Classe de mathématiques élémentaires....................		6
Algèbre. — Classe de mathématiques élémentaires....................	9	10
Trigonométrie rectiligne. — Classe de mathématiques élémentaires.......		5
Géométrie et *Géométrie descriptive.* — Classe de mathématiques élémentaires.	9	10
Statique. — Éléments...............		5
Physique. — Préliminaires, pesanteur et chaleur....................		6
Chimie. — Jusqu'aux métaux exclusivement....................		
	18	42
Total des sciences.......	60	
Total général..........	100	

La connaissance de la langue allemande est prise en considération.

La production du diplôme de bachelier ès lettres (1re partie) ou du diplôme de bachelier ès sciences donne droit à un avantage de 30 points.

La production des deux diplômes de bachelier ès lettres complet et de bachelier ès sciences donne droit à un avantage de 50 points.

Il est tenu compte de ce nombre de points (30 ou 50 suivant le cas) lors du classement d'admissibilité aux examens oraux.

Régime intérieur. — Les élèves nommés et avisés par lettre ministérielle doivent être rendus à Brest pour le 1er octobre et se présenter au major général, qui constate leur admission. Ils ne sont reçus à l'École qu'après l'accomplissement des formalités que nous avons mentionnées, la visite du conseil de santé et les versements faits ou justifiés au trésorier de l'École.

Les élèves qui n'ont pas rejoint le vaisseau dans les délais fixés par leur lettre d'admission sont considérés comme démissionnaires, sauf le cas de force majeure.

La durée du séjour sur le vaisseau-école le *Borda* étant de deux ans, les élèves sont répartis en deux divisions : la première comprend les élèves qui ont satisfait à l'examen de la première année, et la seconde les nouveaux admis. Chaque division est partagée en deux escouades.

A la suite des classements trimestriels et de fin d'année, il est accordé, dans chaque division, des distinctions honorifiques au premier quart de l'effectif dans l'ordre du classement. Les élèves compris dans le premier tiers des élèves d'élite sont *brigadiers*.

Les examens de fin d'année se passent : 1° à l'ancien établissement des pupilles (astronomie, analyse et mécanique, infanterie); 2° à la pharmacie de la marine (physique et chimie); 3° à bord du *Borda* et de ses annexes (manœuvre); après la clôture des examens, les élèves de la première division peuvent rester à bord jusqu'à la fin de l'année scolaire, ou se rendre dans leurs familles, s'ils y sont autorisés.

Les élèves des deux divisions portent le même uniforme.

L'entretien du trousseau est à la charge des familles; les frais de blanchissage sont à la charge de l'administration.

Les peines qui peuvent être infligées aux élèves sont : la réprimande simple (2 points) ou double (3 points). Le peloton (3 points + 2 par jour) qui se fait sans armes, dans la batterie basse, de 9 à 10 heures du soir ;

La police (8 points + 3 par jour). Les élèves punis de police assistent aux cours et aux exercices ; en dehors de ce temps, ils sont enfermés dans les prisons du faux-pont et surveillés par un factionnaire ; ils reçoivent la même nourriture que les matelots ;

La prison (18 points + 6 par jour) ; l'élève puni de prison ne va pas aux exercices et couche sur le lit de camp ;

Le cachot (56 points + 10 par jour). L'élève puni de cachot n'assiste à aucun cours, ni aux exercices ; il est privé de ses livres d'étude et du reste est dans l'obscurité ;

La détention à l'*amiral* (on nomme ainsi dans les ports de guerre un vieux ponton qui sert de prison) ;

L'expulsion de l'École.

La prison et les peines plus graves entraînent la révocation des insignes des élèves gradés.

Tout élève qui dans le mois a plus de 20 points de punition est privé de sortie.

Dans le courant de chaque trimestre, chaque élève subit deux interrogations ; la note de la deuxième a pour le classement trimestriel une valeur double de la première, sauf pour le troisième trimestre, où elle a une valeur triple.

Les cahiers sont examinés au moment des interrogations.

L'échelle de notation va de 0 à 20. Il est fait deux classements pendant l'année scolaire, l'un au 31 décembre, l'autre au 1er avril. Ces classements sont faits par le conseil d'instruction.

A la fin de chaque cours, tous les élèves subissent une

interrogation générale qui, combinée avec les interrogations particulières, formera la note moyenne. Celle-ci, jointe à la note donnée à l'examen de fin d'année, formera la note définitive de classement.

A la suite des examens de fin d'année, les élèves de la première division sont nommés *aspirants* de deuxième classe; ceux de la deuxième division sont admis dans la première.

A côté du vaisseau-école le *Borda,* et pour joindre un peu de pratique à la théorie, il y a deux corvettes d'exercice, l'une à vapeur, le *Bougainville*, l'autre à voiles, le *Janus.* Pendant le mois d'août, les élèves qui viennent de passer dans la première division font sur la corvette à vapeur le *Bougainville* une tournée sur les côtes de France et quelquefois sur celles d'Angleterre et de Belgique. Ce petit voyage d'instruction nous amène à traiter maintenant un point capital, une innovation très féconde, l'institution du vaisseau d'application l'*Iphigénie.*

VAISSEAU-ÉCOLE D'APPLICATION *L'IPHIGÉNIE.*

C'est en 1864, sous le ministère Chasseloup-Laubat, que fut décidée la création d'une École d'application qui donnât aux jeunes officiers une instruction pratique complète qui leur manquait souvent à leur sortie du *Borda.* Le vaisseau le *Jean-Bart* reçut cette destination.

Avant cette époque, les élèves sortants étaient embarqués pendant deux années avec le grade d'aspirant de deuxième classe et deux années avec celui d'aspirant de première classe. Ce système présentait un inconvénient, en ce sens que, tant qu'ils n'étaient que de deuxième classe, les aspirants n'avaient pas autorité sur les officiers mariniers, c'est-à-dire les adjudants et premiers-maîtres. Avec la méthode actuelle, au contraire, les aspirants, après avoir fait sur le vaisseau d'application une seule année qui compte pour les deux de deuxième classe, arrivent sur la flotte avec le grade de première classe et se trouvent de suite au-dessus des officiers mariniers.

C'était une mission délicate que celle d'organiser la nouvelle École d'application. Il y fallait un chef d'un mérite reconnu à tous égards et présentant à un haut degré les qualités requises, le tact, l'expérience, la fermeté. Cet homme s'est rencontré : ce fut l'amiral Dieudonné, alors capitaine de vaisseau, qui eut l'honneur de commander le *Jean-Bart* pendant sa première campagne. Cet officier distingué accomplit sa tâche avec autant de bonheur que de talent, et l'on se rappelle encore à Brest la rentrée du *Jean-Bart* dans la passe, toutes voiles dehors et le *chapeau* sur la cheminée, le commandant tenant à faire voir que les feux n'étaient pas allumés. Ce fait secondaire avait une certaine importance; c'était la réponse à l'un des points du programme. On avait en effet reconnu que, depuis le grand accroissement de la marine à vapeur, les élèves arrivaient officiers sur la flotte sans avoir été formés à la navigation à la voile.

Un mois après, le commandant Dieudonné recevait ses *étoiles*, qu'il devait à sa belle campagne et à l'excellente organisation du vaisseau d'application.

Plusieurs commandants se sont succédé sur le *Jean-Bart* ou sur l'*Iphigénie*, qui l'a remplacé, et les campagnes ont eu des fortunes diverses; mais quel que soit le niveau d'instruction pratique, qui peut varier selon les aptitudes des chefs, l'École d'application navale aura toujours l'avantage de former les jeunes gens à la vie

exceptionnelle du marin par un séjour forcé à la mer
dans toutes les circonstances de temps, de climat et de
navigation.

Cette excellente institution n'avait pu toutefois échap-
per à la critique, et elle fut un moment menacée ; mais
sur un rapport du vice-amiral Roze en date de septembre 1872, rendant pleine justice au zèle du commandant
Duburquois et des officiers sous ses ordres, le Ministre
de la marine en a assuré le maintien.

Les élèves de l'École navale reconnus admissibles après
deux années de séjour sur le *Borda*, sont donc embarqués sur le vaisseau d'application en qualité d'aspirants
de deuxième classe. Le moment de l'arrivée sur l'*Iphigénie* est fixée au 1er octobre. Les aspirants doivent être
pourvus du trousseau, des livres et instruments nécessaires pour une campagne de dix mois ; ces objets sont
indiqués à l'avance par un prospectus.

Une dizaine de jours est généralement laissée sur la
rade de Brest pour les derniers apprêts particuliers et
pour la distribution des aspirants dans les diverses parties du service.

Les aspirants sont divisés par escouades de dix ou
douze, suivant leur nombre. Chaque escouade habite un
logement ou *poste* particulier ; le plus ancien, c'est-à-
dire celui qui a le numéro de promotion le plus faible
dans chaque escouade, a le titre de *chef de poste*, avec
l'autorité et la responsabilité que comporte cette position. Le poste sert à la fois de salle d'étude, de salle à
manger, de vestiaire et de dortoir, grâce aux hamacs que
l'on suspend le soir. Des inspections fréquentes du commandant et de l'officier en second du bâtiment assurent
le maintien de l'ordre et de la propreté dans les postes.

Les aspirants doivent avoir de la déférence pour leurs supérieurs, de la bienveillance pour leurs inférieurs.

Ils sont subordonnés aux premiers-maîtres et leur doivent l'obéissance la plus absolue.

Ils ont autorité sur les maîtres et autres personnes d'un rang inférieur, mais ils ne doivent pas oublier que leur éducation, leur âge et leur inexpérience leur font un devoir de les traiter avec égards.

Table. — Les aspirants reçoivent pour leur nourriture une somme de 1 fr. par jour dans les mers d'Europe, 1 fr. 33 à 1 fr. 50 dans les pays étrangers : ils ont en outre la ration du matelot, qui leur est délivrée en nature.

Tous les deux mois, dans chaque poste, un chef de gamelle est désigné par la voie du sort; il a pour mission de surveiller tout ce qui concerne la gestion de la table. Parmi les chefs de gamelle, le sort détermine la nomination d'un *chef de gamelle général;* celui-ci représente l'administration de la table vis-à-vis des autorités et aussi vis-à-vis des agents de cuisine et d'office. Il reçoit de l'officier d'administration le traitement de table pour toute la promotion et en fait emploi pour l'achat des provisions et du matériel de table.

Le matériel de table et de cuisine est entretenu au moyen d'une somme fixe prélevée tous les mois sur le traitement des aspirants.

Solde. — La solde des élèves de l'*Iphigénie* est de 75 fr. par mois.

Chefs d'escouade. — Chaque escouade d'aspirants est sous les ordres d'un lieutenant de vaisseau spécialement chargé d'enseigner à ses élèves la manœuvre, les observations et calculs astronomiques, de leur donner les traditions du métier, de les former à la discipline et à tous les devoirs de l'officier de mer. A cet effet, les escouades font le *quart* sur le pont avec leur chef, et des relations de tous les moments s'établissent qui font que souvent une escouade vaut en raison de la valeur de son chef.

Cours d'études. — Des professeurs particuliers ou des officiers de vaisseau font chaque jour des cours aux aspirants. L'instruction est principalement dirigée vers l'application des sciences dont la théorie a été enseignée à l'École navale. Les cours de manœuvre, artillerie, infanterie, hydrographie, astronomie, sont professés par les lieutenants de vaisseau faisant partie de l'état-major de l'École.

L'anglais et le dessin sont enseignés par des professeurs spéciaux. Les cours d'administration et d'hygiène sont professés par le commissaire et le docteur du vaisseau.

Un maître d'armes démontre l'escrime, qui est obligatoire pour tous.

L'état-major de l'*Iphigénie* se compose de : un capitaine de vaisseau, commandant; un capitaine de frégate, second ; dix lieutenants de vaisseau, chefs d'escouade ou professeurs ; un officier d'administration ; trois officiers du service de santé.

Voyage. — La campagne de l'*Iphigénie* a une durée de *dix mois* des premiers jours d'octobre à la fin de juillet. Elle embrasse en général la côte d'Amérique depuis les États-Unis jusqu'au fleuve de la Plata, le cap de Bonne-

Espérance, les îles Canaries et une relâche en Espagne
ou en Portugal.

Les traversées sont employées à des exercices de toute
espèce, où l'on apprend aux élèves à pratiquer tous les
détails du métier et à commander les manœuvres.

Un brick est adjoint à l'*Iphigénie* pour permettre de
faire exécuter aux élèves les principes des évolutions de
toutes sortes que puisse faire un bâtiment.

Les relâches servent à exécuter les travaux qui ne peuvent se faire que sur les rades, comme la manœuvre des
embarcations et des ancres, les levés hydrographiques,
les grandes opérations de force, mâtage, démâtage,
abatage en carène, etc.

Pendant ces relâches, les élèves sont autorisés à des-
cendre à terre par groupes pour se promener. Ils vont
aussi, à l'occasion, visiter avec leurs officiers les arsenaux ou les établissements de quelque importance.

Sortie. — Au retour de la campagne, une commission
examine les aspirants et leur donne un rang de classement avec lequel ils sont portés sur l'*Annuaire de la
marine* avec le grade d'aspirant de première classe. Ceux
qui ne satisfont pas convenablement aux examens conservent leur grade de deuxième classe; ils sont embarqués
sur la flotte et admis à passer, six mois plus tard, un
nouvel examen, à la suite duquel ils reçoivent le titre
d'aspirant de première classe ou sont rayés définitivement
du cadre.

Il y a en outre sur l'*Iphigénie* quelques élèves d'une
catégorie spéciale. Ce sont des élèves sortant de l'École
polytechnique, en petit nombre d'ailleurs (de 4 à 8), qui,
admis dans la marine avec le grade d'aspirant de pre-

mière classe, passent une année sur le vaisseau d'application et sont ensuite embarqués sur la flotte. Après deux années de grade, ils peuvent être nommés enseignes de vaisseau. Cette classe d'officiers a donné à la marine des sujets fort remarquables.

Nous ne mentionnons que pour mémoire parmi les officiers de vaisseau ceux qui sont d'autre provenance que l'École navale, c'est-à-dire ceux recrutés parmi les sous-officiers de l'armée de mer, les capitaines au long cours et les aspirants auxiliaires.

Avancement dans l'armée navale. — Les conditions légales d'avancement pour les grades d'officiers de vaisseau consistent en *trois* années de grade, dont *deux* de navigation. On comprend que les circonstances doivent généralement prolonger de beaucoup au delà le temps que les officiers passent dans chaque grade.

Il résulte de calculs faits avec soin que, dans ces dernières années, les officiers promus à l'*ancienneté* se sont trouvés avoir en moyenne : deux ans dans le grade d'aspirant de première classe pour passer enseignes, quatre ans et demi dans le grade d'enseignes pour passer lieutenants de vaisseau, treize ans et demi dans le grade de lieutenant de vaisseau pour être nommés capitaines de frégate.

Ce qui donne comme moyenne d'âge :

Pour l'entrée à l'École navale...............	17 ans.
Pour la nomination d'aspirant de deuxième classe..................................	18 —
— d'aspirant de première classe.	20 —
— d'enseigne de vaisseau......	22 —
— de lieutenant de vaisseau.....	27 —
— de capitaine de frégate......	44 —

Il est bien entendu que ces chiffres se rapportent à l'ancienneté ; l'avancement au choix peut singulièrement modifier ces conditions. Il est impossible d'établir des moyennes pour les grades supérieurs, ces grades étant exclusivement donnés au choix. Certaines circonstances, très variables, dans la composition du personnel de la tête du cadre, peuvent amener des changements considérables dans les conditions de l'avancement normal.

Cadre de l'état-major. — Le corps des officiers de marine comprend :

Amiraux, en temps de paix.....................	2
— en temps de guerre.....................	3
Vice-amiraux	15
Contre-amiraux...............................	80
Capitaines de vaisseau.........................	100
Capitaines de frégate..........................	200
Lieutenants de vaisseau de première classe.......	250
— — de deuxième classe.......	350
Enseignes de vaisseau..........................	420
Aspirants....................................	140

Une loi, votée par le Corps législatif le 21 décembre 1879, a amélioré et unifié la solde des officiers de tout grade des différents corps de la marine. Voici son application en ce qui concerne les officiers de vaisseau :

OFFICIERS.	SOLDE A TERRE.	SOLDE A LA MER.
Vice-amiral.....................	18,000	21,600
Contre-amiral	12,000	14,400
Capitaine de vaisseau...........	8,185	9,814
Capitaine de frégate............	6,669	8,033
Lieutenant de vaisseau de 1re classe	3,486	4,168
— — 2e — ..	3,069	3,675
Enseigne de vaisseau............	2,589	3,031
Aspirant de 1re classe...........	1,818	1,818
— 2e —	985	985

Il y a de plus pour tous ces grades des augmentations particulières quand les officiers occupent des positions spéciales, comme celles de capitaine de pavillon, d'attaché à un état-major général, etc.

Nous l'avons dit en commençant, nous le répétons : la carrière de l'officier de marine est une des plus belles et des plus nobles, mais il y faut pour devise et pour règle ces trois mots : patience, persévérance, confiance.

ÉCOLE POLYTECHNIQUE

Parmi nos grandes écoles nationales, il n'en est pas qui ait plus de prestige que l'École polytechnique ; il n'en est pas qui jouisse d'une réputation si universelle et si justement méritée. La raison en est à la multitude d'hommes éminents qui en sont sortis depuis près d'un siècle qu'elle existe. Personne n'ignore que c'est la pépinière dans laquelle l'État recrute les sujets d'élite appelés à diriger les services publics les plus divers ; c'est là que se sont formés, entre des milliers d'hommes capables, la plupart des illustres savants dont s'honore la France.

Historique. — La création de l'École polytechnique remonte au milieu de la période révolutionnaire. Vers la fin de l'année 1793, tout enseignement public des lettres et des sciences avait cessé ; tous les collèges étaient fermés ou déserts ; la plupart des professeurs, membres de l'ordre ecclésiastique, étaient proscrits et dispersés ; enfin, un décret de la Convention, ayant appelé aux armées les hommes de dix-huit à vingt-cinq ans, avait entraîné toute cette partie de la jeunesse qui se livrait au professorat. En un mot, les études étaient généralement interrompues.

Quelques écoles spéciales subsistaient encore au milieu de cette vaste destruction, mais dans un état complet de dépérissement. On en retrouvera la situation détaillée

9.

dans les diverses notices de ce livre ; mais en voici l'exposé sommaire :

C'était l'École des élèves du corps d'artillerie, qui, établie à la Fère en 1756, transférée dix ans après à Bapaume, supprimée en 1772, remplacée alors par des places d'élèves dans les Écoles régimentaires, avait été reconstituée à Châlons par décret de l'Assemblée nationale, en 1790.

C'était l'École du génie militaire, fondée à Mézières en 1748 et naguère transférée à Metz.

C'était l'École des ponts et chaussées, fondée en 1747 par Perronet, dont les élèves venaient d'être requis par le ministère de la guerre et incorporés dans le service actif du génie.

C'était l'École des élèves-ingénieurs de la marine, qui apprenaient la théorie de leur art dans les salles du Louvre.

C'était l'École des mines, créée quelques années avant la Révolution, où l'on donnait aussi une instruction plus théorique que pratique.

C'était le corps des élèves-ingénieurs géographes, qui suivaient des cours au Dépôt de la guerre.

De toutes ces Écoles, celle des ponts et chaussées excitait la plus grande sollicitude ; mais les premiers élèves qui servaient de professeurs ayant été enlevés par le Ministre de la guerre et envoyés comme ingénieurs aux armées, on était privé des moyens de former des sujets nouveaux. C'est alors que Lamblardie, directeur de l'École des ponts et chaussées, songea à la création d'une école préparatoire qui pourrait devenir commune à tous les corps d'ingénieurs. Lamblardie communiqua son projet à Monge, qui s'empara de cette idée avec

chaleur, sa situation lui offrant les moyens d'en poursuivre la réalisation.

Il y avait alors auprès du Comité de salut public une
espèce de congrès de savants, où la plupart des sciences
exactes et naturelles se trouvaient dignement représen-
tées. Monge en faisait partie et s'y distinguait par son
infatigable activité. Les premières ouvertures, furent
donc favorablement accueillies ; elles trouvèrent de zélés
approbateurs dans deux membres du Comité, anciens
élèves de Monge à Mézières, Carnot et Prieur de la
Côte-d'Or. Grâce à eux, on introduisit dans la loi une
disposition portant que la commission des travaux publics, créée par la loi du 11 mars 1794, s'occuperait de
l'établissement « d'une *École centrale des Travaux publics* et du mode d'examen et de concours qui *voudront*
(*sic*) être employés à la direction de ces travaux ». Telle
est, dans les documents publics, la première trace de
l'École polytechnique.

La commission des travaux publics s'établit au Palais-
Bourbon et désigna pour l'École quelques dépendances
de ce palais, telles que les écuries, les remises, la salle
de spectacle, l'orangerie. Lamblardie fut chargé de diriger les travaux d'appropriation ; on lui adjoignit Gasser,
autre ingénieur des ponts et chaussées.

Pendant que s'exécutaient les travaux des bâtiments
et la formation du matériel, le gouvernement préparait
les dispositions législatives qui devaient vivifier l'institution. Fourcroy, membre du Comité de salut public, y
présenta un rapport sur la constitution de l'École. Ce
fut au nom de la guerre et en présentant les ingénieurs
comme les auxiliaires indispensables des armées, que le
rapporteur put triompher des méfiances du Comité contre

ce qui semblait le rétablissement d'un privilège. La loi fut rendue le 7 vendémiaire an III (28 septembre 1794) ; elle établit pour l'admission les conditions sui-vantes : une bonne conduite, l'attachement aux princi-pes républicains, la connaissance de l'arithmétique et des éléments de l'algèbre et de la géométrie, l'âge de seize à vingt ans. Les examinateurs étaient appelés à ju-ger des *qualités intellectuelles* et de l'instruction des candidats sur les mathématiques.

Les admissions furent fixées à quatre cents. Les élèves appelés à l'ouverture de l'École reçurent le trai-tement de route alloué aux canonniers de première classe (quatre sols par jour *en numéraire*). A compter du jour de leur arrivée, ils devaient jouir d'un traitement de 1,200 fr. par an. Les élèves, après trois années d'études, étaient assurés d'un emploi aux fonctions d'ingénieur pour les divers services publics, d'après leurs capacités.

Lamblardie fut nommé directeur.

Les élèves n'étaient pas casernés ; ils étaient logés chez les citoyens. Le matériel fut uniquement constitué au moyen de nombreuses réquisitions.

La loi avait fixé à quatre cents le nombre des élèves ; mais le chiffre des admissions après les premiers examens ne fut que de 349. Pour atteindre ce nombre, on fut obligé d'accorder de nombreuses dispenses : soixante-dix élèves avaient plus de vingt ans ; vingt-sept en avaient moins de seize ; on en reçut un de douze ans et demi. On dérogea même, en faveur de la nouvelle École, à une loi de cette même année qui interdisait l'entrée de Paris à la noblesse. Enfin, selon les instructions données, les examinateurs tinrent plus de compte de l'*intelligence* que des connaissances acquises.

Les mathématiques et la physique formèrent les deux branches principales de l'enseignement de l'École.

Le cours entier était de trois années, entre lesquelles les matières de l'enseignement furent réparties ainsi :

Première année. — Les principes généraux de l'analyse et son application à la géométrie des trois dimensions ;

La stéréotomie ;

Le cours de physique générale (répété de même chaque année, en sorte que chaque élève ait l'occasion de le suivre trois fois) ;

La première branche de la physique particulière, ou chimie appliquée aux substances salines ;

L'étude du dessin selon la force particulière de chaque élève.

Deuxième année. — Application de l'analyse à la mécanique des solides et des fluides ;

L'architecture ;

Cours de physique générale (*bis*) ;

La deuxième branche de la chimie, concernant les matières organiques, végétales et animales ;

L'étude du dessin.

Troisième année. — Application de l'analyse au calcul de l'effet ;

La fortification ;

Cours de physique générale (*ter*) ;

La troisième branche de la chimie comprenant les minéraux ;

Le dessin.

Tous les jours de travail, les élèves devaient être à l'École de huit heures du matin à deux heures et de cinq heures à huit heures du soir.

Dans chaque décade, selon la division du temps établie par la Convention, six jours étaient consacrés aux mathématiques, deux à la chimie, un à la physique ; le dixième ou décadi était jour de repos.

Malgré tous les efforts de la commission, l'École ne put ouvrir ses cours que le 1er nivôse an III (21 décembre 1794).

Le conseil de direction fit porter à trois cent quatre-vingt-six le nombre des admissions. On partagea les élèves en trois divisions : la première, la moins instruite, dut rester trois ans ; les deux autres divisions, deux ans seulement, et alterner le programme.

Les élèves n'étaient pas exempts du service de la garde nationale, et ils durent prendre les armes, le 20 mai 1795, pour la Convention contre les Jacobins.

Aux mois de juin et juillet suivants, beaucoup d'élèves, ne pouvant plus subsister en raison de la disette et de l'abaissement de la valeur des assignats, quittèrent l'École. Le Comité de salut public fit distribuer à ceux qui restaient une livre de pain par jour.

Le 1er septembre 1795 (15 fructidor an III), la Convention rendit une loi qui statuait sur des points importants de l'organisation de l'École, et changea le nom d'École centrale des travaux publics en celui d'*École polytechnique*. Cette seconde loi fut une confirmation et comme une seconde création de l'institution. Le mode d'admission fut mieux réglé, le degré des connaissances élevé. L'École polytechnique fut alors placée sous l'autorité du Ministre de l'intérieur ; le nombre des élèves fut réduit à trois cent soixante d'abord, et peu après à deux cent cinquante.

Après le 18 brumaire, le gouvernement fit présenter un nouveau projet qui fut adopté le 25 frimaire an VIII (16 septembre 1799). Le nombre des élèves était reporté de deux cent cinquante à trois cents. Les limites d'âge furent fixées de seize à vingt ans ; mais deux campagnes de guerre portaient la limite à vingt-six ans. Les élèves admis avaient le grade de sergent d'artillerie et en recevaient la solde, 98 centimes par jour.

C'est en 1800 que l'on arrêta la disposition par laquelle les élèves sortants de l'École polytechnique durent entrer dans les écoles d'application des services publics, dont l'enseignement fut coordonné avec celui de l'école-mère. On institua en même temps un conseil de perfectionnement.

A l'établissement de l'Empire, en 1804, un décret en date du 16 juillet constitua les élèves en corps militaire et les caserna au collège de Navarre. Le général Lacuée fut le premier gouverneur. Les élèves formèrent un bataillon divisé en cinq compagnies. Bientôt les candidats affluèrent, et il fut décidé que les élèves devraient payer pension. Le conseil de perfectionnement fixa, à partir du 9 septembre 1805, cette pension à 800 francs, plus le trousseau, les livres et les instruments.

Nous avons dû nous étendre longuement sur les débuts de l'institution, parce que cette phase de son histoire présente des détails vraiment curieux ; mais à partir de l'époque où nous sommes arrivés, il n'est guère survenu que des modifications partielles dans son organisation.

Sous la Restauration et le gouvernement de Juillet,

l'École polytechnique a été plusieurs fois licenciée, notamment en 1816, en 1834 et en 1844; mais elle a chaque fois été réorganisée par des ordonnances subséquentes. Ces ordonnances royales portent les dates des 4 septembre 1816, 17 septembre et 20 octobre 1822, 13 novembre 1830, 25 novembre 1831, 30 octobre 1832, 6 novembre 1843 et 30 octobre 1844. L'École est régie aujourd'hui par le décret du 30 novembre 1863 et le règlement ministériel du 5 mars 1857.

La promotion la plus forte, trois cent quatre-vingt-seize élèves, a été la première, en 1794 ; la plus faible fut celle de 1820, soixante-six élèves. Pendant le premier Empire, les promotions montèrent, avec une progression constante, de cent dix élèves, en 1808, à deux cent vingt-sept en 1813. En 1814, le chiffre descend à soixante-quinze, et pendant toute la Restauration ne s'élève pas au delà de soixante-quinze. Sous Louis-Philippe, il fut en moyenne de cent trente. Enfin, dans les dernières années du second Empire, le chiffre a varié généralement entre cent quarante et cent cinquante élèves. Depuis la guerre de 1870 et en raison de l'augmentation de l'armée, principalement de l'arme de l'artillerie, les promotions ont varié de 230 à 250.

L'École polytechnique a payé largement son tribut à la patrie dans la guerre de 1870-1871 contre la Prusse. Pendant le siège de Paris, le gouvernement de la Défense nationale décréta la réunion de l'École à Bordeaux ; il convoqua dans cette ville tous les éléments de haut enseignement épars dans les provinces ; les élèves nouveaux furent appelés ; les professeurs furent recrutés parmi les hommes distingués, la plupart examinateurs et anciens élèves, enfin l'École fut ouverte ; les cours eurent lieu. Mais après un mois de durée ils furent suspendus ; en présence de la gravité des événements militaires, les élèves sollicitèrent l'honneur de prendre part à la guerre; on dut accueillir leur demande, et tous furent répartis dans les divers corps d'armée, où ils prêtèrent un utile concours pendant le reste de la campagne.

État actuel. — L'École polytechnique est destinée spécialement à former des élèves pour les services ci-après, savoir :

L'artillerie de terre et de mer ;

Le génie militaire ;

Le génie maritime ;

La marine nationale ;

Le corps des ingénieurs hydrographes ;

Le commissariat de la marine ;

Les ponts et chaussées ;

Les mines ;

Les manufactures de l'État (tabacs, poudres et salpêtres) ;

Les télégraphes ;

Enfin pour les autres services publics qui exigent des connaissances étendues dans les sciences mathématiques, physiques et chimiques, et qui pourraient être ajoutés par décrets aux services ci-dessus spécifiés.

La durée des cours d'études est de deux ans.

Les élèves ne peuvent être admis dans les services publics désignés ci-dessus qu'après avoir satisfait aux examens de sortie.

Les élèves ayant satisfait à ces examens n'ont pas un droit absolu à être placés dans les services publics, le nombre des candidats reçus chaque année étant, en principe, supérieur d'un dixième au chiffre présumé des emplois qu'il sera possible de donner à ces élèves lors de leur sortie de l'École. Cette disposition du règlement n'a pas lieu de préoccuper les candidats ; c'est l'équilibre rationnel des démissions volontaires et des cas très rares de non-admissibilité faute de travail, qui peuvent se produire chaque année. Il est arrivé quelquefois cependant que des élèves aient été placés dans l'infanterie ou la cavalerie.

Les militaires admis à concourir après l'âge de vingt ans ne peuvent être placés que dans les services militaires.

L'École est soumise au régime militaire ; les élèves portent l'uniforme.

Le prix de la pension est de 1,000 fr., et celui du trousseau de 700 fr. environ. Le bordereau et le tarif des objets de trousseau sont envoyés aux familles avec les lettres de nomination. Les articles de lingerie ne peuvent être fournis en nature. Une somme de 100 francs doit en outre être versée pour former le fonds de masse de chaque élève.

Des bourses et des demi-bourses sont instituées en faveur des élèves dont les parents sont hors d'état de payer la pension, et qui remplissent les conditions indiquées plus loin. Il peut aussi leur être alloué un trousseau ou un demi-trousseau à l'entrée à l'École.

Admission. — Nul n'est admis à l'École que par voie de concours. Le concours est public et a lieu tous les ans à Paris et dans certaines villes de province spécialement désignées.

Les épreuves consistent en compositions écrites et en

examens oraux qui portent exclusivement sur les matières du programme des connaissances exigées.

Nul ne peut être admis à ces épreuves s'il ne justifie de la qualité de bachelier ès sciences ou de bachelier ès lettres. Un avantage de 15 points est attribué aux candidats qui présentent le diplôme de bachelier ès lettres, ou le certificat de la première épreuve de ce baccalauréat.

Il y a deux degrés d'examens oraux : les examens au premier degré servent à constater si les candidats ont une instruction suffisante pour être admis aux examens du second degré; ceux-ci, à déterminer le classement par ordre de mérite des candidats admis.

Le premier examen porte le nom d'admissibilité. Il a été décidé qu'à partir de 1887, et contrairement à ce qui se faisait jusque-là, le titre d'admissible ne se reporterait pas à un examen ultérieur, et que tous les candidats, même ceux admissibles l'année précédente, devraient subir à nouveau toutes les épreuves.

Nul ne peut être admis aux épreuves orales s'il n'a fait toutes les compositions écrites.

Les compositions écrites peuvent s'appliquer à toutes les divisions du programme des connaissances scientifiques exigées; elles comprennent : un exercice sur le cours de mathématiques spéciales, en général sur le cours de géométrie analytique, une épure de géométrie descriptive, une composition française, un calcul trigonométrique, un lavis, le dessin d'un buste d'après la bosse.

Les notes d'appréciation des épreuves écrites et orales varient de 0 à 20.

Voici les coefficients des matières de l'examen d'admission du second degré servant au classement d'entrée :

1º EXAMEN ÉCRIT.

	Compositions.
Composition mathématique	4
Épures de géométrie descriptive	4
Calcul trigonométrique	1
Dessin d'imitation	5
Lavis	1
Composition française	7

2º EXAMENS ORAUX.

Mathématiques	1ᵉʳ Examinateur	29
	2º Examinateur	29
Physique et chimie		15

Les compositions se font dans la deuxième quinzaine de juin. — Tous les candidats inscrits doivent faire ces compositions, mais ils peuvent être ensuite autorisés à passer les examens oraux en province dans le centre de composition le plus rapproché de leur famille.

A Paris, les examens oraux commencent en général vers le 1ᵉʳ juillet; les élèves de province qui viennent passer leurs examens à Paris sont appelés les derniers; ils doivent se rendre à Paris vers le 1ᵉʳ août.

Les époques d'ouverture des examens dans les départements, ainsi que les circonscriptions des centres d'examen, sont fixées par le Ministre de la guerre et publiées dans le *Journal officiel*, au commencement de juin. Sur la seule publication de ces avis, et sans qu'ils aient reçu aucun avertissement particulier, les candidats auront à se rendre, en temps utile, dans celui des centres où ils devront subir soit les épreuves écrites, soit les examens oraux.

Au début des examens, chaque candidat remet aux examinateurs les feuilles d'épures, lavis et dessins exécutés par lui pendant l'année scolaire courante, d'après les spécifications portées au programme des connaissances exigées.

Le candidat qui se présente au concours pour la deuxième et la troisième fois peut représenter les épures de l'année précédente, en y joignant seulement cinq épures nouvelles relatives aux intersections de surfaces et différant par les données des épures de l'année précédente.

Concours. — Nul ne peut être admis au concours s'il n'a préalablement justifié :

1° Qu'il est Français ou naturalisé ;

2° Qu'il a eu seize ans au moins et vingt ans au plus au 1er janvier de l'année du concours.

Néanmoins les sous-officiers, les caporaux ou brigadiers et les soldats de l'armée âgés de plus de vingt ans et qui auront accompli au 1er janvier qui suivra le concours deux ans de service réel et effectif, seront admis à concourir, pourvu qu'ils n'aient pas dépassé l'âge de vingt-cinq ans au 1er juillet de l'année du concours. On n'accorde à ces candidats aucune dispense d'âge ou du temps de service.

Toutefois, depuis une dizaine d'années, la limite d'âge a été prorogée d'un an par une décision ministérielle spéciale à chaque concours. Les candidats qui profitent de cette prorogation ne peuvent être classés à leur sortie de l'École que dans les services militaires ; ils doivent en outre contracter un engagement de cinq ans. Il est à supposer que cette mesure, provisoire jusqu'à présent, sera bientôt rendue définitive.

Les candidats qui rempliront les conditions ci-dessus

indiquées devront se faire inscrire le 1ᵉʳ mai au plus tard, s'ils sont civils, à la préfecture du département où ils étudient, et, s'ils sont militaires, à la préfecture du département dans lequel ils sont en garnison.

Les élèves du Prytanée militaire sont seuls dispensés de l'inscription ; ils sont examinés dans le centre d'examen déterminé pour le département de la Sarthe.

Les pièces à produire pour l'inscription sont :

1° L'acte de naissance du candidat et celui de son père revêtus des formalités prescrites par la loi ;

2° Une déclaration d'un docteur en médecine, attaché à un hospice civil ou à un hôpital militaire, dûment légalisée, et constatant que le candidat a eu la petite vérole ou qu'il a été vacciné ;

3° Une pièce attestant la possession du diplôme de bachelier ès sciences, ou de bachelier ès lettres, ou du certificat relatif à la première épreuve de ce baccalauréat ;

4° Un certificat du commandant du bureau de recrutement, constatant que le candidat n'est atteint d'aucune infirmité le rendant impropre au service militaire ;

A défaut de ce certificat, le candidat doit présenter une demande de dispense spéciale, et son admission n'est validée que si elle est justifiée par un rang élevé sur la liste de classement ;

5° Une déclaration écrite des centres d'examen et de composition choisis par le candidat ou par sa famille, conformément aux dispositions ci-après énoncées ;

6° Une déclaration du père, de la mère ou du tuteur reconnaissant qu'il est en mesure de payer la pension, ou une demande de concession de bourse.

Les candidats militaires doivent ajouter à ces pièces :

1° un état signalétique et des services renfermant, en sus des renseignements réglementaires, l'indication des périodes de mise en subsistance dans d'autres corps; 2° une déclaration du chef de corps indiquant que, déduction faite de tous les congés, permissions ou dispenses de service de toute nature et du temps passé en subsistance dans d'autres corps, le candidat comptera, au 1er janvier qui suivra le concours, deux ans de service réel et effectif sous les drapeaux.

Les candidats civils, ayant la faculté de se faire examiner soit dans la circonscription d'examen où le domicile de leur famille est établi, soit dans celle où ils ont achevé leur instruction, font connaître le département qu'ils choisissent.

Les candidats militaires subissent les épreuves dans le centre d'examen assigné au département où le corps dont ils font partie se trouve en garnison. L'autorité militaire devra leur délivrer, à cet effet, s'il y a lieu, des permissions dont la durée ne pourra excéder le temps nécessaire au voyage et à l'examen.

Si, après s'être fait inscrire à la préfecture, ces candidats changent de garnison, ils doivent en informer le Ministre.

Les pièces fournies par les candidats qui ne seraient pas admis à l'École polytechnique leur seront ultérieurement restituées par la préfecture où l'inscription aura été effectuée.

Programme. — Le programme d'admission varie quelquefois dans quelques-unes de ses parties; il est publié au mois de janvier par le *Journal officiel* et comprend l'algèbre complémentaire, y compris des notions sur les infiniment petits, et la définition de l'intégrale définie.

La géométrie analytique à deux et à trois dimensions.

La trigonométrie plane, et les éléments de la trigonométrie sphérique.

La géométrie descriptive

Les parties de la physique concernant l'optique, la pesanteur, la statique des gaz, la chaleur, et les changements d'état des corps.

La chimie des métalloïdes.

Langue française.

Langue allemande.

Dessin géométrique, lavis, dessin d'imitation.

Places gratuites. — Les bourses et demi-bourses, trousseaux et demi-trousseaux sont accordés par le Ministre de la guerre sur la présentation des conseils d'instruction et d'administration de l'École, conformément à la loi du 5 juin 1850.

Les demandes adressées au Ministre doivent être remises, au moment de l'inscription, c'est-à-dire le 1er mai au plus tard, au préfet chargé de les instruire et de les transmettre. Le 2 mai, le préfet envoie la liste au ministre; cette liste est ainsi arrêtée et close définitivement.

Dans le courant du mois de mai, le préfet soumet au conseil municipal chaque demande, appuyée de renseignements détaillés sur les moyens d'existence, le nombre d'enfants et les autres charges des parents, ainsi que d'un relevé du rôle des contributions; il provoque une délibération du conseil à ce sujet; il y joint ses observations et son avis.

Le travail du préfet, avec chaque dossier ainsi complété, doit être envoyé au Ministre avant le 25 juin.

Entrée. — Tout candidat nommé élève qui ne se sera pas présenté au commandant de l'École dans le délai fixé par sa lettre de nomination, sera considéré comme démissionnaire.

Chaque élève est soumis à une visite des officiers de santé et, s'il y a lieu, à une contre-visite, qui ont pour objet de constater qu'il n'a aucun vice de conformation ni aucune infirmité qui le mettrait hors d'état d'être admis aux cours ou qui le rendrait impropre aux services publics.

Nul ne peut d'ailleurs être reçu à l'École s'il ne fournit immédiatement le prix du trousseau et ne remet au commandant une promesse sous seing privé, dans la forme indiquée par l'article 1326 du Code civil, par laquelle son père, sa mère ou son tuteur s'engage à verser dans la caisse d'un receveur du Trésor public, à Paris ou dans les départements, le montant par trimestre et d'avance, de la pension, si l'élève est pensionnaire, ou de la demi-pension, s'il a obtenu une demi-bourse. Cette promesse, qui doit être légalisée par le maire ou le sous-préfet, sera faite par l'élève lui-même, s'il est majeur ou s'il jouit de ses biens.

Les élèves dont les parents ou le tuteur ne résident pas à proximité de Paris doivent avoir un correspondant dûment accrédité auprès du général commandant de l'École.

Régime intérieur. — Les élèves de l'École polytechnique forment un bataillon partagé en deux divisions, comprenant chacune deux compagnies. La première division se compose des élèves de seconde année ; la seconde division, de ceux de première.

Le ministre fixe chaque année l'époque d'entrée des élèves nouveaux et de rentrée des élèves de seconde année (à quelques jours d'intervalle, milieu d'octobre). Dans chaque division, les élèves sont répartis, en général, au nombre de huit par salle pour les études, de dix par table pour les repas, de vingt par laboratoire pour les manipulations de chimie, et en nombre variable par chambre pour le coucher. Toute la division est réunie dans un même amphithéâtre pour les cours oraux. Il y a à l'École trois amphithéâtres ; l'un en forme d'hémicycle pour l'une des divisions, et où se font en outre tous les cours de chimie ; un second pour l'autre division, et un troisième, récemment et magnifiquement installé, uniquement destiné aux cours de physique.

Le cadre de chaque compagnie comprend un capitaine, deux adjudants faisant fonctions de lieutenants, un sergent-major, un sergent fourrier et dix sergents.

Les sergents-majors, fourriers et sergents sont pris parmi les élèves. Les deux premiers élèves de chaque promotion sont sergents-majors, le 3° et le 4° sont sergents fourriers ; les vingt suivants sont sergents, le général les fait reconnaître en cette qualité.

Il y a dans chaque salle d'étude un élève gradé qui en est le chef. Les chefs de salle transmettent aux élèves de leurs salles respectives les ordres des supérieurs.

Les élèves sont constamment en tenue. A l'intérieur de l'École, la tenue consiste en une tunique dite *berry*, un pantalon semblable au pantalon d'extérieur et une casquette à galons de laines. Le lever a lieu à 6 heures, l'appel à 6 heures et demie. Le premier repas a lieu à 8 heures et demie, le dîner à 2 heures, et le souper à 9 heures. La plupart des cours ont lieu entre le déjeuner et le dîner; la récréation qui suit celui-ci, et qui dure jusqu'à 5 heures, est remplie en partie par les manœuvres militaires, la gymnastique, l'équitation, l'escrime, etc.

Les exercices militaires comprennent les manœuvres d'infanterie et d'artillerie; ils sont complétés chaque année par le tir à la cible, qui est exécuté au polygone de Vincennes.

Les leçons d'escrime et celles d'équitation pendant la seconde année sont obligatoires pour tous les élèves.

Les leçons de danse sont facultatives et aux frais des élèves.

Pour chaque division, l'année d'études se divise en deux semestres; les cours sont répartis ainsi :

PREMIÈRE ANNÉE. 2º DIVISION. — SEMESTRE D'HIVER :

Analyse;	Langue allemande;
Géométrie;	Manipulations de chimie; — travail
Chimie;	graphique;
Histoire et littérature;	Dessin.

SEMESTRE D'ÉTÉ, COMMENÇANT AU 1er MARS :

Physique;	Langue allemande;
Mécanique;	Manipulations de chimie; — travail
Architecture;	graphique;
Histoire et littérature;	Dessin.

2º ANNÉE. 1re DIVISION. — SEMESTRE D'HIVER :

Analyse;	Langue allemande;
Physique;	Manipulations de chimie; — travail
Astronomie et géodésie;	graphique;
Architecture;	Dessin.
Histoire et littérature;	

SEMESTRE D'ÉTÉ (1er MARS) :

Mécanique ;	Langue allemande ;
Chimie ;	Manipulations ; — travail
Art militaire ;	graphique ;
Stéréotomie ;	Dessin.
Histoire et littérature ;	

Au commencement ou à la fin de chaque leçon, quelques élèves tirés au sort sont interrogés par le professeur. Chaque jour un certain nombre d'élèves sont interrogés par les répétiteurs.

Les travaux graphiques sont remis aux époques fixées, à quelque degré d'avancement qu'ils se trouvent ; ils reçoivent dans cet état une note.

Un élève peut être autorisé à passer une troisième année à l'École, s'il a été arrêté dans ses études par une maladie grave, mais dans aucun cas le nombre de trois années n'est dépassé.

Les jours de sortie générale sont : le mercredi, de deux heures et demie à dix heures du soir, et le dimanche, de huit heures du matin à dix heures du soir. Dans des cas fort rares et pour affaires de famille dûment constatées, le général peut accorder une sortie extraordinaire et même une permission de quelques jours.

A la fin du premier semestre, les élèves des deux divisions subissent des interrogations générales, qui donnent lieu à un classement ; elles sont suivies d'un congé d'une dizaine de jours, pendant la deuxième quinzaine de février.

A la fin du deuxième semestre, les élèves de chaque division subissent, devant les examinateurs spéciaux, des examens, soit pour le passage de la seconde à la première division, soit pour la sortie de l'École.

Ces examens, au nombre de cinq pour chaque élève, ont lieu à la fin de juin et pendant le mois de juillet; ils sont espacés à dix jours d'intervalle.

Le classement de sortie a une importance capitale, puisqu'il détermine le choix de la carrière; il est notoire que les carrières civiles ont la préférence; elles se classent généralement ainsi : mines, ponts et chaussées, génie maritime, tabacs. Viennent ensuite les professions militaires.

Les élèves admis dans les services civils passent deux ou trois années à Paris dans une École d'application avec le titre d'élève-ingénieur; ils reçoivent en outre un brevet de sous-lieutenant de réserve dans l'artillerie ou le génie. Ceux qui sont classés dans l'artillerie de terre ou de mer, ou le génie militaire, sont nommés sous-lieutenants, et passent en cette qualité deux années à l'École d'application de Fontainebleau avant d'entrer dans les corps de troupes. Enfin ceux qui sont nommés dans la marine nationale y entrent avec le grade d'aspirant de 1re classe.

Les élèves déclarés non admissibles dans les services publics, et qu'on appelle à l'École les *fruits secs*, suivent les conditions de la classe de recrutement à laquelle ils appartiennent par leur âge... Ils sont du reste fort rares : c'est le meilleur éloge à faire de l'organisation et de la direction de l'École.

Ce qui constitue pour une bonne part la valeur des études à l'École polytechnique, c'est la condition du choix de la carrière réservé à la sortie. Le grand attrait qu'il y a pour l'élève à décider de son avenir est, on le comprend, un énergique stimulant au travail; on lui doit assurément la force reconnue de l'enseignement. Le niveau de l'instruction est élevé, par cette raison qu'il ne s'agit pas de préparer vite des sujets destinés à entrer immédiatement dans les différentes professions ; au contraire, l'École polytechnique est une école préparatoire où l'on peut pousser loin les études théoriques, tous les élèves devant à leur sortie faire de l'application dans les diverses Écoles spéciales.

Le séjour à l'École exige un labeur soutenu ; l'admission y est difficile. Comment en serait-il autrement, quand il se présente chaque année douze à treize cents candidats pour une moyenne qui aujourd'hui varie entre deux cents et deux cent cinquante places ? Le simple titre d'ancien élève de l'École polytechnique n'est pas un grade ; mais il a une valeur analogue, et l'on voit maintes fois s'en prévaloir des hommes distingués qui se sont fait une situation brillante en dehors des carrières administratives ou militaires.

PRYTANÉE MILITAIRE

LA FLÈCHE

Le Prytanée militaire de la Flèche est à coup sûr, parmi nos Écoles nationales, une de celles qui ont la plus ancienne origine ; non pas qu'il ait, dans son autonomie actuelle, une très longue existence, mais parce qu'il a été la suite et comme la réminiscence d'institutions fort anciennes qui en contenaient le germe.

Le collège royal de la Flèche fut créé sous Henri IV. Il est bâti sur la rive droite du Loir. C'est un ensemble de vastes bâtiments au-dessus desquels s'élèvent deux tours voisines, la tour de pierre et la tour de bois. La porte d'entrée est chargée de riches sculptures, et sur les panneaux on remarque des H dorées, monogramme de l'illustre fondateur, dont le buste figure dans une niche ovale placée au milieu du fronton.

C'est en faveur des jésuites que fut installé le collège royal de la Flèche, et il faut bien dire qu'il obtint promptement un succès sans précédent jusque-là et que peu d'établissements scolaires ont atteint. En effet, au vieux collège, en 1604, on ne comptait pas moins de *douze cents* élèves, parmi lesquels l'élite de la noblesse.

En 1610, le nombre de douze cents était dépassé ; les jésuites avaient su attirer là les enfants de la noblesse de plusieurs provinces. Parmi ces écoliers, il y avait *vingt-*

quatre enfants de gentilshommes ou officiers de la maison du Roi, tous à sa nomination, dont l'éducation devait être gratuite. C'était là comme le noyau du pensionnat du collège et le principe de la destination militaire que l'institution acquit plus tard. On donnait à ces jeunes gens une certaine instruction militaire ; elle consistait dans l'école du soldat qu'on leur enseignait pendant les récréations.

A la mort de Henri IV (14 mai 1610), et selon sa volonté, son cœur fut apporté de Paris en grande pompe, placé dans la chapelle du collège et enfermé dans un cœur d'argent. Louis XIII continua sa protection à l'œuvre de son père et accrut les bâtiments.

René Descartes, la gloire de l'ancien collège, en sortit en 1612, à l'âge de seize ans. L'établissement poursuivit sa brillante carrière sous la direction de l'illustre et puissante Compagnie ; en 1626, il y avait à la Flèche 300 pensionnaires et 1,800 externes. Les externes ne payaient qu'une redevance insignifiante. Ils logeaient chez les bourgeois, dont c'était devenu la principale industrie, et souvent tout un quartier était rempli des enfants d'une même contrée. Quelques rues de la Flèche ont conservé la trace de cet état de choses : ainsi la rue des Lavallois était celle où demeuraient les enfants de Laval.

Cette situation prospère se prolongea durant le long règne suivant, mais il est à remarquer que sous Henri IV, Louis XIII et Louis XIV, l'élément militaire au collège de la Flèche ne fut que secondaire.

L'année 1762 fut signalée par une véritable révolution dans l'enseignement scolaire : le célèbre arrêt du parlement, en date du 5 août, condamna l'institut des jésuites, les sécularisa et ordonna la vente de leurs biens. Le collège royal était frappé de mort.

Après le bannissement des jésuites, la municipalité de la Flèche prit la direction de l'établissement, qui avait de suite perdu la majeure partie de ses élèves.

En 1764, les officiers de la sénéchaussée de la Flèche demandèrent au roi Louis XV de rétablir un collège où la jeune noblesse fût préparée aux carrières de la magistrature, de l'Église et *même à la profession des armes*. Cette dernière idée frappa la cour, et des lettres patentes de Louis XV, en date du 7 avril 1764, portèrent création à la Flèche d'une école préparatoire à l'École militaire du Champ-de-Mars, avec le titre de Collège royal de la Flèche.

Dès lors le caractère de l'institution se modifie; l'élément militaire devient le principal; l'enseignement se spécialise. On admet non seulement les fils de gentilshommes, mais aussi ceux d'officiers blessés à la guerre et ceux des chevaliers de Saint-Louis.

En 1767, le Collège royal fut affilié à l'Université par lettres patentes, et son état redevint des plus florissants.

On remarque à cette époque parmi les élèves : La Tour d'Auvergne et les deux frères Dupetit-Thouars.

Pendant le règne de Louis XVI, l'institution éprouva de nouvelles vicissitudes; sous prétexte de mauvais esprit des élèves, une décision ministérielle annonça que l'École militaire de Paris ainsi que son annexe de la Flèche étaient licenciées, et que les élèves étaient disséminés dans les petites Écoles militaires des places de guerre, au nombre de douze.

Quelques semaines plus tard, le 20 mai 1776, par lettres patentes, le Collège fut transféré aux Pères de la Doctrine chrétienne, pour l'éducation de cent jeunes gentilshommes.

La Révolution arriva; la plupart des écoliers et des professeurs étaient partis quand, le 1er mai 1793, le Collège fut dissous. Plusieurs des élèves se retrouvèrent l'année suivante à l'École de Mars, établie le 8 juin 1794, dans la plaine des Sablons. Parmi ceux-ci figuraient : Clarke, qui depuis devint duc de Feltre; Champagny, duc de Cadore; Bertrand; les frères Chappe, inventeurs du télégraphe. Notons que la Flèche fut le berceau de la télégraphie : les premiers appareils furent placés sur la plate-forme du château de Brûlon et sur la maison de M. Perrotin, à Parcé, distante de 15 kilomètres.

Pendant toute la période révolutionnaire, le Collège fut à la disposition du corps municipal, qui l'entretint pauvrement.

Le 1er germinal an VIII, le premier Consul adopta le projet d'organisation de quatre Collèges militaires désignés sous la dénomination générale de Prytanées français, à Paris, Fontainebleau, Saint-Cyr et Saint-Germain.

Le 24 mars 1808, un décret impérial, daté de Saint-Cloud, ordonna la translation du Prytanée de Saint-Cyr à la Flèche et de celui de Fontainebleau à Saint-Cyr. Dans chaque École, il devait y avoir 400 élèves; le prix de la pension était de 600 francs.

Vers 1811, Napoléon adjoignit à chacun des Prytanées une École d'artillerie, comprenant 160 élèves.

En 1814, une ordonnance de Louis XVIII, en date du 30 juillet, supprima le Prytanée militaire et rétablit l'École royale pour servir d'école préparatoire à l'École militaire de Paris. Le duc d'Angoulême alla présider à la restauration du Collège. L'artillerie fut supprimée; les élèves de cette division furent envoyés à Saint-Cyr. En 1815, l'École de Saint-Cyr fut supprimée et le Collège royal de la Flèche demeura la seule École militaire.

Une ordonnance royale du 21 février 1831 ordonna la formation d'un Collège royal militaire; la République de 1848 lui donna le titre de Collège national.

Enfin le second Empire lui rendit la qualification de Prytanée. Le décret du 23 mai 1853 consacra la plupart des ordonnances antérieures et régla l'organisation dans les conditions suivantes :

État actuel. — Le Prytanée militaire, spécialement institué à la Flèche pour l'éducation gratuite des fils d'officiers, peut aussi recevoir d'autres enfants, à titre d'élèves payant pension : cet établissement est soumis au régime militaire. L'instruction donnée au Prytanée comprend les cours littéraires et scientifiques nécessaires pour mettre les élèves en état d'obtenir les diplômes de bachelier ès lettres et de bachelier ès sciences, et, plus particulièrement, de se présenter avec succès aux concours d'admission aux Écoles polytechnique et spéciale militaire de Saint-Cyr.

Les candidats pour l'admission au Prytanée, comme élèves gratuits, demi-gratuits ou pensionnaires, doivent subir un examen que nous détaillerons plus loin.

Le prix de la pension est de 850 francs, et celui du trousseau d'environ 415 francs. Les familles des élèves boursiers ou demi-boursiers sont tenues de subvenir aux frais du trousseau, comme celles des pensionnaires. Le bordereau des objets de trousseau est envoyé aux parents avec les lettres de nomination.

Les pertes ou dégradations provenant de la faute des élèves sont à leur charge. Les familles doivent verser, dans ce but, à la caisse du conseil d'administration du Prytanée, une provision de 35 francs lors de l'admission des élèves, et lorsque cette masse sera sur le point d'être épuisée, l'administration de l'École en donnera avis à la famille, qui aura à effectuer un nouveau versement de 20 francs.

Les élèves quittent le Prytanée à la fin de l'année scolaire pendant laquelle ils accomplissent leur dix-neuvième année. *Trois cents* places gratuites et *cent dix* places demi-gratuites sont instituées en faveur des fils d'officiers servant encore ou ayant servi dans les armées françaises, ou des fils de sous-officiers morts au champ d'honneur. Elles sont accordées, de préférence, aux orphelins de père et de mère, et subsidiairement aux enfants à la charge de leur mère, dans l'ordre ci-après :

1° Aux orphelins de père et de mère, et subsidiairement aux enfants à la charge de leur mère ;

2° Aux fils d'officiers en retraite ;

3° Aux fils d'officiers en activité de service.

Les familles qui, se trouvant hors d'état de payer la pension, voudraient faire valoir leurs droits à l'obtention d'une de ces places, doivent justifier que l'enfant qu'elles présentent comme candidat remplit les conditions suivantes :

1° Qu'il est Français ;

2° Qu'il a eu, pour entrer en septième, neuf ans accomplis et moins de dix ans, et, pour entrer en rhétorique, moins de seize ans au 1ᵉʳ janvier de l'année courante. Toutefois la dernière limite pourra être reculée jusqu'à dix-huit ans, si le candidat est pourvu du certificat de première épreuve du baccalauréat ès lettres ou du diplôme de baccalauréat ès sciences. Toute demande d'admission gratuite au Prytanée doit être adressée, avec toutes les pièces ci-dessus énumérées, avant le 31 mai, au préfet du département dans lequel le pétitionnaire a son domicile; les préfets transmettent ces demandes au Ministre de la guerre au plus tard le 10 juin.

S'il s'agit du fils d'un officier en activité de service, en disponibilité ou en non-activité, un double de la demande qui aura été remise au préfet est adressé, par la voie hiérarchique, au général commandant le corps d'armée chargé de donner des renseignements sur la manière de servir et les titres de l'officier.

Chaque demande remise au préfet doit être accompagnée des pièces suivantes :

1° L'acte de naissance de l'enfant, revêtu des formalités prescrites par la loi;

2° Une déclaration d'un docteur en médecine ou en chirurgie, attaché à un hospice civil ou à un hôpital militaire, dûment légalisée, et constatant que l'enfant a eu la petite vérole ou qu'il a été vacciné, et qu'il n'est atteint ni d'affection chronique ni de maladie contagieuse;

3° Un certificat de bonne conduite, délivré par le chef de l'établissement où le candidat a commencé ses études, s'il a déjà suivi des cours primaires ou secondaires;

4° Un état authentique des services du père du candidat;

5° Un relevé du rôle des contributions et un certificat délivré par le maire du lieu du domicile de la famille, énonçant exactement les moyens d'existence, le nombre d'enfants et les autres charges des parents. Si le père fait encore partie d'un corps de troupes, ce certificat sera délivré par le conseil d'administration.

Le préfet chargé d'instruire la demande, conformément aux indications ci-dessus, provoque une déclaration du conseil municipal constatant que la famille est sans fortune et qu'elle est dans le cas d'obtenir soit la bourse entière, soit la demi-bourse. Cette déclaration, accompagnée de l'avis particulier du préfet, est jointe à la demande transmise au ministère.

Tout candidat aux places gratuites, âgé de dix ou onze ans, doit, par suite de l'examen subi en juillet, être reconnu capable d'entrer dans la classe correspondant à son âge.

Élèves pensionnaires. — Les élèves pensionnaires, dont le nombre est fixé à 50, peuvent être admis dans les mêmes conditions d'âge que les élèves boursiers.

Les familles qui voudraient obtenir l'admission de leurs enfants au Prytanée comme pensionnaires, doivent, indépendamment de l'acte de naissance de l'enfant, de la déclaration d'un docteur en médecine et du certificat de bonne conduite, produire à l'appui de leur demande un certificat du maire de leur résidence, visé par le préfet, et constatant qu'elles sont en état de payer la pension.

Nul ne peut être nommé élève pensionnaire s'il n'est, par suite de l'examen subi en juillet, reconnu capable d'entrer dans la classe correspondant à son âge.

Examens d'admission. — Tous les enfants dont l'admission au Prytanée est demandée, soit à titre d'élèves boursiers, soit à titre de pensionnaires, doivent, sauf ceux qui sont pourvus du certificat d'aptitude à la première partie du baccalauréat ès lettres, subir, dans les huit premiers jours de juillet, un examen pour faire constater leur degré d'instruction devant les jurys départementaux chargés d'examiner les enfants portés comme candidats aux bourses dans les lycées.

A cet effet, les familles doivent faire inscrire leurs enfants, du 1er au 31 mai, à la préfecture du département où elles résident, afin de les présenter devant le jury au moment de l'ouverture du concours.

Les compositions se font pendant deux jours dans la première semaine de juillet.

Les préfets des départements transmettent dans le courant de juillet au Ministre de la guerre un extrait de la liste des admissibles constatant le nombre des points obtenus par chaque candidat. Ils y joignent les compositions avec les textes.

Programme. — Les candidats au Prytanée (boursiers ou pensionnaires) devront avoir, au 1er *janvier de l'année où l'examen est subi,* savoir :

1re SÉRIE. Pour entrer en septième, neuf ans accomplis et moins de dix ans;

2e SÉRIE. Pour entrer en sixième, moins de onze ans;

3e SÉRIE. Pour entrer en cinquième, moins de douze ans;

4e SÉRIE. Pour entrer en quatrième, moins de treize ans;

5e SÉRIE. Pour entrer en troisième, moins de quatorze ans;

6e SÉRIE. Pour entrer en seconde, moins de quinze ans;

7e SÉRIE. Pour entrer en rhétorique, moins de seize ans, ou moins de dix-huit ans, si le candidat est pourvu du certificat d'aptitude à la première partie du baccalauréat ès lettres ou du diplôme de baccalauréat ès sciences.

Les candidats ont à faire les compositions suivantes :

1re SÉRIE. Élèves ayant neuf ans accomplis et moins de dix ans au 1er janvier de l'année du concours et destinés à entrer en septième :

1° *Langue française.* — Dictée facile (faite lentement) d'une page d'un auteur classique. La dictée relue, dix minutes sont accordées pour la correction ;

2° *Histoire et géographie.* — Questions sur l'histoire de France jusqu'à l'avènement d'Henri IV et sur la géographie élémentaire des cinq parties du monde (programme des lycées pour la classe de huitième) (1 heure);

3° *Arithmétique.* — Pratique des quatre règles (1 heure).

2e SÉRIE. Élèves ayant dix ans accomplis et moins de onze ans au 1er janvier de l'année du concours, et destinés à entrer en sixième :

1° *Langue française.* — Les élèves écrivent sous la dictée (faite lentement) une page d'un auteur classique. La dictée est relue, puis dix minutes sont accordées pour la correction. — Analyse grammaticale d'une phrase française (une demi-heure). — Aucun livre n'est laissé entre les mains des élèves ;

2° *Histoire et géographie.* — Histoire de France, de l'avènement d'Henri IV à nos jours (programme de la classe de septième des lycées). — Géographie élémentaire de la France (programme de la classe de septième des lycées). — Une heure est accordée pour chacune des deux parties de l'épreuve ;

3° *Arithmétique* (1 heure). — Calcul des nombres entiers et des nombres décimaux. — Système métrique (nomenclature ; relations des diverses unités entre elles);

4° *Langue allemande* (1 heure). — Thème sur le programme des lycées, jusqu'à la classe de septième inclusivement. (Les élèves ne peuvent avoir entre les mains d'autres livres que l'un des dictionnaires classiques Fix, Suckau, Dresch, Adler-Mesnard.)

3ᵉ Série. Élèves ayant eu onze ans accomplis et moins de douze ans au 1ᵉʳ janvier de l'année du concours, et destinés à entrer en cinquième :

1° *Langue française.* — Dictée d'orthographe faite dans les mêmes conditions que celle de la deuxième série, mais plus difficile. — Analyse logique d'une phrase française (1 heure) ;

2° *Langue latine.* — Version extraite du *De viris.* — Thème ;

Une heure est accordée pour chacune des deux parties de l'épreuve. — Les élèves ne peuvent avoir entre les mains d'autres livres qu'un lexique latin-français et un lexique français-latin ;

3° *Arithmétique* (1 heure). — Même programme que pour la deuxième série, plus le calcul des fractions (programme des classes de septième et de sixième des lycées) ;

5° *Langue allemande* (1 heure). — Thème fait sur le programme de sixième des lycées, et dans les mêmes conditions que pour la deuxième série.

4° Série. Élèves ayant eu douze ans accomplis et moins de treize ans au 1ᵉʳ janvier de l'année du concours, et destinés à entrer en quatrième :

1° *Langue française.* — Dictée d'orthographe difficile, faite dans les mêmes conditions que pour les séries précédentes ;

Questions sur les difficultés de la grammaire (1 heure) ;

2° *Langue latine.* — Version extraite d'un des auteurs

de la classe de cinquième. — Thème. — Une heure est accordée pour chacune des deux épreuves, qui sont d'ailleurs faites dans les mêmes conditions que pour la deuxième série ;

3° *Arithmétique* (1 heure). — Programme de la classe de cinquième, mais sans théorie.

4° *Langue allemande* (1 heure). — Thème sur le programme de la classe de cinquième (dans les mêmes conditions que pour les séries précédentes) ;

5° *Géographie*. — Afrique. — Océanie. — Asie. — Amérique (1 heure et demie);

6° *Histoire de la Grèce ancienne. — Géographie ancienne* (1 heure). — Programme des lycées pour la classe de cinquième.

5° SÉRIE. Élèves ayant eu treize ans accomplis et moins de quatorze ans au 1er janvier de l'année du concours, et destinés à entrer en troisième :

1° *Version latine*. — Extraite d'un des auteurs de la classe de quatrième (1 heure et demie). — Les élèves peuvent se servir d'un dictionnaire;

2° *Arithmétique et géométrie*. — Arithmétique complète, théories les plus simples; géométrie plane, premiers éléments. — Programme des lycées pour la classe de quatrième (1 heure et demie);

3° *Langue allemande* (1 heure et demie). — Thème sur le programme de la classe de quatrième, avec dictionnaire ;

4° *Histoire romaine* (1 heure et demie) ;

5° *Géographie*. — La France (1 heure et demie).

NOTA. Les candidats pourvus de brevet de grammaire peuvent ne faire que les compositions d'allemand, d'arithmétique et de géométrie.

6ᵉ SÉRIE. Élèves ayant eu quatorze ans accomplis et moins de quinze ans au 1ᵉʳ janvier de l'année du concours, et destinés à entrer en seconde :

1° *Version latine.* — Extraite d'un auteur de la classe de troisième, avec dictionnaire (1 heure et demie) ;

2° *Arithmétique et géométrie plane, complète* (2 heures) ;

3° *Thème allemand*, avec dictionnaire (1 heure et demie) ;

4° *Histoire générale.* — De 395 à 1453 (1 heure et demie) ;

5° *Géographie.* — L'Europe, moins la France (2 heures). Cette composition ne pourra pas consister uniquement en un croquis, mais il pourra en être demandé un.

7° SÉRIE. Élèves ayant eu quatorze ans accomplis et moins de seize ans au 1ᵉʳ janvier de l'année du concours, et destinés à entrer en rhétorique (1ʳᵉ année), c'est-à-dire dans la classe préparatoire au baccalauréat ès sciences :

1° *Version latine.* — Extraite d'un auteur de la classe de mathématiques préparatoires, avec dictionnaire (1 heure et demie) ;

2° *Mathématiques.* — Géométrie dans l'espace et algèbre élémentaire, du programme du baccalauréat ès sciences (2 heures) ;

3° *Physique et chimie.* — Pesanteur, équilibre des liquides. — Chaleur. — Programme du baccalauréat ès sciences (1 heure et demie) ;

4° *Thème allemand*, avec dictionnaire (1 heure et demie) ;

5° *Histoire générale.* — De 1453 à 1661 (1 heure et demie) ;

6° *Géographie physique, politique et économique de l'Afrique, Asie, Amérique et Océanie* (1 heure).

Entrée. — Les enfants nommés élèves sont présentés au commandant du Prytanée dans le délai déterminé par la lettre que le Ministre de la guerre adresse aux familles pour leur donner avis des nominations.

A leur arrivée, les élèves sont soumis à une visite des officiers de santé de l'établissement, appelés à examiner si rien ne s'oppose à leur admission sous le rapport de la constitution physique.

Nul élève ne peut, d'ailleurs, être reçu au Prytanée si la famille ne fournit immédiatement le trousseau et ne remet au commandant une promesse sous seing privé, dans la forme indiquée par l'article 1326 du Code civil, par laquelle son père, sa mère ou son tuteur s'engage à verser dans la caisse du trésorier-payeur général du département de la Sarthe, par trimestre et d'avance, le montant de la pension, si l'élève est pensionnaire, ou de la demi-pension, s'il a obtenu une demi-bourse. Il est donc essentiel que, dans la prévision de l'admission de leur fils au Prytanée, les familles se mettent en état de fournir le trousseau ou d'en payer la valeur dès qu'elles auront reçu la lettre de nomination.

Régime intérieur. — Le Prytanée militaire de la Flèche est sous les ordres d'un colonel commandant. Celui-ci est assisté d'un commandant en second faisant fonctions de major, d'un capitaine, de plusieurs lieutenants, sous-lieutenants, adjudants et sergents-moniteurs.

Le personnel enseignant comprend : un inspecteur des études, des professeurs, sous-inspecteurs, maîtres élémentaires, répétiteurs, etc.

Les élèves sont divisés en *grands*, *moyens* et *petits*.

Leur ensemble compose un bataillon, divisé en trois compagnies qui sont soumises au régime militaire. Elles comprennent chacune un sergent-major, deux sergents et quatre caporaux, pris parmi les élèves.

Il y a en outre un sergent-major porte-drapeau, pris parmi les élèves du cours préparatoire de deuxième année.

Les moyens et les petits forment les deuxième et troisième compagnies.

Les élèves sont répartis en divisions, constamment surveillées, en dehors des classes, par des maîtres répétiteurs.

Les élèves les mieux notés pour le travail et la conduite sont nommés par le commandant du Prytanée *élèves-élites ;* leur nombre est illimité.

A la rentrée des classes, tous les élèves déposent les insignes des distinctions honorifiques dont ils avaient été l'objet, à titre de récompense, pendant l'année scolaire précédente. Les sergents-majors et les sergents seuls restent élites jusqu'à ce qu'on ait nommé aux différents grades.

Les élèves-élites restent dans leurs compagnies respectives ; ils y sont distingués par les épaulettes.

Les caporaux ne peuvent être choisis que parmi les élèves-élites. Les sergents sont pris parmi les caporaux ; les sergents-majors parmi les sergents.

Enseignement. — L'instruction donnée au Prytanée suit le plan d'études des lycées (section des sciences), sauf les modifications que le but spécial de l'établissement pourrait faire juger opportunes.

L'instruction militaire comprend :

Les manœuvres d'infanterie ;

L'équitation ;

La gymnastique et la danse ;

La natation ;

Le chant ;

L'escrime ;

La manœuvre du canon ;

Les exercices sur le terrain.

Les élèves complètent en outre leur éducation religieuse, un aumônier et un pasteur protestant étant attachés à l'établissement.

L'année scolaire commence le 1er octobre et finit le 30 septembre. L'année classique va du 10 octobre au 10 août.

La distribution des prix a lieu du 8 au 10 août.

A la fin de chaque année classique (jusqu'à la seconde inclusivement), les professeurs dressent une liste des élèves par ordre de force et de mérite.

Jusqu'à la cinquième inclusivement, les élèves compris dans les deux premiers tiers de cette liste passent dans la classe supérieure. Il en est de même en quatrième pour les élèves compris dans la première moitié.

Les élèves classés dans le dernier tiers jusqu'à la cinquième, dans la seconde moitié en quatrième, ne passent dans la classe supérieure qu'après avoir subi un examen à la rentrée.

En troisième et en seconde, le commandant de l'École prononce, sur la proposition de l'inspecteur des études, s'il y a lieu de faire doubler ou de faire subir un examen à la rentrée des classes.

Les élèves de seconde admis à la première partie de l'examen du baccalauréat passent de droit dans la classe supérieure.

Tout élève qui, après avoir passé deux ans dans une classe, n'est pas jugé capable de monter dans la classe supérieure, est rendu à sa famille, sauf le cas de maladie prolongée.

Les élèves ne peuvent rester au Prytanée au delà de la fin de l'année scolaire dans le courant de laquelle ils accomplissent leur dix-neuvième année.

Un prix d'honneur est donné, au nom du chef du gouvernement, à la fin de chaque année scolaire, à l'élève qui, ayant été couronné le plus fréquemment dans le cours de ses études, s'est également fait distinguer par sa conduite. L'élève venant après reçoit le prix de l'Association amicale des anciens élèves du Prytanée.

Les *récompenses* pour les élèves sont :

1° Les bonnes notes ;

2° L'éloge avec mise à l'ordre ;

3° L'exemption délivrée par le professeur;

4° L'exemption délivrée par le commandant en second ou l'inspecteur des études ;

5° Le témoignage de satisfaction délivré par le commandant ;

(Les exemptions peuvent donner lieu à des sorties de faveur; elles sont, sauf exception, acceptées pour le rachat des punitions.)

6° Les promotions aux épaulettes et aux divers grades;

7° Le tableau d'honneur ;

8° Les élèves portés au tableau d'honneur sortent tous les dimanches, les sergents-majors quatre fois par mois, les sergents trois fois, les caporaux et élites deux fois;

9° Les élèves non élites n'ont pas droit aux sorties.

C'est le commandant de l'École qui prononce seul les promotions aux divers grades et l'inscription au tableau d'honneur.

Les *punitions* sont :

1° La mauvaise note;

2° Le banc de punition ;

3° Le peloton (l'élève, privé de jeu, mais non d'exercice, circule en silence pendant la récréation dans un endroit désigné);

4° La retenue avec *pensum* pendant la récréation ;

5° La privation d'un plat;

6° La retenue avec *pensum* pendant la promenade ;

7° L'exclusion momentanée de la classe ;

8° Les arrêts avec *pensum ;*

9° La privation de sortie ou la privation d'une partie des vacances ;

10° La suspension des grades ou la privation des épaulettes pendant un temps limité;

11° La rétrogradation à un grade inférieur ;

12° La cassation des grades avec perte des épaulettes;

13° L'expulsion.

L'instruction militaire du bataillon est confiée au capitaine et aux officiers et adjudants sous ses ordres.

Sur le terrain d'exercice, les compagnies sont formées en pelotons. Les exercices comprennent successivement l'école de peloton et de bataillon. Les élèves des deuxième et troisième compagnies sont exercés à l'école du soldat et du peloton pour les leçons sans armes.

Tous les élèves pratiquent alternativement les exercices gymnastiques.

Un maître d'armes et des prévôts sont chargés d'enseigner l'escrime. Leurs leçons sont gratuites et obligatoires pour les élèves qui suivent le cours préparatoire (1re et 2e années). Cet enseignement est facultatif pour les autres élèves; il donne droit à une rétribution de 1 fr. 50 par mois pour trois leçons par semaine. La natation est enseignée à tous les élèves, mais plus particulièrement à ceux du cours préparatoire. Ces derniers prennent aussi des leçons d'équitations dans le manège de l'École, sous la direction d'un officier et d'un sous-officier écuyer.

Dès qu'ils ont atteint l'âge voulu et qu'ils ont suivi les cours nécessaires, les élèves du Prytanée se présentent soit à l'École polytechnique, soit, surtout, à l'École spéciale militaire de Saint-Cyr. En raison de leur origine même et du régime auquel ils ont été soumis pendant leur séjour au Prytanée, leur vocation se trouve dessinée pour la carrière des armes. Aussi ceux qui, ayant accompli leur dix-neuvième année, échouent aux examens pour l'une ou l'autre École, contractent-ils, à de très rares exceptions près, un engagement volontaire. Il en est qui entrent dans d'autres établissements afin de poursuivre leurs études et de mieux se préparer aux épreuves qu'ils ont subies sans succès. D'autres se décident à embrasser une carrière à laquelle ils n'étaient pas primitivement destinés; mais, nous le répétons, c'est là une infime minorité.

DEUXIÈME PARTIE

LES

ÉCOLES CIVILES.

ÉCOLE DE CLUNY

NORMALE DE L'ENSEIGNEMENT SPÉCIAL.

La partie historique de l'École de Cluny ne saurait être longue, car elle est de création moderne. En effet, l'enseignement spécial a été institué, sous les auspices de M. Duruy, par la loi du 21 juin 1865, et les bâtiments de l'antique et célèbre abbaye de Cluny, qui appartenaient à la ville, ont été affectés à l'institution nouvelle par décision de la municipalité en date du 14 janvier 1866. L'École normale spéciale a été fondée grâce au triple concours de la ville de Cluny, du département de Saône-et-Loire et de l'État. Elle fut ouverte le 10 mars de la même année. M. Roux en fut le premier directeur et l'organisateur.

L'enseignement professionnel, jusqu'alors négligé en France, tandis qu'il était en pleine prospérité chez quelques-unes des nations voisines, a été constitué pour satisfaire aux besoins légitimes de l'agriculture, du commerce et de l'industrie. Il s'adresse aux jeunes gens qui, renonçant aux carrières libérales auxquelles conduit l'étude du grec et du latin, se destinent aux professions de cultivateur, de négociant ou d'industriel, et par conséquent portent leurs efforts vers l'étude des sciences appliquées, de la comptabilité, de la législation pratique et la connaissance sérieuse d'une langue vivante.

L'École de Cluny a pour but de former des maîtres : 1° pour l'enseignement des sciences appliquées ; 2° pour l'enseignement littéraire et des sciences économiques ; 3° pour l'enseignement littéraire et des langues vivantes.

Un collège spécial, qui s'y trouve annexé, permet aux élèves-maîtres d'avoir des classes dans lesquelles ils apprennent la pratique de l'enseignement, en même temps que les élèves du collège profitent d'un personnel nombreux de professeurs adjoints ardents à seconder les professeurs titulaires.

Le succès du collège annexe de Cluny, justifié par sa situation spéciale, a marché concurremment avec celui de l'École, et il est vraiment curieux de constater la progression rapide du nombre des élèves internes, qui, de 128 en 1867, s'est élevé progressivement jusqu'à 450 en 1872. Encore faut-il noter que l'insuffisance des locaux appropriés a fait refuser plus de 120 élèves dans cette dernière année. Le collège reçut de plus une soixantaine d'externes, ce qui porte le nombre des élèves à plus de 500.

L'École normale reçoit des boursiers dont la pension est payée par l'État, par les départements, par les communes et par les particuliers. Elle reçoit en outre des élèves payants. Le prix de la pension est de 800 francs par an ; celui du trousseau est de 300 francs ; il est à la charge des familles et peut être payé en quatre termes trimestriels de 75 francs chaque. Les familles sont libres toutefois de fournir le trousseau en nature ; tous les frais d'entretien et de réparation sont à la charge de l'École. Les élèves sont tenus de verser chaque année 25 francs, qui sont destinés à subvenir à leurs menues dépenses et à payer les objets détériorés par leur faute.

Admission. — Les candidats à l'École de Cluny doivent avoir subi avec succès les épreuves d'un examen ou d'un concours : d'un examen, s'il s'agit d'élèves payants ; d'un concours, s'il s'agit de boursiers.

Le concours ou examen se passe au chef-lieu du département. Le concours pour les bourses de l'État est ouvert chaque année dans la première quinzaine de juillet ; le concours ou examen pour les autres bourses, ainsi que les examens des élèves payants, ont lieu séparément, aux mêmes époques et devant les mêmes juges que le concours pour les bourses de l'État.

L'inscription des candidats a lieu du 15 avril au 1er juin, sur un registre ouvert à cet effet dans toutes les académies. Les pièces à produire par les candidats pour leur inscription sont :

1° L'acte de naissance, constatant qu'au 1er octobre de l'année dans laquelle il se présente, le candidat était âgé de dix-huit ans au moins et de vingt-cinq au plus ;

2° Le brevet primaire complet, ou le diplôme institué par l'article 4 de la loi du 21 juillet 1865, ou le certificat d'admissibilité à l'École centrale des arts et manufactures, ou le diplôme de bachelier, soit ès lettres, soit ès sciences, soit de l'enseignement secondaire spécial ;

3° Un certificat de médecin constatant qu'il a été vacciné ou qu'il a eu la petite vérole et qu'il n'est atteint d'aucune infirmité qui le rende impropre à l'enseignement ;

4° L'engagement légalisé de se vouer pendant dix ans à l'instruction publique, si le candidat est majeur, et, en cas de minorité, une déclaration du père ou du tuteur, dûment légalisée, l'autorisant à contracter cet engagement ;

5° Une note signée de lui, indiquant, avec la profession de son père, la demeure de sa famille, les lieux qu'il a habités depuis l'âge de quinze ans, et les établissements dans lesquels il a fait ou terminé ses études ;

6° Un certificat d'aptitude aux fonctions de l'enseignement, délivré par les chefs des établissements auxquels il a appartenu, soit comme élève, soit comme maître. Ce certificat devra être visé par le recteur.

Les élèves payants sont dispensés des justifications exigées par les paragraphes 2, 3, 4 et 6 qui précèdent, sauf le certificat de médecin.

Le *concours* pour les bourses de l'État et l'*examen* dont nous avons parlé plus haut se composent :

Pour la section des sciences, de quatre épreuves, trois écrites et une orale. Les épreuves écrites ont pour objet : 1° une question élémentaire sur l'histoire et la géographie de la France ; 2° une question d'arithmétique appliquée (programme de première et de deuxième année) et une question de géométrie (programme du plan d'études pour l'enseignement spécial) ; 3° un exercice de dessin linéaire et de dessin d'ornement. La durée de chacune de ces épreuves est de trois heures. Il est interdit aux candidats de faire usage de livres ou de manuscrits et de communiquer au dehors ou entre eux.

L'épreuve orale porte sur la physique, l'histoire et la géographie de la France, la chimie, l'histoire naturelle ; sa durée est d'une heure ; elle est seule publique.

Ne peuvent être admis à l'épreuve orale que les candidats ayant subi toutes les épreuves écrites. Les candidats qui en ont fait la demande sont examinés sur les langues vivantes, et il est tenu compte des résultats de cette épreuve dans l'ensemble du classement. Les candidats qui justifient du diplôme de bachelier ès sciences sont dispensés des épreuves orales.

Pour la section littéraire et des sciences économiques, l'examen se compose de deux épreuves écrites et une orale. Les premières ont pour objet : 1° une composition française sur un sujet de littérature ou de morale ; 2° une composition sur un sujet d'histoire ou de géographie de la France. La durée des épreuves est de trois heures.

L'épreuve orale porte sur la littérature française, l'histoire ancienne grecque et romaine, l'histoire de France, la géographie générale et la géographie de la France, la morale, l'arithmétique et les premiers éléments de géométrie. Les candidats sont, sur leur demande, interrogés sur les langues vivantes ; les bacheliers ès lettres sont dispensés des épreuves orales.

Enseignement. — Il faut constater tout d'abord que l'École de Cluny a plutôt dépassé le but qu'avait en vue son fondateur, en ce sens que les études y sont peut-être trop fortes et les élèves sortants plus instruits qu'il ne faut en général pour leur destination. Cela tient en partie à la division qui s'est faite dans l'enseignement : en effet, au début, l'École n'avait eu pour but que de former des professeurs pour les sciences appliquées ; mais peu de temps après l'administration comprit que la partie littéraire, économique et des langues vivantes manquait aussi de personnel dans l'enseignement spécial, et de même que l'agrégation spéciale, unique d'abord, s'est scindée ensuite en agrégation scientifique et agrégation littéraire et économique, de même aussi l'École de Cluny, dont la destination est de préparer à l'agré-

gation spéciale, a dû se diviser en deux sections corres-
pondantes.

Le cours d'études est de trois ans; mais on n'admet
en troisième année que les élèves qui à la fin de la seconde
ont subi avec succès les épreuves du brevet de capacité
institué par la loi du 21 juin 1855. Cet examen a lieu à
Cluny même, devant une commission mixte composée de
membres de l'Académie de Lyon et de membres délégués
spécialement de Paris.

Les élèves se partagent en deux sections : celle des
lettres et celle des sciences, celle-ci toujours la plus
nombreuse. Ces deux sections sont distinctes dès la première année; leur enseignement se compose de cours,
d'interrogations journalières et d'exercices pratiques.

Section des lettres. — Pendant la première année, les
études sont communes à tous les élèves de cette section ;
elles embrassent la langue et la littérature françaises,
l'histoire, la géographie, la morale, la législation, les langues vivantes, quelques leçons de mathématiques, de
physique et de comptabilité. A la fin de la première
année, les élèves subissent des examens sur toutes les
parties de l'enseignement et sont admis, d'après les résultats de ces examens, à passer en seconde année.

Les langues vivantes jouant un rôle important dans
l'enseignement spécial et la France étant jusqu'alors
dépourvue d'écoles où pussent se former les professeurs
de cette branche d'études, l'idée vint de rattacher à la
section des lettres de Cluny une section des langues
vivantes. Cette heureuse idée fut de suite appliquée, et
dans la deuxième année les élèves se partagèrent en deux
groupes, l'un littéraire économique, l'autre littéraire des

langues vivantes. Pour ces deux groupes, les études de morale, de langue et de littérature françaises, d'histoire et de géographie et enfin de sciences, continuent à être communes; mais chaque élève, selon ses goûts et son aptitude personnelle, s'occupe plus spécialement de la législation, de l'économie politique, rurale, industrielle et commerciale, ou des langues vivantes.

Par une innovation très heureuse et très féconde, dans le groupe des langues vivantes, les élèves qui sont reconnus aptes à passer en troisième année, au lieu de rester à l'École, sont envoyés par l'administration pendant cette troisième année, et au besoin pendant une quatrième, en Angleterre ou en Allemagne, pour se perfectionner dans la langue qu'ils ont étudiée, et en même temps s'initier aux méthodes pédagogiques suivies à l'étranger.

Section des sciences. — Pendant les deux années d'études, les cours sont obligatoires pour les élèves; mais à partir de la deuxième année, les manipulations et les exercices pratiques se partagent en deux groupes, suivant la spécialité à laquelle se destine chaque élève, savoir : le groupe des mathématiciens et celui des physiciens ou naturalistes.

L'enseignement de ces deux années comprend : la morale, la langue et la littérature françaises, l'histoire et la géographie, les mathématiques, la physique, la chimie, la mécanique, l'histoire naturelle, avec leurs principales applications.

Les élèves autorisés à faire une troisième année ne sont plus assujettis à suivre les cours relatifs aux études générales, mais ils peuvent le faire complètement ou partiellement. Ils sont placés sous la direction particulière des professeurs de l'École, chargés, dans des conférences journalières, de leur indiquer un plan de travail, de suivre leurs progrès, de leur désigner les portions de cours qu'il peut leur être utile de suivre de nouveau. Ces élèves trouvent en outre des conseils auprès de tous les professeurs et s'initient à tous les détails de pratique propres à former un maître, en se livrant dans le collège annexe aux divers exercices de l'enseignement.

Dans un excellent ouvrage sur *la ville et l'abbaye de Cluny*, M. A. Penjon, agrégé ès lettres et professeur à l'École, a donné sur l'installation du nouvel établissement des détails intéressants que nous lui empruntons. L'École normale et le collège annexe occupent une grande partie des bâtiments du vieux cloître, qui, appropriés à leur nouvel usage, ont conservé cependant le caractère de leur époque. Ces grands vestibules, ces immenses galeries voûtées, au rez-de-chaussée et au premier étage, le long desquelles se voient encore des deux côtés les portes, pour la plupart condamnées maintenant, des anciennes cellules, rappellent toujours la destination primitive de ces constructions monacales. Notons toutefois que les galeries du premier étage ont été disposées en un musée technologique très remarquable. Les amphithéâtres, les collections scientifiques, les cabinets de physique et de mécanique ont remplacé les cellules. La science s'est emparée de ce vaste domaine.

L'enseignement secondaire spécial, qui serait mieux nommé enseignement industriel, est surtout scientifique. Il exclut les langues anciennes et il a pour principal objet les sciences au point de vue de leurs applications. Des

ressources importantes permettent à Cluny de donner à
ces études la plus grande valeur pratique. Ainsi, à côté
de l'amphithéâtre de chimie pouvant contenir 200 élèves, se trouvent les laboratoires, bien pourvus de tout le
matériel nécessaire et assez vastes pour que 80 élèves
puissent s'exercer ensemble à des manipulations. Les
dépendances de la physique, les salles des travaux pratiques, sont un peu moins étendues ; le cabinet de physique
contient un assez grand nombre d'appareils, dont quelques-uns tout nouveaux et d'un grand prix.

L'histoire naturelle dispose de belles collections de
zoologie et de minéralogie, qui, si elles n'offrent rien
d'absolument rare, sont du moins fort complètes et ad-
mirablement disposées pour l'étude. Ces collections se
sont enrichies dès l'origine des dons du Muséum, de la
Société d'émulation du Doubs, de M. Milne-Edwards
fils, etc.

Le même musée possède aussi deux herbiers d'une
grande valeur : l'un d'eux contient près de dix mille plantes recueillies dans des voyages en Amérique et en
Océanie et généreusement données par M. Sagot, professeur de l'École. Un grand jardin botanique sert en
outre aux expériences et démonstrations pratiques.

La section de la mécanique possède de nombreux modèles de machines fabriqués dans la maison même ou
donnés à l'École par la ville de Paris. Des ateliers de mécanique, des tours, une forge, etc., sont installés dans
l'ancienne boulangerie de l'abbaye.

Les exercices d'arpentage, de topographie, se multi-
plient pendant la belle saison dans les prairies du voisi-
nage ; l'outillage est assez considérable pour permettre
aux élèves de l'École et du collège de faire sur le terrain

les études de ce genre les plus sérieuses et les plus complètes. Un bâtiment spécial, au nord du cloître, est affecté aux travaux graphiques.

Le dessin tient une grande place à Cluny ; il est enseigné d'après la méthode Hendrickx, qui donne les résultats les plus remarquables. Un atelier de modelage a été construit à côté de la salle de dessin.

Les études littéraires, quoique occupant peut-être ici le second rang, sont loin d'être négligées.

Elles comprennent, ainsi que nous l'avons dit, les langues vivantes, qui ont dans l'enseignement spécial une extrême importance. Rappelons en passant qu'un arrêté ministériel du 30 novembre 1871 a désigné comme textes pour les examens au certificat d'aptitude à l'enseignement des langues, en allemand : Goethe, Schiller, Herder ; en anglais ; Shakespeare, Milton, Macaulay ; en italien : Dante, Tasse, Manzoni ; en espagnol : Ercilla, Calderon, Cervantès.

La section littéraire étudie encore la littérature française, la législation usuelle, la morale, l'histoire et la géographie, à laquelle sont donnés les plus utiles développements. On voit dans la galerie des cours une série de grandes et belles cartes en relief exécutées par M. Paquier, le professeur même de l'École.

La bibliothèque compte déjà un assez grand nombre d'ouvrages de littérature et de sciences ; elle s'enrichit tous les jours.

En résumé, l'enseignement spécial forme une institution complète d'une utilité féconde. Les études ont une sanction absolue, puisqu'on a créé pour elles des grades spéciaux analogues aux grades classiques, c'est-à-dire : le *diplôme de fin d'études*, qui répond au baccalauréat ;

le *brevet de capacité*, qui est une sorte de licence ; et enfin l'*agrégation spéciale*.

Les anciens élèves de l'École de Cluny ont formé entre eux une association amicale dans le but de resserrer les liens de confraternité et de créer entre ses membres une aide mutuelle.

Elle se compose de membres titulaires et de membres honoraires ; les premiers sont les anciens élèves, qui versent un capital de 200 francs ou une cotisation annuelle de 10 francs ; les seconds sont les personnes qui se sont signalées par leur dévouement et leur attachement à l'œuvre.

Elle publie un bulletin où, à côté des questions morales ou matérielles s'adressant spécialement aux membres de la société, figurent des discussions pédagogiques d'un intérêt général.

ÉCOLE FORESTIÈRE,

NANCY.

L'École forestière est de création relativement récente ; elle a comblé une lacune profonde de notre régime administratif ; elle a été le remède à la situation périlleuse de l'une des branches les plus importantes de nos richesses nationales. Un député au Corps législatif, M. Van-Recum, pouvait en effet publier en 1807 une brochure dans laquelle il disait : « Le peu d'instruction des employés forestiers est la source principale du mal qui existe dans l'administration des forêts ; et je ne parle pas seulement des forestiers subalternes, mais des supérieurs, dont la plupart n'ont pas les connaissances positives nécessaires à leur état. »

Il est facile de se rendre compte de la justesse de ces plaintes : l'administration forestière, pas plus que les autres, n'avait pu franchir indemne la période révolutionnaire. Les forêts, précisément à cause de la richesse des ressources qu'elles offraient à toutes les convoitises, avaient été dévastées : il fallait une réorganisation du système, et pour avoir un corps administratif capable et honnête, il fallait le former. Par un oubli inconcevable, ce qu'on avait fait pour les autres services publics, on avait négligé de le faire de ce côté. L'administration forestière était la grande ressource du favoritisme ; c'était là que les notabilités influentes plaçaient à l'envi leurs protégés sans la moindre préoccupation de leur valeur. C'était la feuille des bénéfices ouverte aux puissants du jour.

En 1820 seulement, l'administration forestière fut recoustituée sous un régime normal; elle forma un service spécial dépendant du ministère des finances. Quant à l'École forestière, elle a été créée par ordonnance royale du 26 août 1824. Elle fut établie à Nancy et n'a jamais changé de résidence. Son organisation fut fixée par une ordonnance du 1er décembre 1824 et un règlement ministériel du 31 janvier 1825.

Cette organisation a reçu diverses modifications; la plus importante, résultant de l'ordonnance de 25 mars 1839, concerne le casernement des élèves.

Le premier directeur de l'École forestière fut M. Lorentz, praticien émérite que son instruction et son expérience désignaient pour ce poste. En 1830, M. Lorentz, nommé administrateur des forêts, fut remplacé par M. de Salmon, auquel succéda, en 1838, M. Parade, gendre de M. Lorentz.

M. Parade a dirigé l'École pendant plus d'un quart de siècle, de 1838 à 1864, époque de sa mort. C'est sous sa direction que l'École de Nancy a conquis la juste renommée dont elle jouit parmi les établissements similaires de toute l'Europe, la plupart créés sur son modèle.

L'École nationale forestière, établie à Nancy, est destinée à former des sujets pour le service de l'administration des forêts.

Nul n'y est admis comme élève du gouvernement que par voie de concours, sauf les exceptions établies en faveur des élèves sortant de l'École polytechnique, par le décret du 15 avril 1873, et au profit des élèves sortant de l'Ins-

12.

titut agronomique par le décret du 6 mai 1882. Ce décret porte que les élèves de l'Institut agronomique, ayant vingt-deux ans au plus au 1er janvier de l'année du concours d'admission à l'École forestière, bacheliers ès sciences et ayant reçu le diplôme de sortie après avoir obtenu une moyenne générale de quinze points et une cote au moins égale en sylviculture, génie rural et mécanique, peuvent être admis à l'École forestière au nombre de deux chaque année.

Le concours est public et a lieu tous les ans.

La durée du cours d'études est de deux ans.

Un décret du 31 juillet 1856 a autorisé le Ministre à créer dans l'École de Nancy quatre bourses en faveur des fils d'agents forestiers.

Une décision interprétative du 6 juin 1862 a déclaré que le décret relatif aux bourses s'appliquait aux fils de préposés aussi bien qu'aux fils d'agents.

Les aspirants à l'École qui prétendront au bénéfice des dispositions précédentes devront adresser leur demande au directeur général avant le 31 mai de l'année du concours.

CONDITIONS D'ADMISSION AU CONCOURS.

Le programme des connaissances exigées est le même que pour l'École militaire de Saint-Cyr, sauf les modifications ou additions faites pour l'algèbre, la géométrie analytique, la physique et la chimie.

Des cours spéciaux pour la préparation à l'École forestière sont institués au lycée Saint-Louis à Paris, et dans les lycées de Nancy, Lyon et Bordeaux. De plus, dans tous les lycées où existent des cours préparatoires à l'École de Saint-Cyr, les candidats à l'École forestière obtiendront, sur la demande qu'ils en adresseront au proviseur, que des conférences spéciales leur soient faites pour les matières du programme qui ne sont pas exigées pour la première de ces Écoles.

Nul n'est admis au concours s'il n'est porteur d'une lettre d'autorisation du directeur général des forêts, laquelle sera délivrée sur la production des pièces suivantes :

1° L'acte de naissance, dûment légalisé, constatant que l'aspirant est Français ou naturalisé, et qu'il aura, avant le 1er novembre de l'année du concours, dix-huit ans accomplis et moins de vingt-deux ;

2° Une déclaration, dûment légalisée, d'un docteur en médecine ou en chirurgie attaché à un hospice civil ou à un hôpital militaire, attestant que l'aspirant est d'une constitution propre à supporter les fatigues de la marche, qu'il a été vacciné ou qu'il a eu la petite vérole, et qu'il n'a aucun vice de conformation ni infirmité ou difformité qui le rende impropre au service forestier ;

3° Le diplôme de bachelier ès sciences ou celui de bachelier ès lettres, ou le certificat de la première épreuve du baccalauréat ès lettres, ou le diplôme de baccalauréat de l'enseignement secondaire spécial ; le candidat qui produira en outre le diplôme de bachelier ès lettres jouira d'une immunité de cinquante points ;

4° Une obligation sous seing privé, dans la forme indiquée par l'article 1326 du Code civil, par laquelle le père, la mère ou le tuteur du candidat s'engage à verser entre les mains de l'agent comptable de l'École forestière une pension annuelle de 1,500 francs, outre les frais de trousseau et les frais accessoires, pendant les deux années de séjour à l'École ;

5° Une déclaration écrite du lieu d'examen choisi par le candidat. Celui-ci ne peut subir les épreuves orales que soit dans l'arrondissement d'examen où le domicile de sa famille est établi, soit dans celui où il achève ses études, pourvu qu'il justifie d'y avoir étudié depuis le commencement de l'année scolaire.

Les candidats à l'École forestière âgés de plus de vingt ans peuvent, après avoir contracté l'engagement conditionnel d'un an, obtenir le sursis de départ prévu par l'article 57 de la loi du 27 juillet 1872. Il leur suffit, à cet effet, de produire un certificat du chef de l'institution où ils font leurs études, attestant qu'ils se préparent aux examens de ladite École.

La prestation du volontariat d'un an est remboursée, sur leur demande, aux candidats qui sont admis à l'École forestière.

Les parents des élèves ont à verser entre les mains de l'agent comptable de l'École forestière, au moment de la première entrée à l'École, une somme de 1,050 francs destinée à pourvoir à l'achat des effets d'uniforme, d'équipement et de literie, ainsi qu'à l'acquisition des instruments de topographie et autres objets nécessaires à leur instruction et à leur entretien.

De plus, les parents peuvent déposer entre les mains de l'agent comptable une somme destinée aux menues dépenses et à l'argent de poche des élèves. Cette somme ne peut être inférieure à 300 francs ni supérieure à 600 francs par an. Elle est versée, comme la pension réglementaire, en deux termes égaux, au 1er novembre et au 1er avril de chaque année.

Il est payé, en outre, par les parents à l'agent comptable, pour frais de gestion, 1 p. 0/0 des sommes énoncées ci-dessus. Ce dernier payement ne s'applique, en ce qui concerne les élèves boursiers, qu'aux sommes excédant la pension ou portion de pension qu'ils sont dispensés de payer.

Les demandes d'admission au concours et les pièces justificatives ci-dessus indiquées doivent être parvenues à la direction générale des forêts avant le 31 mai, sous peine de rejet.

Après vérification des pièces, le directeur général informe directement chaque aspirant de son admission au concours, du lieu et de l'époque des compositions.

Le candidat doit représenter sa lettre d'avis tant aux épreuves orales qu'aux épreuves écrites.

Programme du concours. — Le concours comprend trois épreuves successives : les compositions ; les examens du premier et les examens du second degré.

Compositions écrites. — Il est fait par les candidats sept compositions écrites sur les matières qui suivent :

1° Mathématiques ;

2° Dissertation ou narration française ;

3° Dictée en français ;

4° Trigonométrie et calcul logarithmique ;

5° Thème allemand ;

6° Dessin d'imitation, académie en partie ombrée exécutée à une échelle donnée sur un dessin modèle donné ;

7° Dessin linéaire et lavis.

Chacune de ces compositions est faite sur le même sujet et simultanément par tous les candidats.

La désignation des locaux et des jours a lieu par les soins de l'administration des forêts.

Les compositions sont effectuées, dans chaque centre d'examen, sous la surveillance d'agents forestiers.

Trois jours sont consacrés aux compositions.

Examens oraux. — Les examens oraux sont faits par les examinateurs des aspirants à l'École polytechnique. Ils se divisent en deux parties : examens du premier degré et examens du second degré.

L'examen oral du premier degré, qui porte sur l'ensemble des connaissances spécifiées dans le programme d'admission, sert à exclure des examens oraux du second degré les candidats insuffisamment préparés.

Les candidats qui, dans un concours précédent, ont été reconnus aptes à se présenter aux examens du second degré sont dispensés de celui du premier degré.

Les candidats du centre de Paris seront avisés par la direction des forêts de la date des examens du 1ᵉʳ degré.

L'arrêté du Ministre de la guerre, inséré au *Journal officiel* et publié par les préfets, faisant connaître les circonscriptions des villes d'examen pour les aspirants à l'École polytechnique et les époques des examens du premier degré dans chacune de ces villes, servira de règle pour les candidats à l'École forestière qui se présentent dans les départements.

Sur la seule publication de cet arrêté, et sans qu'ils aient reçu aucun avis particulier, les candidats devront se rendre en temps utile dans celui des centres d'examen où ils ont le droit de subir les épreuves.

Avant de commencer chaque examen, l'examinateur se fait présenter par le candidat les feuilles de dessin.

Les examens de second degré sont définitifs. Ils servent, concurremment avec les compositions écrites, à déterminer le classement, par ordre de mérite, des candidats admis.

Ils succèdent à ceux du premier degré à quelques jours d'intervalle, généralement de trois à six jours.

Ils sont faits par le jury chargé des examens de même ordre pour l'admission à l'École polytechnique, sous la présidence de celui des examinateurs désigné par le Ministre de la guerre.

Chaque membre du jury procède isolément à l'examen des candidats.

Chaque examinateur fait porter ses interrogations sur toutes les subdivisions du programme.

La durée de chaque examen devant chaque examinateur est environ d'une heure et demie.

Les réponses des candidats sont cotées par chacun des membres du jury d'un numéro de mérite compris dans l'échelle de 0 à 20.

Chaque jour, les examinateurs se réunissent pour comparer les notes qu'ils ont respectivement attribuées aux candidats ayant subi les trois examens.

En cas de divergence notable relativement à l'appréciation des connaissances d'un candidat dans une matière déterminée, ils rappellent devant eux ce candidat et l'examinent en commun.

Les examinateurs ayant définitivement arrêté leurs chiffres d'appréciation, le président du jury porte ces chiffres au procès-verbal, en présence de ses collègues, et établit pour chacune des divisions de l'examen oral, en tenant compte des fractions, le numéro de mérite afférent en moyenne à chaque candidat.

Le procès-verbal est adressé au directeur général des forêts.

PROGRAMME DES EXAMENS ORAUX.

1. *Arithmétique.*

2. *Algèbre* (jusqu'aux équations du second degré). — Logarithmes, usage des tables, application des logarithmes aux questions d'intérêts composés et d'annuités.

3. *Géométrie.* — Géométrie plane, géométrie dans l'espace, notions sur quelques courbes.

4. *Géométrie descriptive.* — Lignes droites, plans, pyramides, prismes, cylindres, cônes, notions sur la méthode des plans cotés.

5. *Trigonométrie* (rectiligne).

6. *Physique.* — Préliminaires, pesanteur, chaleur, électricité et magnétisme, acoustique, optique.

7. *Chimie.* — Corps simples, corps composés, équivalents chimiques, métaux, oxydes, sels.

8. *Cosmographie.*

9. *Mécanique.* — Éléments de statique, des machines simples, éléments de cinématique et de dynamique, notions sur les forces.

10. *Botanique.*

11. *Langue allemande.* — Règles de la grammaire, explication d'un texte facile, thème en caractères allemands.

12. *Histoire et géographie.* — Histoire moderne depuis l'avènement de Louis XIV jusqu'en 1815, histoire contemporaine jusqu'en 1863.

13. Les candidats seront tenus de présenter aux examinateurs les douze feuilles de dessin dont suit le détail :

1° Deux feuilles du cours de seconde, savoir : le plan de bâtiment et le plan topographique;

2° Le portefeuille entier de la classe de rhétorique;

3° Cinq épures de géométrie descriptive du portefeuillé de mathématiques élémentaires.

Classement définitif des candidats.

L'importance relative de connaissances exigées est déterminée par les coefficients suivants :

EXAMEN ÉCRIT.

Mathématiques..	12
Dissertation ou narration française...............	12
Dictée en français.......................................	10
Trigonométrie et calcul logarithmique...........	10
Thème allemand..	5
Dessin d'imitation.......................................	6
Dessin linéaire et lavis................................	10
Total...........	65

EXAMEN ORAL.

Mathématiques, comprenant la géométrie, la géométrie descriptive, l'algèbre, la trigonométrie, la géométrie analytique et la mécanique.	1er examinateur.	80
	2e examinateur..	80
Physique		20
Chimie inorganique et organique.................		20
Histoire et géographie...............................		15
Allemand		10
	Total..........	125

Les notes d'appréciation des épreuves varient de 0 à 20.

Les produits de chacun des coefficients par la cote de mérite représentent le nombre des points obtenus par le candidat dans chacune des divisions du programme.

La somme des produits ainsi formés détermine le rang de ce candidat sur la liste définitive du classement.

Les élèves de l'École polytechnique et les élèves. de l'École forestière sont considérés comme présents sous les drapeaux dans l'armée active pendant tout le temps passé par eux dans lesdites Écoles.

Ceux qui ne satisfont pas aux examens de sortie des Écoles suivent les conditions de la classe de recrutement à laquelle ils appartiennent par leur âge ; le temps passé par eux à l'École polytechnique et à l'École forestière est déduit des années de service déterminées par l'article 35 de la loi du 27 juillet 1872.

Les élèves de l'École polytechnique et les élèves de l'École forestière qui ont satisfait aux examens de sortie desdites Écoles et ne sont pas placés dans un service public, reçoivent un brevet de sous-lieutenant auxiliaire ou une commission équivalente au titre auxiliaire, et restent dans la disponibilité, dans la réserve de l'armée active, dans l'armée territoriale, pendant le temps durant lequel ils y sont astreints en conformité de la loi.

Le candidat reçu est, à son arrivée à Nancy, soumis à la visite du médecin de l'établissement, qui constate si aucune raison physique ne le rend impropre au service des forêts. Une très mauvaise vue a été considérée plusieurs fois comme un cas d'incapacité.

Il endosse l'uniforme, très seyant, en vérité. C'est la tenue de l'officier d'infanterie sauf les couleurs : dolman vert ; pantalon en drap gris à double bande verte ; képi semblable à celui de l'École polytechnique (argent au lieu d'or), sabre des officiers de tirailleurs.

La grande tenue est supprimée.

L'École forestière occupe à Nancy, rue Girardet, une

vaste habitation qui ne se distingue guère des propriétés bourgeoises qui l'avoisinent.

Règlements intérieurs. — Le personnel administratif de l'École forestière comprend :

Un directeur, du grade de conservateur, inspecteur général.

Un sous-directeur, du grade d'inspecteur;

Deux adjudants de surveillance;

Un agent comptable.

Le personnel de l'enseignement comprend quatre professeurs ayant le grade d'inspecteur et deux professeurs adjoints (inspecteurs ou sous-inspecteurs).

La durée de l'enseignement est de deux ans.

Cependant, en vertu de l'ordonnance visée du 15 décembre 1841, les élèves peuvent obtenir l'autorisation de redoubler l'un des deux cours, sans pouvoir, dans aucun cas, rester plus de trois ans à l'École.

Après leur sortie de l'École, les élèves jugés admissibles sont placés en application près des inspecteurs dans les arrondissements les plus importants.

Les cinq premiers élèves sortants sont immédiatement pourvus du traitement des gardes généraux de troisième classe, soit 2,000 francs.

Les autres, nommés gardes généraux stagiaires, ont un traitement de 1,500 francs.

La durée du temps de stage est généralement d'un an; elle peut être abrégée ou augmentée cependant en raison du degré de capacité des élèves et des besoins du service.

L'année scolaire commence le 15 octobre et finit le 15 août de l'année suivante.

Les élèves sont classés en deux divisions : la première

division est formée des élèves ayant passé une année à l'École et satisfait aux examens du cours de première année.

L'enseignement donné aux élèves a pour objet :

1° L'économie forestière, comprenant la culture et l'aménagement des forêts, le débit, le cubage et l'estimation des bois en général, et spécialement leur emploi dans les constructions navales ;

2° L'histoire naturelle appliquée, comprenant la physiologie végétale et la botanique forestière, la minéralogie et la géologie, la connaissance des mammifères, des oiseaux et des insectes nuisibles ou utiles aux forêts ;

3° Les mathématiques appliquées à la topographie, au tracé des routes et chemins et aux constructions forestières, y compris les scieries ;

4° Le droit administratif ;

5° L'allemand ;

6° L'économie politique et la statistique ;

7° L'enseignement militaire avec exercices pratiques (école de compagnie) ;

8° L'agriculture dans ses rapports avec les forêts.

Les six premiers mois de l'année scolaire sont employés aux études théoriques, qui se terminent par un examen général sur toutes les parties enseignées ; les mois de mai, juin et juillet sont consacrés aux applications et exercices pratiques. C'est là pour les élèves une sorte d'instruction précieuse et justement appréciée. Pendant ces trois mois, ils font, sous la direction des professeurs, des excursions dans les forêts des Vosges et du Jura, de Fontainebleau et de Compiègne, pour la démonstration et l'application sur le terrain des notions théoriques acquises pendant la durée des cours.

La période du 15 juillet au 10 août est consacrée aux travaux préparatoires à l'examen de fin d'année et à cet examen même.

A la suite de l'examen général de clôture des cours, les élèves sont classés par ordre de mérite ; ce n'est là qu'un classement semestriel.

A la fin de l'année scolaire, un jury composé du directeur, président, ou d'un inspecteur général délégué par lui, du directeur de l'École ou du sous-directeur délégué, du professeur du cours sur lequel porte l'examen, et de l'un des professeurs adjoints, procède aux examens pour le passage de la seconde à la première division, et pour la sortie de l'École. Cet examen, à l'égard des élèves sortants, porte non seulement sur le cours de seconde année, mais encore sur les matières enseignées en première année dont la revision est jugée nécessaire.

L'examen de fin d'année terminé, le jury procède au classement définitif.

L'importance relative des matières de l'enseignement est déterminée par les coefficients suivants :

Économie forestière.....................	16
Mathématiques.......................	14
Histoire naturelle......................	12
Droit administratif....................	12
Allemand...........................	10
Économie politique, statistique...........	10
Enseignement militaire.................	10
Agriculture..........................	10

Un coefficient, dont la valeur est fixée à 3, est affecté à la notation donnée aux élèves pour la conduite, le zèle et l'aptitude au service forestier. (C'est ce que dans toutes les Écoles on appelle *la cote d'amour*.)

Aux examens de fin d'année, le minimum des points à obtenir pour être classé est la moitié du maximum ; mais on exige la cote 10 en économie forestière.

Les élèves choisissent, dans l'ordre du classement de sortie, parmi les résidences désignées par le directeur, celles où ils devront faire leur stage.

Tous les élèves habitent l'École ; ils sont logés seuls ou deux ensemble. Ils sont servis à leurs frais par des domestiques au choix du directeur.

Les punitions pour infraction aux règlements sont : 1° la censure ; 2° la consigne ; 3° les arrêts simples ; 4° la mise à l'ordre de l'École ; 5° les arrêts forcés ; 6° l'exclusion temporaire ; 7° le renvoi définitif.

Chaque jour, à l'heure fixée pour la fin des travaux, une sonnerie avertit les élèves qu'ils sont libres de sortir de l'École. La rentrée du soir a lieu à dix heures et les jours de spectacle à la fin de la représentation. Il faut dire, en effet, que les élèves sont abonnés en corps au spectacle, suivant un taux fixé de gré à gré entre l'École et le directeur du théâtre.

Les leçons d'équitation sont obligatoires pour les élèves. Elles ont lieu dans un manège de la ville.

On voit, par cet aperçu du programme d'admission et du régime intérieur de l'École, que pleine satisfaction a été donnée aux légitimes exigences de l'opinion publique, dont le député Van-Recum s'était fait l'interprète.

Le corps administratif des forêts se compose aujourd'hui d'un personnel d'élite dont le recrutement est assuré de la façon la plus sérieuse.

L'administration est dirigée par un directeur assisté d'un conseil formé par les inspecteurs généraux.

La France est divisée en trente-cinq arrondissements forestiers.

A leur sortie de l'École forestière, les élèves qui ont subi avec succès les examens de fin des cours sont envoyés, avec le grade de garde général stagiaire, auprès d'un inspecteur chargé de les initier à la pratique du service. Ils reçoivent un traitement de 1,500 francs. Après une année environ de stage, ces jeunes gens sont nommés gardes généraux en pied et ont la direction d'une circonscription désignée sous le nom de cantonnement. Ils reçoivent, en cette qualité, un traitement de 2,000 fr., et jouissent dans la plupart des cantonnements d'une indemnité de tournée qui varie de 300 à 500 francs.

Les grades qui se succèdent dans la hiérarchie de l'administration des forêts sont ceux de :

Garde général.........	3e classe..........	2,000 fr.	
	2e —	2,300	
	1re —	2,600	
Sous-inspecteur........	3e —	3,000	
	2e —	3,400	
	1re —	3,800	
Inspecteur	4e —	4,000	
	3e —	4,500	
	2e —	5,000	
	1re —	6,000	
Conservateur..........	4e —	8,000	
	3e —	9,000	
	2e —	10,000	
	1re —	12,000	
Inspecteurs généraux....	3e —	12,000	
	2e —	13,500	
	1re —	15,000	
Directeur.................................		18,000	

En résumé, la carrière forestière n'a pas l'éclat de celle

des armes ; elle est modeste ; elle ne conduit ni à la fortune ni aux honneurs, car d'une part la plupart des fonctionnaires s'arrêtent au grade d'inspecteur de 1re classe avec 6,000 fr. de traitement, et d'autre part la décoration n'est décernée en général qu'aux conservateurs et après trente ans de service. Mais elle est attrayante, elle a un charme particulier pour ceux qui aiment la vie active, l'exercice du cheval, les bois, l'existence en plein air, *sub jove*. Les fonctionnaires de l'administration des forêts sont entourés d'estime et de considération. Ils forment entre eux, à raison de leur commune origine, une sorte de grande famille dans laquelle règne un excellent esprit de bienveillance et de confraternité. Tout cela est fait pour attirer les jeunes gens que ne dévore pas l'ambition de la fortune, de la renommée ou des grandes situations sociales, ceux au contraire qui aiment à vivre en eux-mêmes et se sentent un goût prononcé pour les choses de la nature.

L'influence exercée par l'École de Nancy est attestée par la présence des nombreux élèves qui viennent de tous les pays assister chaque année aux cours, en qualité d'élèves libres.

En effet, le gouvernement ouvre libéralement l'École à toutes les personnes qui désirent prendre part à l'enseignement qui y est donné. Il suffit pour cela de se munir d'une autorisation du directeur des forêts.

Des sujets russes, belges, espagnols, portugais, suisses, italiens, anglais, sollicitent et obtiennent chaque année cette autorisation.

En ce qui concerne les sujets anglais, un règlement spécial a été arrêté en 1867, et pour une durée de vingt années, de concert entre le gouvernement britannique et l'administration française, pour les études des jeunes gens, au nombre de cinq ou six, que l'Angleterre a exprimé le désir de faire préparer chaque année en France pour le service des forêts de l'Inde.

Nous ne saurions mieux terminer cette étude que par la constatation de l'hommage rendu par toutes les nations de l'Europe à l'une des branches les plus importantes des services publics de l'administration française.

ÉCOLE

SECONDAIRE FORESTIÈRE

DES BARRES.

Le principe démocratique qui a présidé à l'installation des écoles des sous-officiers, à Saumur pour la cavalerie, à Saint-Maixent pour l'infanterie et à Versailles pour l'artillerie, est le même qui a, pour les agents du service forestier, motivé la création de l'École secondaire d'enseignement professionnel des Barres (Loiret).

Chaque année, au mois de février, les conservateurs des forêts font connaître les préposés qu'ils jugent aptes à devenir gardes généraux et qui leur paraissent en situation de subir avec succès les examens du concours d'admission de l'École secondaire d'enseignement professionnel des Barres.

On ne peut comprendre dans l'état de présentation établi à cet effet que les préposés ayant moins de trente-cinq ans d'âge au premier janvier de l'année du concours et devant compter au premier octobre suivant quatre années de service actif. Il suffit de deux ans de service actif pour les fils d'agents et de préposés, élèves de l'école primaire des Barres, ayant satisfait aux examens de sortie de ladite école.

Le directeur des forêts arrête annuellement la liste des

préposés admis à prendre part au concours d'admission à l'École secondaire.

Ce concours comprend des compositions écrites, des examens oraux et un examen d'instruction pratique.

Les candidats reçoivent, à cette occasion, les indemnités réglementaires de déplacement et de séjour.

Les compositions écrites servent à établir un premier classement destiné à exclure des examens oraux et de l'examen pratique les candidats insuffisamment instruits, puis à déterminer, concurremment avec ces examens, le classement par ordre de mérite des candidats.

Dans la seconde quinzaine d'août, les candidats sont convoqués pour subir les épreuves écrites au chef-lieu de la conservation dont ils dépendent. Ils doivent y être rendus la veille du jour fixé pour ces examens.

Les examens portent sur les matières ci-après :

Arithmétique.......... { Numération : les quatre règles. — Divisibilité des nombres. Nombres premiers. — Fractions ordinaires et décimales. Règles de trois, d'intérêt et d'escompte. — Système métrique.

Géométrie élémentaire. { Angles. — Triangles. — Parallélogrammes. — Circonférence et cercle. — Polygones réguliers. — Sphère. — Prismes. — Pyramides. — Cônes. — Évaluation des surfaces et des volumes.

Histoire.............. { Histoire de France depuis Henri IV jusqu'à nos jours.

Géographie.......... { Géographie physique, politique et administrative de la France et de ses colonies.

Instruction pratique... ⎧ Cubage d'arbres en grume. — Assiette sur le terrain d'une coupe d'une contenance donnée. — Notions sur le service administratif des préposés.

Les coefficients sont fixés ainsi qu'il suit :

COMPOSITIONS.

Dictée	15	
Composition française	12	45
Composition de mathématiques	10	
Composition en dessin	8	

EXAMENS ORAUX.

Arithmétique	10	
Géométrie	10	30
Histoire	5	
Géographie	5	

100

EXAMENS D'INSTRUCTION PRATIQUE.

Arpentage	10	
Cubage	7	25
Notions administratives	8	

Le produit de chacun de ces coefficients par la cote de mérite représente le nombre de points obtenus par le candidat dans chacune des divisions du programme. La somme des produits ainsi formés détermine le rang de ces candidats sur la liste définitive de classement.

Les préposés admis à la suite du concours annuel reçoivent, s'ils ne l'ont déjà, le grade de brigadier. Ils conservent la tenue, l'armement et l'équipement des préposés forestiers avec les insignes correspondant à leur grade et ils restent soumis aux mêmes obligations professionnelles que dans le service actif.

Les brigadiers-élèves reçoivent à l'École une instruction générale et une instruction forestière. La première a pour but de développer les connaissances qu'ils possèdent déjà de façon à leur donner la culture intellectuelle indispensable. L'instruction forestière, qui est à la fois théorique et pratique, est dirigée de façon à leur faire acquérir l'aptitude professionnelle nécessaire pour bien remplir les fonctions d'agent.

La durée des cours d'études est de deux ans. Le programme de l'enseignement est ainsi divisé :

1re ANNÉE.	2e ANNÉE.
Économie forestière.	Aménagement.
Exploitation et débit des bois.	Constructions.
Revision des cours d'arithméti-	Routes.
que.	Géologie. — Zoologie.
Géométrie, algèbre et trigono-	Dunes.
métrie.	Reboisement.
Levé des plans.	Droit (2e partie).
Botanique.	Éléments de chimie. — Agricul-
Droit (1re partie).	ture.
Repeuplements artificiels.	Notions de littérature.
Revision de la géographie géné-	Géographie de la France.
rale.	

Comme exercices pratiques, les élèves font sous la direction des professeurs des excursions de sylviculture et d'aménagement dans les forêts de Montargis et d'Orléans ; ils en suivent les exploitations et y font des études de toute nature.

Il est alloué aux préposés pendant la durée des cours, et en plus de leur traitement et avantages réglementaires, une indemnité de séjour calculée à raison de 50 francs par mois, et en outre une indemnité de route calculée d'après le tarif réglementaire, pour se rendre de leur résidence à l'École, ainsi que pour leur retour.

A la fin des cours, les brigadiers-élèves subissent devant le directeur et les professeurs de l'École réunis en jury, sous la présidence du directeur de l'administration ou d'un inspecteur général délégué, les examens de passage en 1ʳᵉ division ou de sortie.

Le conseil d'instruction établit, à la fin des opérations du jury, le classement des élèves par ordre de mérite d'après les résultats de ces examens et les notes de l'année.

Tous les préposés qui ont satisfait aux examens de sortie font connaître, d'après une liste dressée chaque année par l'administration, les conservations où ils désirent spécialement être appelés. .

Les préposés qui n'ont pas satisfait aux épreuves de passage ou de sortie sont renvoyés dans le service actif avec le grade qu'ils avaient avant leur entrée à l'École. Toutefois le titre de brigadier peut être maintenu à ceux d'entre eux qui auront fait preuve d'assiduité et de travail. Les préposés qui auraient eu une interruption forcée de travail de plus de quarante-cinq jours consécutifs peuvent être autorisés par le Ministre, à titre exceptionnel et sur la proposition du conseil d'instruction transmise par le directeur des forêts avec son avis, à redoubler une année de cours.

ÉCOLE PRIMAIRE DES BARRES.

L'école primaire instituée au domaine des Barres a pour but de former les fils d'agents et de préposés pour les emplois de gardes forestiers, et subsidiairement de les aider à subir avec succès les examens d'admission à l'École secondaire.

Nul n'y est admis que par voie de concours.

Les fils d'agents et de préposés forestiers qui voudront prendre part au concours d'admission à l'école primaire des Barres devront en adresser la demande (sur timbre), avant le 1er juin, au conservateur des forêts dans la circonscription duquel se trouve leur résidence effective.

Cette demande devra être accompagnée des pièces suivantes :

1° L'acte de naissance, dûment légalisé, constatant que l'aspirant aura plus de vingt-quatre ans et moins de vingt-sept ans au 1er octobre de l'année du concours ;

2° Un certificat de l'autorité militaire constatant que le candidat a satisfait au service d'activité en temps de paix ou qu'il est dispensé de ce service par application des articles 17 et 22 de la loi du 27 juillet 1872 ;

3° Le certificat de bonne conduite au corps, ou, suivant le cas, un certificat de bonnes vie et mœurs, délivré par le maire de la résidence effective du candidat ;

4° Un état des services forestiers du père du candidat, certifié par le conservateur sous les ordres duquel il a servi ou sert encore.

Les demandes d'admission au concours, les pièces justificatives ci-dessus indiquées et les renseignements spéciaux mentionnés à l'article 5 du règlement du 5 juillet 1875 sur le caractère, la moralité, l'intelligence et la tenue des candidats, doivent parvenir à l'administration avant le 1er juillet. Dans la seconde quinzaine de juillet, les candidats sont convoqués, pour subir les épreuves, au chef-lieu de la conservation dont ils dépendent.

Les compositions comprennent :

1° Une dictée ;

2° Une composition d'histoire et de géographie ;

3° Une composition de mathématiques (les quatre règles, règles de trois, système métrique) ;

Géométrie élémentaire (évaluation des surfaces et des volumes) ;

Histoire et géographie (histoire de France depuis Henri IV) ;

Géographie physique de la France et de ses colonies.

Les coefficients sont fixés ainsi qu'il suit :

Dictée.	20	
Composition d'histoire et de géographie (pour les 2).	15	} 50
Composition de mathématiques	15	

Après la clôture des opérations du jury, le directeur adresse au Ministre de l'agriculture la liste par ordre de mérite des candidats reconnus admissibles.

Le Ministre nomme élèves-gardes à l'école primaire des Barres, dans l'ordre de classement établi par cette liste, le nombre des candidats admissibles qu'il juge nécessaire d'après les propositions du directeur pour les besoins du service et dans les limites budgétaires.

Les candidats admis à la suite du concours annuel reçoivent le titre d'élèves-gardes. Ils sont pourvus de la tenue, de l'armement et de l'équipement des préposés forestiers, et ils restent soumis aux mêmes obligations que les élèves de l'École secondaire tant au point de vue du régime que de la discipline.

La durée de l'enseignement est de onze mois; l'ouverture des cours a lieu chaque année dans la première quinzaine d'octobre, et leur clôture dans la première quinzaine de septembre de l'année suivante.

Les élèves-gardes qui ont satisfait aux examens de

sortie sont admis, au fur et à mesure des vacances d'emplois, dans les rangs des préposés forestiers avec le titre de garde domanial de 2° classe. Par application des dispositions de l'article 4 du décret du 23 octobre 1883, ils peuvent, deux ans après leur sortie de l'école primaire, se présenter au concours d'admission à l'École secondaire d'enseignement professionnel mentionnée ci-dessus.

ÉCOLE DES HARAS

LE PIN (ORNE).

Le haras du Pin est d'ancienne origine ; il fut institué au commencement du règne de Louis XV, au centre des contrées qui, dès cette époque, comme aujourd'hui, étaient renommées pour leur production chevaline, le Perche, le Merlerault, le Cotentin, c'est-à-dire le pays des riches herbages. La Révolution supprima l'institution, qui fut réorganisée en 1806, et périclita à la fin du premier Empire. Elle fut instituée sur de nouvelles bases par l'ordonnance royale du 24 octobre 1840, puis supprimée en 1852, et enfin rétablie par la loi du 29 mai 1874 qui en a constitué l'administration.

Le haras du Pin est établi au milieu de la forêt de Gouffern, dans un site admirable. Le château, avec ses ailes grandioses et sa cour d'honneur, est une résidence seigneuriale à laquelle on accède de tous côtés par de magnifiques avenues.

Chaque année, ont lieu, au haras, des courses célèbres, qui attirent tous les éleveurs de la contrée et que fréquentent tous ceux qui s'occupent de science hippique ou d'élevage.

L'École des haras du Pin est destinée au recrutement des officiers des haras nationaux. Ces établissements, d'une importance capitale au point de vue de la production chevaline, sont en France au nombre de vingt-deux, situés dans les localités suivantes :

Angers.	Pau.
Annecy.	Perpignan.
Aurillac.	Le Pin.
Besançon.	Pompadour.
Blois.	La Roche-sur-Yon.
Cluny.	Rodez.
Compiègne.	Rosières-aux-Salines.
Hennebont.	Saintes.
Lamballe.	Saint-Lô.
Libourne.	Tarbes.
Montier-en-Der.	Villeneuve-sur-Lot.

Pour l'inspection, les dépôts d'étalons sont divisés en six arrondissements.

L'article 3 de la loi du 29 mai 1874 porte que l'École des haras du Pin est rétablie, et que nul ne pourra être nommé officier des haras s'il n'a reçu un diplôme attestant qu'il a satisfait aux examens de sortie de cette École.

Admission. — Le nombre des élèves admis chaque année est de neuf au plus.

Nul ne peut se présenter à l'examen d'admission sans l'autorisation du Ministre.

Cette autorisation n'est accordée qu'à des jeunes gens ayant, au 1er octobre de l'année du concours, dix-huit ans accomplis et moins de vingt-quatre ans.

A la demande d'admission doivent être joints :

1° L'acte de naissance du candidat ;

2° Un certificat de vaccine ;

3° Un certificat délivré par un médecin assermenté et attestant la bonne constitution et l'aptitude physique du candidat. Le Ministre fera contrôler, s'il le juge convenable, les déclarations contenues dans ce certificat, par un médecin délégué à cet effet.

Ces pièces doivent être adressées au Ministre avant le 15 octobre.

L'examen des candidats a lieu au dépôt d'étalons du Pin, dans la dernière semaine du mois d'octobre, en présence des professeurs de l'École et d'autres professeurs, s'il y a lieu, constitués en jury, sous la présidence d'un inspecteur général des haras ou, à son défaut, sous celle du directeur de l'établissement.

Un arrêté spécial fixe chaque année la date du concours.

Les candidats sont interrogés sur l'arithmétique, l'algèbre, la géométrie, l'histoire, la géographie, les éléments de physique, de mécanique et de chimie, la langue anglaise ou la langue allemande, le dessin, conformément à un programme arrêté par le Ministre.

Ils doivent faire en outre :

1° Une reprise de manège ;

2° Deux compositions françaises, dont une d'histoire de France contemporaine et une sur un sujet littéraire ;

3° Une composition de mathématiques ;

4° Une composition de géographie.

Les candidats ont deux heures pour faire chacune des compositions précédentes.

Ils peuvent, sur leur demande, être interrogés sur les deux langues vivantes qui figurent au programme et dont une seule est obligatoire. Le jury tient compte, dans ses appréciations, du degré de leur instruction à cet égard.

Les élèves diplômés de l'Institut agronomique et des Écoles vétérinaires pourront être admis sans examen. Leur nombre ne pourra pas dépasser quatre. Ils seront choisis par ordre de mérite et soumis aux conditions d'âge spécifiées ci-dessus.

Les membres du jury d'admission cotent les notes d'après la liste de coefficients suivante :

Arithmétique.	4
Algèbre.	3
Géométrie.	3
Mécanique.	3
Physique	3
Chimie.	3
Histoire	4
Géographie	4
Langue vivante (anglais ou allemand)	3
Dessin.	2
Équitation	3
Compositions françaises.	10
Composition de mathématiques.	3
Composition de géographie.	3
Seconde langue vivante (facultative).	2

Les notes varient de 0 à 20. La somme maxima des points à obtenir est de 1020.

Le minimum des points à obtenir est fixé aux 3/5 du maximum, soit à 612.

Il doit être atteint sur les matières obligatoires.

Si deux candidats obtiennent sur les matières obligatoires un même nombre de points ou des nombres de points dont la différence n'excède pas 10, le candidat qui, addition faite des points obtenus sur la seconde langue vivante dont la connaissance est facultative, atteint le chiffre le plus élevé, l'emporte sur son concurrent.

Les candidats admis prennent rang d'élèves et peuvent seuls suivre les cours de l'École.

La durée de l'enseignement est de deux ans. Le Ministre peut accorder l'autorisation de doubler une des années d'études, sur l'avis motivé du jury.

Un examen semestriel constate les progrès et l'instruction des élèves, et ceux auxquels cet examen n'est pas favorable sont éliminés de l'École. Cet article du règlement est rigoureusement appliqué.

Les élèves qui, après avoir suivi les deux années d'études, satisfont aux conditions du dernier examen, reçoivent un diplôme.

Les notes du jury pour les examens semestriels et de sortie ont pour base les coefficients suivants :

Science hippique.............................	6
Hygiène.......................................	4
Anatomie et physiologie	3
Zoologie	2
Extérieur	4
Équitation et dressage.......................	4
Attelage et dressage.........................	3
Botanique fourragère.........................	2
Agriculture...................................	3
Médecine vétérinaire et ferrure..............	4
Administration et comptabilité...............	4
Langue anglaise..............................	3
Langue allemande.............................	1
Dessin.......................................	2
Rédaction sur trois sujets ayant trait à la science hippique, à l'extérieur ou à l'hygiène, à l'administration et à la comptabilité...............	5
Thèse de sortie..............................	5

Le maximum des points que l'on peut obtenir est de 1100 ; le minimum est fixé aux trois cinquièmes de ce nombre.

L'enseignement de l'École des haras est divisé en neuf chaires :

Science hippique;

Administration et tenue des établissements; comptabilité administrative;

Équitation théorique et pratique, attelage et dressage;

Zoologie, anatomie, physiologie, hygiène et extérieur du cheval;

Pathologie, maréchalerie;

Physiologie végétale, agriculture théorique et pratique, botanique fourragère;

Dessin;

Langue anglaise;

Langue allemande.

A l'École du Pin, l'instruction et le logement sont gratuits. Une bibliothèque est mise à la disposition des élèves.

Chacun a sa chambre particulière.

L'entrée de la salle des cours est permise aux élèves pour travailler en dehors des leçons; mais il leur est interdit d'y fumer.

Les élèves ne peuvent avoir ni chevaux ni chiens; il leur est défendu de chasser et de pêcher sur le domaine de l'établissement.

Il est interdit aux élèves d'avoir des domestiques particuliers.

Le service est fait par un valet de chambre, auquel il est payé un salaire de 10 francs par mois et par élève.

L'entrée de l'École des haras est interdite aux femmes.

La fourniture et le blanchissage du linge, des rideaux, serviettes, draps et couvertures sont au compte des élèves.

A 10 heures et demie du soir, toutes les lumières doivent être éteintes dans les chambres.

Le sous-directeur, responsable de la police intérieure, peut faire des appels pendant la nuit pour constater la présence des élèves.

A moins d'une autorisation spéciale du sous-directeur, les élèves prennent leurs repas à l'hôtel du *Tourne-Bride*, dans une salle qui leur est réservée.

Les repas ont lieu aux heures suivantes :

Déjeuner : 10 heures et demie pendant la semaine.

11 heures et demie les dimanches et jours fériés.

Dîner : 6 heures.

La durée des repas ne doit pas excéder une heure pour le déjeuner, et une heure et demie pour le dîner.

Il est formellement interdit d'apporter dans la salle à manger des vins ou liquides autres que ceux fournis par le maître d'hôtel.

Le service est fait par un garçon de salle.

Les élèves ne peuvent se rendre à leur salle à manger que par l'entrée spéciale qui y est affectée.

Toute communication avec l'hôtel est interdite. Il est aussi défendu aux élèves de s'asseoir en dehors de l'École pour prendre des consommations.

Les élèves ne peuvent obtenir la permission de s'absenter hors des limites du domaine que tous les quinze jours. Les permissions ne sont accordées que les dimanches et fêtes, de 7 heures du matin à 11 heures du soir.

Il y a trois congés réglementaires :

Le premier au 1er janvier ; cinq jours ;

Le second, après le premier examen semestriel, est de douze jours ;

Le troisième commence après les examens de fin d'année et finit le premier lundi d'octobre.

Il y a trois sortes de peines disciplinaires : la réprimande, les arrêts, le renvoi.

Les élèves portent un uniforme très élégant qui se compose ainsi : casquette en drap bleu national ; pelisse en drap pareil à brandebourgs, culotte drap bleu national avec bande écarlate de trois centimètres ; bottes molles et éperons ; criméenne pour pardessus.

La tenue est obligatoire tant à l'intérieur qu'à l'extérieur de l'établissement.

Il est défendu aux élèves de sonner de la trompe, soit dans leur logement, soit dans la cour de l'École, après 8 heures du soir du 1er novembre au 30 avril, et après 9 heures du 1er mai au 31 octobre.

Il leur est interdit d'entrer dans les auberges des environs.

Les élèves diplômés sont placés dans les établissements de l'administration des haras à leur sortie de l'École, à titre de surveillants stagiaires sans traitement ; ils sont nommés surveillants au fur et à mesure des vacances et d'après l'ordre de leur numéro de sortie.

Les titulaires des sous-directions vacantes sont choisis parmi les surveillants en fonctions.

Les appointements des officiers des haras sont les suivants. :

Élèves........................	0
Surveillants stagiaires............	0
Surveillant de 2e classse..................	1,800 fr.
Surveillant de 1re classe..................	2,000
Sous-directeur de 3e classe...............	2,500
Sous-directeur de 2e classe..............	3,000
Sous-directeur de 1re classe..............	3,500
Directeur de dépôt d'étalons de 3e classe....	4,000
Directeur de dépôt d'étalons de 2e classe....	5,000

Directeur de dépôt d'étalons de 1re classe....   6,000 fr.
Inspecteur général de 2e classe   8,000
Inspecteur général de 1re classe............   10,000

Ces fonctionnaires sont au nombre de quatre pour la seconde classe et de trois pour la première.

Le directeur général ne figure pas au budget des haras, mais à celui de l'administration centrale; son traitement va de 15 à 18,000 francs.

Les officiers des haras ne sont pas compris dans les cadres de la mobilisation de l'armée ; leur présence aux dépôts étant indispensable au service de la remonte.

ÉCOLE

ES

MANUFACTURES DE L'ÉTAT

Les manufactures de l'État forment un des services publics qui recrutent leurs ingénieurs parmi les élèves sortants de l'École polytechnique ; il n'y a donc pas de concours d'admission ; c'est une des carrières civiles choisies en général de préférence aux carrières militaires.

Le monopole des tabacs a été établi par décret impérial du 29 décembre 1810 ; le service a été réglé par le décret du 12 janvier 1811. Il y eut dès l'origine une distinction marquée dans l'administration entre les directeurs techniques de la fabrication et les employés chargés de la comptabilité. Ce n'est que des premiers que nous avons à nous occuper. Jusque vers 1824, ce personnel spécial se recruta par un mode particulier de surnumérariat, parmi des jeunes gens qui, avec le titre d'élève des manufactures, s'instruisaient des procédés de la fabrication sous la direction des employés supérieurs. Il faut bien dire que, l'administration des manufactures de l'État étant à la fois technique et commerciale, il en est à peu près de même aujourd'hui ; on ne pourrait trouver un enseignement meilleur que celui qui résulte d'une longue pratique.

A l'époque dont nous parlons, toutefois, l'administration reconnut que ce mode de recrutement ne tenait pas suffisamment compte des connaissances scientifiques dont le développement progressif du mouvement industriel faisait de plus en plus reconnaître l'utilité. Elle institua en conséquence une École à la manufacture de Paris. Divers fonctionnaires furent chargés de l'enseignement spécial, et deux membres de l'Institut, Mathieu et Gay-Lussac, reçurent la mission de faire à l'École des cours de mécanique appliquée et de chimie organique.

Il fut décidé qu'aucun élève ne serait promu sous-inspecteur (grade équivalent à celui des sous-ingénieurs actuels) sans avoir passé d'une façon satisfaisante, et sur chacun des cours, un examen qui fournît la preuve de ses connaissances scientifiques. On alla jusqu'à rappeler à Paris, pour y suivre les cours et passer les examens, les sous-inspecteurs en fonctions. Ceux qui ne purent satisfaire aux conditions exigées passèrent dans la comptabilité.

C'est en 1831 qu'une ordonnance royale décida que les élèves des manufactures seraient désormais recrutés parmi les élèves de l'École polytechnique. Il s'était produit dans l'outillage des divers établissements des transformations mécaniques importantes qui avaient fait juger que l'instruction technique ne pouvait se greffer que sur de fortes études théoriques. Il fut établi qu'après l'enseignement de l'École polytechnique, les élèves des manufactures feraient deux années d'application à l'École spéciale de Paris avant d'être nommés sous-inspecteurs.

Il est facile de comprendre que l'enseignement s'est modifié à dater de l'ordonnance de 1831 ; les cours, qui étaient presque purement théoriques, puisqu'il s'agissait de donner l'instruction scientifique aux élèves, ont changé

de caractère; ils ont pour objet aujourd'hui les nom.
breuses applications de la science aux questions spéciales
et variées du service.

Les employés supérieurs des manufactures de l'État
ne sont plus uniquement comme autrefois des chefs d'industrie; ils ne sont pas seulement directeurs de la fabrication, leur qualité d'ingénieurs est fréquemment utilisée
pour la création ou l'amélioration du matériel et des
méthodes. Il faut songer en effet que les nombreux mé-
canismes et outils spéciaux des manufactures de l'État
n'ont, le plus souvent, pas d'analogues dans l'industrie
privée. Les ingénieurs, qui connaissent seuls les besoins
de la fabrication, qui seuls aussi ont à leur disposition la
matière ouvrable, tabac ou poudre, peuvent seuls inven-
ter ou perfectionner les appareils, modifier les manu-
tentions, construire même les établissements.

C'est en 1860 que les Tabacs ont été détachés du
service des contributions indirectes pour former une Direction générale, et en 1865 que les Poudres ont été
annexées aux manufactures de l'État.

L'organisation actuelle de l'École, qui date de 1861,
est fort simple et des plus économiques; elle occupe un
local modeste, faisant partie des bâtiments de la manufacture des tabacs du quai d'Orsay.

Son personnel spécial se compose d'un directeur, du
sous-ingénieur, le premier sorti au classement, remplis-
sant les fonctions de secrétaire, et de six ingénieurs du
corps, qui reçoivent une indemnité de 1,000 francs par
cours, et occupent en même temps d'autres fonctions.

La matière du cours d'études comporte :

1° La chimie analytique et la chimie agricole appliquée à la culture des tabacs;

14.

2° La fabrication des tabacs;

3° La fabrication des poudres;.

4° L'administration et la comptabilité industrielle;

5° La mécanique appliquée;

6° Les machines et outils spéciaux;

7° La résistance des matériaux;

8° La construction.

Les élèves suivent, en outre, à l'École des ponts et chaussées, le cours de machines à vapeur.

La durée des cours est de huit mois, de novembre à juillet; puis chaque année, pendant les mois de juillet, août, septembre et octobre, les élèves sont envoyés en mission dans les manufactures de tabacs et les poudreries, pour commencer leur instruction pratique auprès des ingénieurs en service.

Le nombre des manufactures de l'État est aujourd'hui de dix-huit.

Les élèves-ingénieurs reçoivent un traitement de 1,800 francs, plus une indemnité pour les missions. Ils portent dans les cérémonies l'uniforme du service auquel ils appartiennent : habit vert foncé, avec une légère broderie d'argent au collet et aux manches.

Comme dans toutes les Écoles d'application, les élèves des manufactures sont astreints à des concours dans lesquels ils ont à appliquer les leçons des professeurs. Ils ne peuvent être nommés sous-ingénieurs avant d'avoir satisfait à un examen sérieux sur chacun des cours qu'ils ont suivis. Le classement résultant de l'ensemble de ces examens détermine l'ordre de nomination à leur nouveau grade. En cas d'insuffisance à l'examen de sortie, l'élève-ingénieur est astreint à redoubler son année d'école.

Après avoir satisfait aux examens de sortie, et avoir

ainsi fait preuve de l'ensemble des connaissances techniques indispensables à leur carrière, les jeunes ingénieurs
se trouvent spécialisés au point de vue de la science et de
la théorie, mais ils ne sont pas encore rompus à la pratique des hommes et des affaires. Ils font leur véritable
éducation pratique comme sous-ingénieurs dans les manufactures mêmes; il faut noter qu'ils ne peuvent rester
moins de six ans dans ce grade avant de passer ingénieurs.

La hiérarchie du corps des ingénieurs des manufactures est la suivante :

Élève-ingénieur............................		2,000 fr.
Sous-ingénieur	2ᵉ classe..	3,000
	1ʳᵉ classe..	4,000
Ingénieur....................	3ᵉ classe..	5,000
	2ᵉ classe..	6,000
	1ʳᵉ classe .	7,000
Ingénieur en chef ou directeur ..	3ᵉ classe..	8,000
	2ᵉ classe..	10,000
	1ʳᵉ classe..	12,000
Administrateur...........................		15,000
Directeur général		25,000

L'organisation de l'École d'application des poudres et
salpêtres, réglée par décision ministérielle du 25 mars 1878,
classe, à leur sortie de l'École polytechnique, les élèves-
ingénieurs au Dépôt central des poudres et salpêtres et
pourvoit à l'instruction de ces élèves au moyen des cours
de l'École des mines, auxquels s'ajoutent des cours spéciaux faits au Dépôt central par des ingénieurs du service.
Ils dépendent du ministère de la guerre.

ÉCOLE SUPÉRIEURE

DES MINES

La nécessité absolue des métaux, comme le fer, le cuivre, le plomb, pour tous les usages de la vie sociale ; l'utilité non moins réelle de ceux dits précieux, comme l'argent et l'or, pour les échanges et la représentation d'une valeur fiduciaire, ont de tout temps fait de l'exploitation des mines une des branches les plus importantes de l'économie politique.

En France, les gisements d'or et d'argent n'offrent qu'un intérêt secondaire ; la véritable richesse, en présence du développement général de l'industrie, repose sur l'extraction de la houille et des minerais. L'Allemagne et l'Angleterre nous ont devancés dans cette voie féconde, et il y a un siècle à peine nous étions encore tributaires de la science germanique, qui seule nous pourvoyait de mineurs et de métallurgistes capables de mettre en œuvre les quelques exploitations ouvertes sur notre territoire.

Ce ne fut qu'à la fin du dix-huitième siècle qu'on s'occupa de fonder en France un enseignement minéralurgique. Sous Louis XV, en 1769, les actes des concessions de mines stipulèrent que les concessionnaires seraient tenus de payer annuellement, pour l'entretien d'une École de mineurs, une somme de 200 à 800 livres pendant la durée de la concession. Quelques années après sous Louis XVI, un arrêt du conseil d'État de 1776 chargea le receveur de la petite poste de Paris de percevoir les contributions des concessionnaires de mines, avec cette mention précise que leur destination était l'entretien d'une École de mines.

Le véritable promoteur de l'institution qui nous occupe fut B.-G. Sage, savant minéralogiste, né en 1740, mort aveugle en 1824. Il obtint du Roi des lettres patentes, en date du 11 juin 1778, portant création d'une École publique et gratuite de minéralogie, et de métallurgie docimasique, qui fut établie dans une des salles de l'hôtel des Monnaies. Sage fut chargé de l'enseignement, qui ne comporta d'abord que sa chaire. C'est là qu'il exposa les préceptes de la docimasie ou de l'art d'essayer les minerais.

Bientôt le conseil du Roi nomma quatre inspecteurs des mines ; puis, par arrêt du conseil d'État et ordonnance royale du 19 mars 1783, une École des mines fut définitivement constituée. Deux chaires y furent établies : l'une pour Sage, qui professait la chimie, la minéralogie et la docimasie ; l'autre pour Duhamel, qui enseignait la physique, la géométrie souterraine, l'hydraulique, l'art de faire les percements et de renouveler l'air dans les mines, l'usage des machines nécessaires à l'exploitation et la construction des fours métallurgiques.

Il y eut de plus un garde et un sous-garde des collections.

Les candidats étaient reçus après avoir subi un examen portant sur la géométrie, le dessin et la langue allemande. Le cours d'études était de trois ans. L'hiver était consacré à l'enseignement théorique ; l'été, les élèves accompagnaient les inspecteurs dans leurs tournées ou étaient placés en résidence sur les exploitations. Ce régime dura une dizaine d'années. Mais la Révolution survint, et l'École royale des mines fut emportée comme le reste ; elle fut fermée en 1790, mais dès l'an II un décret du Comité de salut public constitua l'Agence des mines, fondée pour étudier les questions relatives à l'industrie minérale. Cette institution nouvelle publia un programme dans lequel, au milieu du style emphatique de l'époque, on retrouve purement et simplement la reconstitution de l'École royale supprimée.

L'Agence des mines comprenait trois membres, ayant sous leur direction huit inspecteurs, douze ingénieurs et quarante élèves. Les cours étaient au nombre de quatre ; ils portaient sur la minéralogie et la géographie physique, l'extraction des mines, la docimasie, la métallurgie. Un arrêté du 24 messidor an II (12 juillet 1794) installa la maison d'éducation dans l'hôtel de Mouchy, rue de l'Université, 293. Il fallait des collections pour l'instruction des élèves ; le Comité de salut public mit à la disposition de l'Agence des mines la collection minéralogique de Guettard, les livres provenant de la bibliothèque de Dietrich, ci-devant maire de Strasbourg. Enfin on acheta pour elle le cabinet de Joubert.

Les conditions du concours pour les élèves de l'Agence furent fixées par un arrêté du 16 fructidor (27 septembre 1794). Les connaissances exigées étaient les éléments de géométrie, jusques et y compris les sections coniques, les éléments de statique, l'art des projections, la levée et le dessin des plans, des notions de physique générale et de chimie.

Un autre arrêté du 15 vendémiaire (6 octobre 1794) donna la liste des officiers des mines et la composition du corps enseignant. C'étaient, pour la minéralogie et la géographie, Hassenfratz; pour la cristallographie, Haüy; pour l'extraction des mines, Guillot Duhamel; pour la métallurgie, Schreiber; pour la docimasie, Vauquelin.

La célèbre loi du 30 vendémaire an IV (22 octobre 1795), par laquelle la Convention nationale a organisé les grands services publics, transforma la maison d'éducation en École des mines; d'une institution d'enseignement élémentaire, elle fit une école d'application. En même temps, l'Agence prit le nom de Conseil des mines.

Cette même loi décida aussi l'établissement d'une École pratique pour l'exploitation près d'une mine appartenant à la République.

Le nombre des élèves fut réduit de quarante à vingt, pris parmi les élèves sortant de l'École polytechnique. On admettait en outre dix élèves externes, destinés à devenir des chefs d'établissements. Cette intelligente mesure, qui s'est perpétuée sans interruption, a exercé la plus salutaire influence sur les exploitations privées et a grandement contribué à étendre l'industrie nationale.

Nous retrouvons dans le personnel enseignant tous les noms célèbres de l'époque : Hassenfratz, Haüy, Duhamel, Vauquelin, auxquels furent bientôt adjoints Brongniart, Tonnellier, Coquebert, Baillet, Miché, Dolomieu, etc.

Pour satisfaire à la loi constitutive de 1795, un arrêté consulaire en date du 23 pluviôse an X (12 février 1802) supprima l'École des mines de Paris, et établit deux Écoles pratiques, l'une à Geislautern, département de la Sarre, pour le traitement des minerais de fer et l'extraction de la houille; l'autre à Pesey, département du Mont-Blanc, pour l'exploitation des mines de plomb, de cuivre et d'argent. Cette dernière École seule fut ouverte, non pas à Pesey, qui n'était que le lieu de la mine, mais à Moutiers, d'où les élèves se rendaient à l'exploitation.

Ce système ne réussit pas, par cette raison qu'une école pratique doit compléter l'enseignement d'une école d'application, mais ne saurait y suppléer. Les études théoriques doivent précéder la participation directe aux travaux ; or, le laboratoire de chimie et les collections minéralogiques avaient été laissés à l'hôtel de Mouchy. De plus, pendant cette période, l'École ne reçut pas d'élèves externes, au grand dommage de l'industrie privée.

Survinrent les événements politiques de 1814 et 1815. Les deux établissements de Pesey et Geislautern se trouvant enlevés à la France par le remaniement territorial, l'enseignement de l'art des mines fut suspendu de fait pendant près de deux années jusqu'au 5 septembre 1816, où une ordonnance royale reconstitua l'École des mines à Paris, et décida en principe qu'elle aurait dans les départements des succursales, sous le nom d'Écoles pratiques. Cette dernière prescription n'a jamais été mise à exécution.

De cette ordonnance de 1816 date la véritable organisation de l'École des mines, car, sauf quelques modifications de détail ou certaines adjonctions, son régime a été reproduit par les règlements en vigueur aujourd'hui.

Les connaissances exigées pour l'admission des élèves externes furent réglées par arrêté du 3 juin 1817. Il fut reproduit presque sans changement en 1847.

C'est en 1837 que l'École fut transférée, avec son matériel et ses collections, dans l'hôtel Vendôme, situé rue d'Enfer, 34. Sans avoir quitté la place, l'École, par suite

des nouveaux percements, se trouve aujourd'hui boule-
vard Saint-Michel, 60, où elle a été reconstruite sous le
second Empire. L'architecture de l'hôtel a dû être grandement remaniée ; l'ordonnance en est simple, et l'a-
ménagement intérieur bien approprié à sa destination.
Un décret du 16 septembre 1856 a réorganisé l'École,
mais sans s'éloigner des errements antérieurs ; il a régle-
menté le régime des études.

Régime actuel. — L'École des mines, placée sous la
surveillance du Ministre des travaux publics, assisté du
conseil de l'École, a pour but :

1º De former des ingénieurs destinés au recrutement
du corps des mines ;

2º De répandre dans le public la connaissance des sciences et des arts relatifs à l'industrie minérale, et en particulier de former des praticiens propres à diriger des
entreprises privées d'exploitations de mines et d'usines
minéralurgiques ;

3º De réunir et de classer tous les matériaux nécessaires pour compléter la statistique minéralogique des départements de la France et des colonies françaises ;

4º De conserver un musée et une bibliothèque consacrés spécialement à l'industrie minérale et de tenir les
collections au niveau des progrès de l'industrie des mines et usines, ainsi que des sciences qui s'y rapportent ;

5º Enfin, d'exécuter, soit pour les administrations publiques, soit pour les particuliers, les essais et analyses
qui peuvent aider au progrès de l'industrie minérale.

L'École reçoit trois catégories d'élèves : 1º les *élèves-ingénieurs*, destinés au recrutement du corps des
mines, pris parmi les élèves premiers sortants de l'É-

cole polytechnique ; 2° les *élèves externes*, admis par voie
de concours et qui, après avoir justifié à leur sortie de
connaissances suffisantes, sont déclarés aptes à diriger
des exploitations de mines et d'usines minéralurgiques,
et reçoivent, à cet effet, un brevet qui leur confère le
titre d'*élève breveté*; 3° enfin des *élèves étrangers*, admis,
sur la demande des ambassadeurs ou chargés d'affaires,
par décision spéciale du Ministre. On admet encore des
élèves libres, simplement autorisés, sur leur demande
personnelle, à suivre les cours.

Les cours oraux de minéralogie, de géologie et de paléontologie sont ouverts au public du 1er lundi de novembre au 15 avril.

La bibliothèque est ouverte aux élèves et aux personnes autorisées à y venir tous les jours, dimanches et fêtes
exceptés, de 9 à 5 heures.

Toute personne qui désire faire exécuter l'essai d'une
substance minérale est admise à en faire le dépôt au secrétariat de l'École ; l'inscription de la demande du dépo-
sant mentionne la localité d'où provient la substance à
essayer. Il est aussitôt procédé à ceux de ces essais qui
concernent l'industrie minérale. Tous les services de l'É-
cole, enseignement, musée, bibliothèque et bureau d'essais, sont gratuits.

L'enseignement est commun aux diverses catégories
d'élèves ; toutefois, tandis que les élèves ingénieurs et
externes ont leur place réservée aux salles de dessin et
aux laboratoires, les élèves étrangers et les élèves libres
ne participent aux exercices pratiques que dans la mesure
du nombre des places restées disponibles.

Les examens sont facultatifs pour les élèves étrangers,
auxquels on délivre simplement des certificats d'études.

L'admission aux places d'élèves externes est précédée d'un enseignement préparatoire qui se compose de quatre cours oraux et d'exercices. Ces cours comprennent : 1° les éléments du calcul infinitésimal et la mécanique rationnelle ; 2° la géométrie descriptive et ses applications aux ombres, à la perspective, à la coupe des pierres et à la charpente ; 3° la physique ; 4° la chimie générale. Ces cours ont lieu du 1er lundi de novembre à la fin de mai.

Les exercices pratiques consistent en épures et lavis. Ces cours sont suivis par deux catégories d'élèves : les élèves titulaires des cours préparatoires, admis par le Ministre après examen, et les élèves libres, français ou étrangers, simplement autorisés par le Ministre, sur demande personnelle. Les premiers sont seuls astreints, à la fin de l'année scolaire, à subir un examen sur les diverses parties de l'enseignement.

Tout candidat au titre d'élève titulaire des cours préparatoires doit être Français ou naturalisé, avoir eu seize ans au moins, vingt-deux ans au plus, avant le 1er janvier de l'année dans laquelle il se présente.

La demande d'admission à ces examens doit être adressée au Ministre des travaux publics avant le 1er octobre, et accompagnée des pièces suivantes :

1° Un extrait régulier de l'acte de naissance du candidat, et, au besoin, de son acte de naturalisation ;

2° Un certificat de bonnes vie et mœurs délivré par les autorités du lieu de son domicile, et dûment légalisé ;

3° Une déclaration dûment légalisée d'un docteur en médecine, constatant que le candidat a été vacciné ou qu'il a eu la petite vérole.

L'examen a lieu à Paris, devant un jury de quatre ingénieurs désignés par le Ministre, dans les derniers jours d'octobre.

Le jury d'examen détermine l'ordre de mérite des candidats et en adresse la liste au Ministre, qui statue sur l'admission.

Les connaissances exigées pour l'admission aux cours préparatoires sont les suivantes :

1° Une écriture courante et lisible, une orthographe correcte ;

2° Le dessin d'imitation ;

3° La géographie ;

4° L'arithmétique, l'algèbre élémentaire, la géométrie, la trigonométrie rectiligne, la géométrie analytique à deux dimensions, et les éléments de la géométrie analytique à trois dimensions, la géométrie descriptive, la physique, sans l'électricité ni le magnétisme, et la chimie des métalloïdes.

Le secrétariat de l'École des mines délivre le programme des connaissances exigées à tous les candidats qui en font la demande.

Les candidats autorisés, par décision ministérielle, à suivre les cours préparatoires, sont, à la fin de ces cours, examinés sur toutes les parties de l'enseignement.

Les élèves qui ont subi les épreuves d'une manière satisfaisante sont, sans nouvel examen, inscrits en tête de la liste d'admission des élèves externes.

Ceux qui n'ont pas fait preuve d'une instruction suffisante peuvent prendre part au concours ouvert dans la seconde quinzaine d'octobre pour les places d'élèves externes.

Tout élève du cours préparatoire empêché par une raison valable de passer ses examens, tout candidat qui n'a pu obtenir dans ce concours le titre d'élève externe, a le droit de suivre de nouveau les cours préparatoires.

Nul ne peut néanmoins prendre part à ces cours plus de deux ans, ou, en cas de maladie longue et constatée, plus de trois ans.

Les élèves des cours préparatoires ont à suivre une leçon par jour sur l'un des cours constituant l'objet de leurs études. Ces leçons ont lieu chaque matin, de neuf heures à onze heures. Ils exécutent les travaux pratiques dont les sujets sont indiqués par le professeur de géométrie descriptive. Le programme des cours d'année préparatoire est précisément celui de l'examen pour le titre d'élève externe.

Admission des élèves externes. — Les connaissances exigées pour l'admission des élèves externes sont les suivantes :

1° Une écriture courante et lisible, une orthographe correcte ;

2° Des notions d'analyse infinitésimale ;

3° La mécanique ;

4° La géométrie descriptive et ses applications ;

5° Les parties de la physique qui traitent plus spécialement des gaz, des vapeurs, de la chaleur, et des instruments d'optique ;

6° La chimie générale ;

7° Le dessin géométrique et le lavis.

L'admission des élèves externes à l'École des mines a lieu par un concours, auquel sont admis même les candidats qui n'ont pas suivi les cours préparatoires. Tout candidat doit être Français ou naturalisé ; avoir eu dix-sept ans au moins, vingt-trois ans au plus, au 1er janvier de l'année dans laquelle il se présente au concours, et subir deux examens. La demande d'admission au concours doit être adressée au Ministre des travaux publics avant le 1er octobre, et être accompagnée des mêmes pièces que celles ci-dessus indiquées pour l'examen de l'enseignement préparatoire.

Les examens ont lieu à Paris dans la seconde quinzaine d'octobre, devant un jury de quatre ingénieurs désignés par le Ministre ; ils portent sur toutes les matières énoncées plus haut.

Ce programme est délivré gratuitement, à l'École des mines, à tous les candidats qui en font la demande.

Avant l'ouverture des examens, chaque candidat doit déposer à l'École des mines :

Une page de français écrite sous la dictée ;

Cinq épures et un lavis, savoir :

1° Épure de perspective ;

2° Épure du tore avec ombre propre et ombres portées sur les plans de projection ;

3° Épure de la surface de filet de vis à filet triangulaire, ou à filet carré, avec ombre propre et ombres portées ;

4° Épure d'une ferme de comble, avec assemblages de charpente ;

5° Épure de coupe de pierre, arche biaise ;

6° Lavis : représentation et ombre d'une vis avec son écrou.

Ces diverses pièces doivent porter la déclaration, signée du candidat, qu'elles ont été faites par lui ; elles doivent, en outre, être revêtues d'un visa daté et dûment légalisé d'un professeur.

Les candidats peuvent être appelés à exécuter, sous une

surveillance spéciale, les pièces équivalentes à celles ci-dessus énoncées qui leur seraient désignées par la commission d'examen.

Sont dispensés de ces épreuves, et sont admis de droit :

1° Ceux des élèves des cours préparatoires qui auront passé d'une manière satisfaisante les examens de fin d'année. Ils sont inscrits en tête de la liste d'admission ;

2° Ceux des élèves de l'École polytechnique qui auront obtenu à leur sortie un nombre de points représentant une moyenne de 12 au moins. Ils sont inscrits à la suite des élèves ci-dessus et dans l'ordre de leur classement à la sortie de l'École polytechnique.

Le conseil de l'École détermine l'ordre de mérite des candidats et en adresse la liste au Ministre, qui statue sur l'admission.

Le nombre des élèves externes admis, qui varie chaque année selon diverses circonstances, est en moyenne de vingt.

Les élèves-ingénieurs portent seuls le costume du corps, qu'ils ne mettent d'ailleurs que très rarement. A l'École, ils se distinguent par la casquette galonnée d'or. Les élèves externes ont adopté une casquette avec galons d'argent, portant en outre deux petits marteaux en croix.

Enseignement. — Les cours spéciaux suivis par les élèves de l'École des mines ont pour objet principal l'exploitation des mines et le traitement des substances minérales.

L'enseignement embrasse trois années d'études et comprend, outre les leçons orales, des exercices pratiques et des voyages d'instruction.

En première année, les élèves ont à suivre les cours

d'exploitation des mines ou de machines, de métallurgie, de minéralogie, de géologie, de docimasie, de paléontologie et de lever des plans.

En deuxième année, ils suivent le cours de machines ou d'exploitation, la deuxième partie des cours de métallurgie et de docimasie, et le cours de géologie.

Le cours de paléontologie est facultatif la deuxième année, mais celui de minéralogie doit être redoublé par tout élève qui n'a pas obtenu la note 16 à l'examen de première année sur cette science.

En troisième année, les élèves doivent suivre les cours de chemins de fer et de constructions, de législation des mines et droit administratif, d'économie politique, d'agriculture et de géologie technique, de fortification militaire.

Les élèves des trois années ont à suivre, de plus, les cours d'allemand ou d'anglais, pour chacun desquels il existe deux divisions, suivant les connaissances que les élèves peuvent déjà posséder à leur entrée à l'École. Les cours oraux s'ouvrent chaque année le 1er lundi de novembre et se ferment le 15 avril environ.

Pendant la durée des cours, les élèves de première et de deuxième années travaillent alternativement au laboratoire et au dessin, étudient les collections de l'École et visitent les usines et les ateliers des environs de Paris.

A la suite des examens du mois de mai, les élèves de première année sont exercés aux analyses chimiques en juin et au lever des plans pendant le mois de juillet. Les notes accordées à ces travaux pratiques comptent pour la deuxième année.

En avril ou mai, les élèves de première et seconde années font des courses géologiques sous la direction d'un professeur de l'École. En été, ils doivent exécuter un voyage d'instruction dans divers districts de mines et d'usines, dont le choix est à leur disposition, mais pour lequel ils demandent des instructions au conseil des études. Ils doivent remettre, peu après la réouverture des cours, un journal de voyage. Les élèves-ingénieurs remettent en outre, à la suite de leur voyage de deuxième année, qui doit être de trois mois environ, deux mémoires complets, accompagnés de dessins et croquis cotés. Enfin les élèves-ingénieurs font encore un voyage de trois mois à la suite de la troisième année.

Les élèves de troisième année ont à préparer leur concours de sortie, qui se compose d'un projet d'exploitation et d'un projet de métallurgie, avec dessins d'ensemble et de détails, cotés et lavés, mémoire justificatif et devis complet. Les sujets de ces projets sont indiqués à la fin de la deuxième année, afin que les élèves puissent faire servir leur voyage à compléter leurs connaissances relatives au travail qu'ils ont à exécuter.

Régime intérieur. — Les élèves doivent être présents à l'École de neuf heures à onze heures, et de midi à quatre heures. Les jours de cours de langues étrangères, ils ne sortent qu'à cinq heures.

L'arrivée et le départ sont constatés par la signature apposée sur un registre, le matin avant neuf heures et le soir à partir de quatre heures.

Aucun élève ne peut s'absenter pour un ou plusieurs jours sans autorisation du directeur de l'École.

Pour l'assiduité aux cours et aux exercices pratiques, il est attribué à chaque élève un nombre de 100 points par année scolaire. Chaque manque à l'appel, ou défaut de signature, fait perdre 3/5 de point, si l'appel précède un cours, et 2/5 dans les autres cas. On ajoute aux points d'examen ce qui reste des points de présence, qui concourent ainsi au classement de fin d'année. Toutefois l'élève qui, par son manque d'assiduité, a perdu 20 points dans son année, n'est pas admis à passer dans la division supérieure.

Les salles de dessin et les laboratoires sont ouverts de huit heures et demie du matin à quatre heures du soir ; la bibliothèque, de neuf heures à cinq heures.

L'École est fermée les dimanches et fêtes.

Les élèves de première et de deuxième année ont, par séries et alternativement, place au dessin et au laboratoire. Ceux de troisième année ont toute l'année place aux salles de dessin pour l'exécution de leurs projets de sortie ; de plus, jusqu'à la fin de janvier, ils ont, par séries alternatives, des travaux d'analyse à faire aux laboratoires.

Les examens ont lieu à la fin des cours ; ils sont subis, pour chaque cours, à huit jours d'intervalle, devant une commission composée de deux professeurs et d'un inspecteur général des mines.

L'examen sur l'une des deux langues étrangères est obligatoire pour tous les élèves.

Pour tous les cours, les épreuves comprennent un examen oral et une composition écrite. Cette dernière doit se faire sans le secours de livres ni de notes.

Le résultat des examens dans chaque branche d'enseignement est exprimé par des chiffres variant de 0 à 20.

Les coefficients sont fixés ainsi qu'il suit :

Cours d'exploitation et machines.................   10
  — de métallurgie.........................   9

Cours de minéralogie.......................... 7
— géologie et paléontologie............... 7
— docimasie.......................... 7
— constructions. 4
— chemins de fer....................... 3
— législation des mines, droit administratif et
— économie politique 3
— agriculture et géologie technique......... 3
— fortification militaire................... 2
Dessin............................... 7

Mémoires et journaux de voyage $\left\{\begin{array}{l}\text{de la 2° année..} \quad 3 \\ \text{de la 3° année..} \quad 7 \\ \text{après la 3° année.} \quad 7\end{array}\right.$

Levers de plans........................... 4
Exercices de docimasie..................... 4
Projets de métallurgie 4
Projets d'exploitation...................... 4
Langue allemande......................... 2
Langue anglaise.......................... 2

Pour les branches d'instruction qui comprennent deux années d'études et qui donnent lieu ainsi à deux examens, on tient compte des notes attribuées au premier examen, en ajoutant à la note d'examen de deuxième année les 3/10 de la note obtenue l'année précédente, et on multiplie le total par le coefficient 10/13. Il en est de même pour l'examen de minéralogie, si l'élève a passé deux fois cet examen.

Le rang des élèves est fixé chaque année par le nombre total des points qu'ils ont mérités, et ceux qui n'ont pas satisfait aux examens de fin d'année peuvent être exclus de l'École, ou admis à redoubler l'année d'études qu'ils viennent de terminer.

A leur sortie de l'École, les élèves-ingénieurs sont nommés ingénieurs ordinaires de 3° classe au corps des mines. L'organisation actuelle du corps des mines remonte au décret du 18 novembre 1810. Les ingénieurs des mines sont chargés de la surveillance des mines, carrières, sources minérales, appareils à vapeur, etc., du contrôle de l'exploitation des chemins de fer, des études de la carte géologique détaillée de la France ; mais un certain nombre d'entre eux se vouent spécialement aux sciences et à l'enseignement : ils peuvent en outre être, autorisés à passer au service de l'industrie privée, et obtenir dans ce but un *congé renouvelable*. Pour apprécier le rôle du corps des mines, il importe donc de l'envisager sous son triple aspect scientifique, industriel et administratif.

Par la diversité de ses attributions, il permet aux aptitudes spéciales de reconnaître et de suivre leur voie, avec les avantages que donne une forte éducation encyclopédique.

Les appointements des ingénieurs des mines ont été fixés comme suit par décret du 11 décembre 1861 :

Inspecteurs généraux de 1re classe........	15,000 fr.
— 2e —	12,000
Ingénieurs en chef de 1re classe...........	{ 8,000 / 7,000
— 2e —	6,000
Ingénieurs ordinaires de 1re classe........	4,500
— 2e —	3,500
— 3e —	2,500
Élèves-ingénieurs	1,800

En dehors des appointements fixes, les ingénieurs reçoivent des indemnités pour frais de bureau et de déplacement. Ces indemnités sont réglées par des arrêtés ministériels.

L'École supérieure des mines jouit aujourd'hui d'une renommée universelle. Il suffit, pour en apprécier la valeur, de rappeler que les rares places d'élèves-ingénieurs des mines sont choisies, depuis un grand nombre d'années, .par les premiers sortants de l'École polytechnique. Elle ouvre d'ailleurs les plus belles carrières aux ingénieurs qu'elle forme, et leur concours est vivement sollicité et largement rémunéré par les sociétés de l'industrie privée.

Les élèves externes qui ont obtenu le brevet à leur sortie de l'École des mines ont le titre d'*ingénieurs civils des mines*. Ils trouvent des positions avantageuses, soit dans les exploitations de mines et les usines métallurgiques, soit dans les chemins de fer, soit même dans d'autres industries.

ÉCOLE NORMALE

SUPÉRIEURE.

Il faut assurément compter comme une des créations les plus importantes de la période révolutionnaire, de celles qui ont le plus contribué à relever l'enseignement national, l'institution de l'École normale supérieure. Il s'agissait là non pas de réédifier, mais d'édifier une œuvre nouvelle, car le clergé avait été, sous l'ancien régime, presque seul en possession de l'instruction publique ; aussi, après l'expulsion des jésuites en 1762, le Parlement de Paris, voulant former des maîtres pour remplacer les jésuites, décida la réunion dans leur principal collège de tous les boursiers dispersés jusqu'alors dans les petits collèges qui relevaient de l'Université de Paris. Un arrêt du 7 septembre 1762 transférait à Louis-le-Grand le collège de Lisieux et en rendit les cours obligatoires pour la plupart des boursiers humanistes et philosophes. Telle fut la véritable origine de l'École normale actuelle.

Le 3 mai 1766, des lettres patentes instituent les trois agrégations de grammaire, de rhétorique et de philosophie, afin d'assurer par ces nouveaux concours la capacité des professeurs et des instituteurs, auxquels la qualité de maître ès arts ne donnait plus qu'un titre, sans leur donner la science que ce grade exigeait autrefois. Un règlement du 4 septembre 1770 organisa le régime des concours pour les bourses à donner aux aspirants à l'agrégation.

Le nombre de ces bourses était de douze, chiffre suffisant alors, puisque le nombre total des places d'agrégés n'était que de soixante.

La Convention reprit l'idée qui avait germé sous l'ancien régime et, le 9 brumaire an III (30 octobre 1794), elle créa l'École normale de Paris, destinée à former rapidement le corps des instituteurs primaires. Cette fois, au lieu de progresser, on reculait, car le rapporteur lui-même, Lakanal, disait : « La France n'a pas d'écoles où les enfants de six ans puissent apprendre à lire et à écrire, et l'on a décrété l'établissement d'écoles normales. » — Et plus loin : « Pour la première fois, les hommes les plus éminents en tout genre de sciences et de talents vont être les premiers maîtres d'école d'un peuple. » Ces maîtres étaient, en effet : pour les mathématiques, Lagrange et Laplace; pour la physique, Haüy; pour la géométrie, Monge; pour la chimie, Berthollet; pour l'histoire naturelle, Daubenton; enfin pour les lettres, Bernardin de Saint-Pierre, Volney, la Harpe, Sicart, Garat, etc. Mais, on le comprend sans peine, le personnel des élèves ne fut pas à la hauteur du personnel enseignant, et, malgré la similitude du titre, l'on doit reconnaître que la tradition fut interrompue et que la véritable École normale doit, dans la chaîne historique, se rattacher au premier anneau du petit groupe des boursiers entretenus au collège Louis-le-Grand.

Le décret impérial du 17 mars 1808, portant organisation de l'Université, qu'avait créée la loi du 10 mai 1806, fonda définitivement l'École normale.

L'Empereur, voulant assurer le recrutement de l'Université, reconstitua l'École normale sur de nouvelles bases et tout d'abord imposa aux candidats des conditions d'admission rigoureuses. Aussi les nouveaux normaliens furent-ils aptes à profiter de l'enseignement précieux des Villemain, des Burnouf, des Laromiguière. L'École comptait alors 37 élèves ; en 1812, les sujets d'élite de la première promotion purent, comme répétiteurs, diriger les études des nouveaux élèves : il faut citer parmi ceux-ci : Cousin, Pierrot, Sallandrouze, Frémion, de Flers et Nicollet. Il y avait alors 77 élèves.

Mais de nouvelles vicissitudes attendaient l'institution dont les débuts avaient été si difficiles. La Restauration établit près des collèges royaux de Paris et ceux de chaque académie provinciale des Écoles normales partielles. C'était là, soi-disant, une pépinière pour l'École normale ; mais on jugea bientôt que ces écoles partielles pouvaient suppléer l'École supérieure, et celle-ci fut abolie par ordonnance du 6 septembre 1822.

C'était une faute; elle fut promptement sentie, car en 1826 une nouvelle ordonnance reconstitua sous le nom d'École préparatoire une véritable École normale. Louis-Philippe, lieutenant général du royaume, par ordonnance du 6 août 1830, deux jours avant son avènement au trône, lui rendit son nom et la réorganisa sur les mêmes bases que sous l'Empire. M. Cousin en prit la haute direction. Dès lors l'avenir de l'École fut assuré.

En 1847, sous le ministère de M. de Salvandy, l'École normale, établie alors dans le collège du Plessis, fut installée dans la résidence spécialement construite pour elle dans la rue d'Ulm, où nous la voyons aujourd'hui. Elle comprit, cette année-là, 120 élèves.

La République de 1848 donna aux élèves un uniforme

militaire : la tunique, l'épée, le tricorne, et il nous souvient d'avoir vu la pléiade des sujets distingués de cette promotion, les About, les Sarcey, les Prévost-Paradol, les Taine, les Weiss, porter ces engins guerriers. Cela dura une année, puis les palmes universitaires remplacèrent cet appareil belliqueux.

Depuis cette époque, l'École n'eut plus à subir de ces crises qui menaçaient son existence ; elle éprouva toutefois de graves modifications dans son régime et ses règlements intérieurs. C'est ainsi que les élèves se virent enlever la faculté de se présenter à l'agrégation à la fin du cours normal et furent astreints à un stage de trois ans avant de pouvoir tenter cette épreuve. Or, ce stage n'était que de cinq années pour les autres membres de l'Université. Il y avait donc inégalité et désavantage pour les normaliens, qui, avec les trois ans d'école et trois ans de stage, devaient attendre six ans la période de ces hauts examens. Le Conseil supérieur mit fin à un état de choses qui décourageait les jeunes gens et avait grandement influé sur le recrutement. En 1857, il fut décidé que les trois ans d'école équivaudraient à quatre ans de stage, et que les élèves les plus distingués pourraient, avec l'agrément du Ministre, se présenter à l'agrégation à la fin du cours normal.

En 1861, cette dernière faculté fut étendue à tous ceux que la direction de l'École jugerait dignes de tenter l'épreuve.

L'École normale est fort bien logée dans les bâtiments de la rue d'Ulm. Tout y est grand, salles, couloirs, escaliers; jardins autour et jardin au milieu : on voit qu'ici l'on pouvait tailler en plein drap. La bibliothèque est splendide : tous les élèves de l'École y pourraient tenir

ensemble, et les livres sont si nombreux qu'on a dû consacrer des salles spéciales à l'histoire et un local séparé
aux sciences. Le laboratoire de physique est des mieux
agencés ; la réserve est une sorte de musée contenant les
instruments de physique les plus complets et les plus rares.

Le magnifique laboratoire de chimie minérale dirigé
par M. Debray, depuis la mort de M. Henri Sainte-Claire
Deville, et celui de M. Pasteur pour la physiologie générale, ont une réputation européenne. Enfin, une loi votée
en 1883 a permis l'achat de bâtiments voisins, où l'on a
pu, en fondant une section d'histoire naturelle, installer
largement les collections et les laboratoires qui lui étaient
nécessaires.

Aujourd'hui les élèves ne portent un uniforme qu'à
l'intérieur de l'École et pour les exercices militaires.

L'École normale supérieure a toujours eu à sa tête des
hommes éminents, car ses directeurs ont été :

1810 à 1815	MM. Guéroult ;
1812 à 1822	Guéneau de Mussy ;
1828	Gibon ;
1829	Guigniaut ;
1835	Cousin ;
1840	Dubois ;
1850	Michelle ;
1857	D. Nisard ;
1867	Bouillier ;
1871	Bersot ;
1880	Fustel de Coulanges ;
1888	Perrot.

Admission. — Les places d'élève à l'École normale
sont données au concours. Les jeunes gens qui y préten-
dent doivent se faire inscrire chaque année du 1er janvier

au 1ᵉʳ mars, au secrétariat des académies. Ils doivent être Français ou naturalisés, et produire au moment de l'inscription les pièces suivantes :

1° Leur acte de naissance, constatant qu'au 1ᵉʳ janvier de l'année courante ils étaient âgés de dix-huit ans au moins et de vingt-quatre au plus ;

2° S'ils sont âgés de plus de vingt ans, un certificat de libération du service militaire, signé par le maire de leur commune ;

3° Un certificat de vaccine légalisé ;

4° Un certificat délivré par le médecin de l'École normale, ou par le médecin de l'académie où se fait l'inscription, constatant qu'ils ne sont atteints d'aucune infirmité ou d'aucun vice de constitution qui les rende impropres au service de l'enseignement ;

5° L'engagement légalisé de se vouer pour dix ans à l'instruction publique, si le candidat est majeur ; s'il est mineur, une déclaration du père ou du tuteur, dûment légalisée, l'autorisant à contracter cet engagement ;

6° Une note signée du candidat, indiquant la profession de son père, la demeure de sa famille, les lieux qu'il a habités depuis l'âge de quinze ans, les établissements dans lesquels il a fait ou terminé ses études ;

7° Un certificat d'aptitude morale aux fonctions de l'enseignement, délivré par les chefs des établissements auxquels le candidat a appartenu, soit comme élève, soit comme maître.

Le Ministre arrête, après enquête, la liste des candidats admis à prendre part au concours.

Les premières épreuves, qui se font à la fin du mois de juin, ou au commencement du mois de juillet, et auxquelles prennent part tous les candidats admis à concourir, consistent en compositions écrites. Elles ont lieu les mêmes jours, aux mêmes heures dans toutes les académies. Les compositions, pour la section des lettres, sont :

Une dissertation philosophique en français ;

Un discours latin ;

Un discours français ;

Une version latine ;

Un thème grec ;

Une composition historique.

Et pour la section des sciences :

Une composition de mathématiques;

Une composition de physique ;

Une dissertation philosophique ;

Une version latine.

La commission d'examen dresse, à la suite de cette première épreuve, la liste des candidats admissibles. La seconde épreuve, celle qui décide de l'admission définitive, est une épreuve orale.

Les candidats jugés admissibles sont appelés à l'École normale dans les premiers jours du mois d'août.

Les candidats pour la section des lettres doivent justifier d'une année complète et distincte de philosophie, et produire le diplôme de bachelier ès lettres. Ceux de la section des sciences produisent le diplôme de bachelier ès sciences. Les uns et les autres fournissent l'engagement légalisé de leur père ou tuteur de restituer à l'État le prix de la pension dont ils auront joui, dans tous les cas où, par leur fait, ils ne rempliraient pas l'engagement de se vouer pour dix ans à l'enseignement public. Les candidats prennent personnellement les mêmes engagements, s'ils sont majeurs, ou s'ils doivent le devenir pendant leur séjour à l'École.

L'épreuve orale consiste, pour la section des lettres, en explications d'auteurs grecs, latins et français, étudiés dans les classes de rhétorique et de philosophie ; en interrogations sur la philosophie et l'histoire ; pour la section des sciences, en interrogations sur les matières comprises dans le cours de mathématiques spéciales des lycées. Les candidats pour la section des sciences exécutent, en outre, une épreuve sur une question de géométrie descriptive, et copient une tête au trait.

Après ces deux séries d'épreuves, le Ministre, sur le rapport du directeur de l'École, arrête la liste des candidats définitivement admis.

Le nombre des élèves à l'École a varié chaque année, depuis son origine. Il était de 40 en 1810, de 77 en 1812, de 19 à la première année de l'École préparatoire en 1826, de 47 en 1827, de plus de 100 en 1846, de 78 en 1853. Il y a maintenant en moyenne 25 élèves dans chacune des trois sections des lettres, et 20 dans celles des sciences.

Réglements intérieurs. — Les élèves de l'École normale sont tous boursiers. Leur instruction et leur entretien sont complètement à la charge de l'État. Ils doivent, en entrant, acquitter les frais de trousseau, qui ont été fixés à 400 francs par le dernier règlement sur la matière.

Les élèves sont soumis à l'internat. Ils couchent dans des dortoirs, prennent leurs repas dans un réfectoire commun, et travaillent, pendant la première et la deuxième année, dans des salles où ils sont de quatre à dix, suivant les sections ; en troisième année, ils ne sont jamais plus de deux dans les salles de travail. Pour toutes les sections, la surveillance s'exerce du dehors.

Les sorties ont lieu les dimanches et jours de fête, de huit heures du matin à dix heures et demie du soir ; le jeudi, de une heure à dix heures du soir. On autorise les élèves à coucher hors de l'École lorsqu'il y a plusieurs jours de congé.

Les punitions ordinaires sont des consignes pour le jeudi ou le dimanche. Dans les cas graves, il y a encore le renvoi provisoire, et enfin l'expulsion.

Les conditions de l'enseignement ont été fréquemment modifiées depuis l'origine de l'École. A l'époque de la seconde fondation, celle de l'Empire, de 1810 à 1815, les élèves allaient chercher au dehors, au Collège de France, à l'École polytechnique, au Muséum, la plupart des connaissances qui leur étaient nécessaires ; puis des répétiteurs, choisis le plus souvent parmi les élèves pourvus du grade de licencié, répétaient à l'intérieur de l'École les leçons des maîtres de ces diverses institutions. Bien des règlements se sont succédé depuis, notamment ceux du 14 décembre 1815, de 1826 organisant l'École préparatoire, de 1829 remaniant l'enseignement scientifique, de 1830 fixant le cours normal à trois ans, etc.

Les travaux des élèves de l'École normale ont aujourd'hui un double objet, les licences et l'agrégation.

Les élèves de la section des sciences qui se destinent aux sections de mathématique et de physique, doivent être, à la fin de la seconde année, licenciés ès sciences mathématiques et ès sciences physiques. Chacun des deux examens, divisé par moitié, est passé en deux fois, à la fin de la première et à la fin de la seconde année. Les élèves de la section d'histoire naturelle doivent être licenciés ès sciences physiques à la fin de la deuxième année, et ès

sciences naturelles à la fin de la troisième. Tout élève
refusé à l'un des examens partiels cesse d'appartenir à
l'École. A la sortie, les élèves concourent pour l'une des
trois agrégations des sciences : mathématiques, physique
et histoire naturelle.

Les élèves de la section des lettres doivent être aussi
licenciés à la fin de la première année ou au commencement de la seconde. A la fin de la troisième année, ils
sont présentés à l'une des agrégations de l'ordre des lettres : philosophie, histoire, lettres et grammaire.

Les élèves de la section des lettres qui ne se présentent
à aucun concours extérieur à la fin de leur deuxième
année, sont interrogés alors sur les cours qu'ils ont suivis à l'intérieur et les travaux qu'ils ont faits.

Enfin les élèves sont encore soumis, pendant le cours
de la troisième année, à une épreuve d'une nature particulière et qui est pour eux une sorte de noviciat ; ils sont
chargés de faire une classe dans un des lycées de Paris
pendant quinze jours.

Le chiffre moyen des admissions au grade d'agrégé,
dans les dernières années, donne la proportion de neuf
élèves sortants ou anciens de l'École normale, sur dix
candidats. Il faut en effet remarquer que, contrairement
à ce qui a lieu pour les autres Écoles du gouvernement,
l'École normale offre ce caractère particulier qu'elle ne se
juge pas elle-même ; ses élèves retrouvent, à tous les degrés, des examens réglementaires, licence, agrégation, la
concurrence des candidats libres.

Le budget de l'École a reçu depuis une dizaine d'années de notables accroissements : on a pu établir de
nouvelles conférences, appointer d'habiles préparateurs
pour les cours des sciences et pourvoir aux dépenses de

l'important laboratoire de chimie qu'a illustré le nom du maître, M. Henri Sainte-Claire Deville. La préparation de l'aluminium et du platine y a donné lieu à d'importants travaux. De plusieurs points de l'étranger, de jeunes savants sont venus y chercher des principes de vulgarisation et de méthode.

En résumé, l'École normale et l'agrégation sont des institutions éminemment utiles, qui maintiennent le niveau des hautes études ; elles alimentent tous nos établissements d'instruction secondaire de sujets remarquables à tous les titres, moralité, savoir, art d'enseigner ; elles propagent les bonnes méthodes et soutiennent avec constance les progrès des connaissances générales.

Les émoluments des professeurs de l'Université ont été successivement élevés ; mais, il faut bien le reconnaître, la carrière de l'enseignement est plus honorable que lucrative, et il faut une vocation soutenue, une sincère abnégation à ces esprits supérieurs pour se consacrer à l'œuvre laborieuse de l'éducation, quand à côté d'eux s'ouvre la profession plus brillante et largement rémunératrice des lettres libres.

Un décret du président de la République, en date du 25 septembre 1872, a supprimé le traitement éventuel des membres du corps enseignant en élevant naturellement la quotité du traitement fixe.

Les lycées de Paris et celui de Versailles forment une série hors classe ; encore faut-il noter qu'à Versailles les émoluments de chaque grade sont inférieurs de 500 fr. à ceux de Paris.

Voici donc les chiffres pour les lycées de Paris :

Proviseurs, 9,000 fr. ; censeurs, 8,000 ; professeurs titulaires, quatre classes de 7,500 à 6,000 ; professeurs divisionnaires, deux classes, 5,500 et 5,000.

Les lycées des départements sont divisés en quatre catégories, et il y a deux classes de proviseurs ; les traitements s'étagent de 5,500 à 7,500 fr. Les censeurs, partagés en trois classes, touchent de 3,600 à 5,600 fr. ; les professeurs titulaires, quatre classes, perçoivent de 3,000 à 7,500 fr. ; les professeurs divisionnaires, trois classes, reçoivent de 2,200 à 5,500 fr. ; enfin les professeurs chargés de cours de l'enseignement spécial émargent de 1,800 à 3,300 fr.

Les professeurs chargés des classes élémentaires ont à Paris 2,500 fr., et dans les départements 2,000 fr.

Avec les exigences de la vie actuelle et le rang social des membres de l'Université, ces traitements sont loin d'être excessifs. Aussi, nous le répétons, il faut au personnel du haut enseignement une vertu solide pour résister à ce mirage des grandes situations, des honneurs et de la fortune que quelques-uns de leurs émules ont su acquérir par la voie si facilement ouverte du roman, du théâtre ou du journal.

ÉCOLE

DES

PONTS ET CHAUSSÉES.

Parmi les services publics dont la France s'honore et qui jouissent d'une réputation universelle justement méritée, celui des ponts et chaussées occupe un des premiers rangs. Le corps tout entier des ingénieurs de ce service a su conquérir une célébrité de bon aloi ; ses titres glorieux sont inscrits de toutes parts en travaux gigantesques ; les routes, les canaux, les ports, des œuvres de toute sorte sont là pour les rappeler, et ce n'est pas un des moindres éléments de sa renommée que cet immense réseau de chemins de fer qui, après avoir sillonné le pays, a franchi les frontières et s'est répandu au dehors avec une force d'expansion inouïe. Les œuvres des ingénieurs français à l'étranger équivalent peut-être à la somme de celles qu'ils ont accomplies à l'intérieur. Cette réputation du corps des ingénieurs rejaillit naturellement sur la pépinière qui les forme, l'École des ponts et chaussées, une élite dans une élite, puisqu'elle se recrute parmi les premiers sortants de l'École polytechnique.

Historique. — C'est au règne de Louis XV que remonte la création du corps des ingénieurs des ponts et chaussées ; il a été institué par arrêt du conseil du Roi, en date du 16 février 1716. Des lettres patentes de 1720 instituèrent un inspecteur général, un architecte premier ingénieur, trois inspecteurs et vingt et un ingénieurs pour le service des généralités et pays d'élection. C'est dire que les pays d'État, tels que la Bretagne et le Languedoc, continuèrent à jouir de leur autonomie et à administrer isolément leur système de communications.

En 1743, la place d'inspecteur général fut supprimée; ses attributions furent données au premier architecte du Roi.

En 1744, sur la proposition de Trudaine, surintendant des finances, il fut décidé « qu'il serait procédé à la levée des plans et cartes de toutes les routes, grands chemins, chemins de communication du royaume, et à la formation de recueils, divisés par généralités et provinces, de ces cartes et plans, ainsi que des documents y relatifs. »

Il fallait pour ce travail un personnel considérable, et, en 1747, Perronet, alors ingénieur des ponts de la généralité d'Alençon, fut appelé à Paris « à l'effet d'a-« voir, sous les ordres du contrôleur des finances, la « conduite et l'inspection des géographes et dessinateurs « chargés des plans et cartes; des commis et préposés « audit ouvrage; de régir tout ce qui concerne les travaux « et d'instruire lesdits dessinateurs des sciences et prati-« ques nécessaires pour parvenir à remplir avec capacité « les différents emplois des ponts et chaussées ».

C'est là que se rencontre le premier principe de l'institution d'une École des ponts et chaussées.

De 1716 à 1747, le recrutement du corps des ingénieurs ne s'était opéré suivant aucun mode régulier; il

en résultait une faiblesse marquée du personnel et surtout un manque complet d'uniformité dans le service.

Trudaine et Perronet n'organisèrent d'abord qu'un
bureau des ponts et chaussées ; mais la force des choses
devait progressivement transformer ce bureau en *école*
d'élèves-ingénieurs. En effet, à la fin de cette même année
1747, une instruction de M. de Machault, contrôleur
général, décida qu'il serait dressé un état de tous les
employés ; que ces employés seraient divisés en trois classes : la première composée des sous-inspecteurs ou sous-
ingénieurs ; la seconde, des employés appelés *élèves ;* la
troisième, des jeunes gens moins instruits admis à travailler dans les bureaux comme auxiliaires, jusqu'à ce
qu'ils fussent nommés élèves ; que les employés des trois
classes qui n'auraient pas d'emplois précis viendraient
tous les jours chez M. Perronet pour travailler aux cartes,
plans, etc. ; qu'il serait donné des gratifications aux employés les plus forts de chaque classe, « moyennant que
« ceux-ci tiendront des cahiers des cours de mathéma-
« tiques et d'architecture pour les lire et les expliquer
« aux élèves ».

C'était, on le voit, la création d'un véritable enseignement mutuel. Cette situation se prolongea, et, de 1755
à 1760 on trouve diverses pièces signées de Perronet,
dans lesquelles, parlant des employés placés sous sa direction, il dit tantôt le bureau, tantôt l'École des ponts
et chaussées.

En 1775, le ministre Turgot confirma officiellement
l'institution qui existait de fait ; il publia une instruction touchant l'organisation de l'*École des ponts et chaussées.* Perronet, qui avait dirigé le bureau, continua à
diriger l'École. Le nombre des élèves était fixé à 60, et

celui des surnuméraires à 10. Ces élèves étaient divisés en trois classes ; les plus instruits servaient de professeurs aux autres ; ils étaient au nombre de 20, étaient rétribués et portaient l'uniforme ; les autres n'étaient pas appointés. Les élèves devaient suivre en dehors de l'École des cours de dessin et d'architecture.

Pendant l'été, on envoyait les élèves sur des travaux de nature variée, afin d'étendre le cercle de leurs connaissances. Ils recevaient une allocation pour frais de voyage.

C'était là une organisation complète ; quant à la force des études, il serait difficile de dire jusqu'où elle s'élevait, mais on peut constater que l'enseignement descendait aux éléments de géométrie. On remarque, dans la nomenclature des prix, un prix d'écriture moulée et un prix d'écriture courante.

Cette organisation eut de bons résultats, elle forma un corps d'ingénieurs capables, qui portèrent dans les diverses provinces du royaume un ensemble de notions sérieuses et l'application de principes uniformes, ce qui avait manqué jusqu'alors.

En 1780, M. Necker, directeur des finances, revisa l'instruction de Turgot sans y apporter de modifications importantes ; il diminua toutefois le nombre des élèves appointés.

Tel fut l'état de l'École des ponts et chaussées jusqu'à la Révolution. Le 19 janvier 1791, l'Assemblée nationale décréta une loi sur les ponts et chaussées. L'article 3 porte : « Il y aura une École des ponts et chaussées. Elle comprendra 60 élèves, divisés en trois classes de 20 ; ils seront tous appointés. »

Nous avons dit que les provinces d'État étaient demeurées en dehors dans les organisations précédentes ; un décret du 19 juin 1792 incorpora à l'*École nationale* les élèves des provinces de Bretagne et de Languedoc.

Survint 1793 ; l'École fut désorganisée par le décret de la Convention qui mettait le personnel des ponts et chaussées à la disposition du Ministre de la guerre. Les 34 élèves les plus forts, parmi lesquels se trouvaient les élèves-professeurs, passèrent dans l'arme du génie. L'École, qui subsistait cependant en fait, ne fut peuplée que des élèves les plus faibles, auxquels l'enseignement faisait presque complètement défaut.

En 1794, Lamblardie, qui, sur la désignation de Perronet lui-même, avait succédé à ce grand ingénieur dans la direction de l'École, conçut la pensée de créer une grande École préparatoire à tous les services publics.

C'était l'École centrale des travaux publics, qui devint bientôt notre École polytechnique.

On hésita longtemps sur la question de savoir si les anciennes Écoles seraient conservées. Enfin la loi du 30 vendémiaire an IV (22 octobre 1795) maintint l'institution de l'École des ponts et chaussées, comme *École spéciale d'application*. Le titre V, art. 1er, porte que « les élèves, au nombre de 36, seront tirés de l'École polytechnique ».

Lamblardie proposa, en 1796, un projet de règlement de l'École des ponts. Il y est question pour la première fois de deux professeurs pris en dehors de l'École.

En 1798, M. de Cherzy succède à Lamblardie décédé, et peu après il est remplacé par M. de Prony. L'année suivante, celui-ci rédige et fait approuver son plan d'instruction, dans lequel l'enseignement est confié à trois professeurs.

Rien ne fut changé depuis lors jusqu'en 1804, où fut promulgué le décret impérial qui statuait à la fois sur l'organisation du corps et celle de l'École des ponts et chaussées. Le nombre des élèves fut reporté à 60, divisés en trois classes. Chaque élève reçut un traitement ainsi fixé : première classe, 900 fr. ; deuxième classe, 800 fr. ; troisième classe, 700 fr.

Le gouvernement de la Restauration n'apporta aucun changement à l'état légal de l'École. En 1830, une commission fut nommée pour rédiger un projet de règlement organique et de règlement intérieur. Un autre projet, en grande partie conforme à celui de 1830, fut présenté par M. de Fontaine, inspecteur de l'École, dans son rapport au Ministre en date du 25 septembre 1839. Son préambule peut aujourd'hui encore servir d'introduction à l'étude de l'institution : « L'instruction à l'École des ponts et chaussées aura pour objet spécial de développer dans un sens pratique, en les appliquant à la science de l'ingénieur, les connaissances théoriques données aux élèves pendant leur séjour à l'École polytechnique. Elle comprendra aussi les connaissances économiques et administratives qui sont le plus particulièrement nécessaires aux ingénieurs des ponts et chaussées. »

Cette organisation de 1839, préparée par M. de Fontaine, fut appliquée par M. Bomart. Elle a été depuis 1842 grandement améliorée par M. Reynaud, avec le concours du conseil de l'École. M. Reynaud, inspecteur général et directeur de l'École de 1869 à 1873, est justement célèbre par ses publications remarquables sur l'architecture et sur les phares.

État actuel. — C'est le décret en date du 13 octobre

1851 qui régit le corps et l'École des ponts et chaussées.

L'École d'application est destinée à former les ingénieurs nécessaires à tous les services publics.

Elle est placée dans les attributions du Ministre des travaux publics.

L'enseignement y a pour objet spécial : les routes, les chemins de fer, les canaux, les rivières et fleuves, les ports maritimes, et en général tout ce qui se rapporte aux voies de communication par terre et par eau. Il a également pour objet les irrigations, les desséchements, la réglementation des cours d'eau et des usines, la distribution des eaux, etc.

La télégraphie, la photographie et la pisciculture donnent aussi lieu à des conférences spéciales.

Les élèves de l'École des ponts et chaussées, destinés à recruter le corps des ingénieurs de l'État, sont pris exclusivement parmi les élèves de l'École polytechnique. Ils sont nommés par décret.

Outre les élèves destinés aux services publics, il peut être reçu à l'École des élèves externes, français ou étrangers, autorisés par le Ministre à suivre les cours. Ces élèves ou une partie d'entre eux peuvent même être admis par décision spéciale à participer aux travaux intérieurs de l'École.

L'École est dirigée par un inspecteur de 1re classe des ponts et chaussées, qui prend le titre de *directeur,* et par un inspecteur général de 2e classe ou un ingénieur en chef, qui prend le titre d'inspecteur de l'École.

La matière de l'enseignement comprend les cours suivants :

La construction, divisée en six branches : routes, ponts,

chemins de fer, navigation, travaux maritimes, architecture et fortifications;

La mécanique appliquée;

La minéralogie et la géologie;

Les machines à vapeur fixes et locomotives;

L'hydraulique agricole (irrigations) et la chimie appliquée;

L'administration et le droit administratif.

L'économie politique;

Les travaux graphiques;

Le dessin, l'anglais, l'allemand.

Le système d'instruction de l'École se compose de deux parties :

L'enseignement de l'École proprement dit;

L'enseignement pratique des missions.

Le cours complet d'études a une durée de *trois années*.

A l'École, l'enseignement comprend :

1° Des leçons orales données par le professeur;

2° Des études de travaux graphiques, des rédactions de mémoires et des concours sur des projets d'art;

3° Des manipulations et des essais de matériaux de construction;

4° Des exercices de nivellement et de lever de plans;

5° Des visites d'ateliers.

Les cours et les études de l'intérieur de l'École durent, chaque année, du 1er novembre au 30 avril.

Depuis une circulaire de M. le général Borel, Ministre de la guerre, portant la date du 9 mars 1878, les élèves-ingénieurs font chaque année, du 15 juin au 15 juillet, un stage en qualité d'officiers de réserve dans le régiment du génie qui leur est désigné à la sortie de l'École polytechnique. Depuis cette époque, la mission ne dure plus que trois mois, du 15 juillet au 15 octobre; pendant cette période, les élèves sont envoyés en mission dans les départements, et y sont attachés aux travaux en cours d'exécution, pour s'exercer, sous la direction des chefs de service, à la pratique de l'art de l'ingénieur.

Durant la mission, les élèves des deuxième et troisième classes tiennent un journal sur lequel ils consignent les renseignements qu'ils ont recueillis, les observations qu'ils ont faites et les opérations auxquelles ils ont pris part.

Lors du classement, à la fin de la session suivante, il leur est tenu compte du mérite de ce journal, ainsi que du zèle qu'ils ont montré et des services qu'ils ont pu rendre pendant leur mission.

A la fin du troisième semestre d'hiver, des missions à l'étranger peuvent être données aux élèves de première classe qui se sont le plus particulièrement distingués pendant la durée de leur séjour à l'École.

Régime intérieur. — Du 1er novembre au 30 avril, les élèves sont tenus de se trouver à l'École tous les jours, sauf les dimanches et jours fériés. L'École est ouverte de huit heures du matin à 10 heures du soir.

Les élèves habitent en ville ; ils doivent se trouver à l'École de huit heures trois quarts à dix heures et demie du matin, puis de onze heures trois quarts à cinq heures du soir. Leur présence est constatée au moyen d'appels et de feuilles de présence.

L'habitude prise pour venir à l'École est de porter le costume civil avec la seule casquette d'uniforme, le nombre des galons indiquant le grade de l'élève. La casquette d'uniforme d'ingénieur étant le signe distinctif d'une fonction publique, les élèves externes ne peuvent la porter, soit à l'intérieur, soit à l'extérieur de l'École.

Les punitions consistent en réprimande particulière, réprimande en présence des camarades, exclusion temporaire des salles d'étude, exclusion temporaire de l'École, mise à l'ordre, censure par le conseil avec ou sans mise à l'ordre, retard d'avancement de classe, exclusion définitive.

Traitement. — Le décret du 31 décembre 1861 a élevé le traitement des élèves-ingénieurs, sans distinction de classe, à 150 francs par mois, soit 1,800 francs par an, sauf déduction de la retenue pour la caisse des retraites.

Chaque élève reçoit, en outre, une somme de 200 francs pour frais de campagne et les frais de voyage alloués par l'arrêté ministériel du 26 décembre 1854. Par décision ministérielle du 15 février 1877, chaque élève reçoit pendant la durée de son séjour à Paris une indemnité mensuelle de 50 fr.

Examens, classement, sortie. — Les élèves sont divisés en trois classes, correspondant chacune à une promotion de l'École polytechnique. Après le vote du programme des grands travaux publics de M. de Freycinet, le nombre des élèves admis a été d'une trentaine pendant quelques années ; mais depuis il a été constamment en diminuant et paraît devoir revenir au chiffre d'une vingtaine.

1881.	32 élèves admis.
1882.	27
1883.	28
1884.	20
1885.	18
1886	18

Le rang des élèves dans leur classe respective est déterminé par ordre de mérite. Il y a des examens généraux sur tous les cours permanents professés à l'École. Les élèves sont prévenus à l'avance, par la voie de l'ordre du jour, des époques fixées pour ces examens.

Les notes prises par les élèves à l'amphithéâtre sont réunies en cahier et mises plus tard sous les yeux du professeur, qui en tient compte, dans une certaine mesure, pour la fixation relative des numéros de mérite à attribuer aux examens.

Le classement des élèves est arrêté en conseil de l'École à la fin de chaque année scolaire.

Le rang de classement des élèves est déterminé :

Pour le passage à la deuxième classe, par le nombre de points obtenus dans la première année ;

Pour le passage à la première classe, en ajoutant aux points obtenus dans l'année la moitié des points obtenus dans l'année précédente ;

Et *pour la sortie,* en ajoutant aux points obtenus dans l'année la *moitié* des points de la deuxième année et la *moitié* des points de la première ;

Déduction faite des points attribués aux langues dans le classement précédent.

Les élèves ayant complété leur cours d'études sont nommés *ingénieurs ordinaires de 3° classe* à la fin de leur troisième mission.

L'élève qui, après la première ou la seconde année d'études, n'est pas déclaré admissible à la classe supérieure, ou qui, après la troisième année, n'est pas reconnu capable d'être placé dans le service actif, peut, sur la proposition du conseil et par décision du Ministre, être maintenu une année de plus à l'École. Ce délai peut même être porté à deux ans, en cas de circonstances graves et exceptionnelles ; mais, dans aucun cas, un élève ne reste sur les cadres plus de cinq ans.

Élèves externes. — L'École des ponts et chaussées reçoit, indépendamment des *élèves-ingénieurs* appartenant au corps des ponts et chaussées, deux catégories distinctes d'*élèves externes*.

La première catégorie comprend les personnes admises, par décision du Ministre des travaux publics, à suivre les cours oraux et à participer aux travaux intérieurs de l'École.

La deuxième catégorie comprend les personnes simplement admises, sur l'autorisation du directeur de l'École, à suivre les cours oraux. On les appelle d'ordinaire élèves-auditeurs.

Les cours de l'École sont gratuits.

Admission. — Les candidats qui se présentent pour être admis comme élèves externes doivent posséder les connaissances détaillées dans le programme que nous donnons plus loin.

Les candidats nés en France doivent être âgés de dix-huit ans au moins et de vingt-cinq au plus. Ils devront prouver, par un certificat des autorités du lieu de leur résidence, qu'ils sont de bonnes vie et mœurs. Ce certificat et leur acte de naissance seront joints à la demande qu'ils devront adresser, avant le 1er août, au Ministre des travaux publics, à l'effet d'être autorisés à subir les épreuves destinées à établir leur capacité.

Ces épreuves commencent chaque année, à Paris, le 1er octobre, et sont terminées le 15 du même mois. Elles ont lieu devant un jury composé de trois ingénieurs désignés par le Ministre.

Elles consistent en compositions écrites, en exécution de dessins et en examens oraux.

La première épreuve est une composition écrite sur un ou plusieurs sujets pris dans le programme des connaissances exigées.

La seconde est l'exécution d'un dessin de géométrie descriptive et d'un lavis d'architecture.

Les sujets de ces compositions sont arrêtés par le jury, qui, sur le vu de ces travaux préliminaires, décide s'il y a lieu d'admettre les candidats aux examens oraux.

Chaque candidat subit deux examens oraux sur les matières du programme. Un délai de cinq jours au moins est laissé entre ces deux examens.

Sur le vu du procès-verbal dressé par le jury à la suite des épreuves, le Ministre fixe chaque année la liste des élèves externes admis à participer aux travaux de l'École.

Seront dispensés des épreuves dont il vient d'être parlé, les élèves de l'École polytechnique qui auront obtenu un certificat de capacité.

Toutes les conditions que nous venons d'énumérer sont également obligatoires pour les étrangers qui voudraient être reçus à l'École. Toutefois, dans des circonstances exceptionnelles et sur la proposition du conseil de l'École, les candidats étrangers pourront être dispensés de l'accomplissement de tout ou partie de ces conditions par décision spéciale du Ministre.

Les élèves externes sont, comme les élèves-ingénieurs classés par année d'études. Depuis plusieurs années, le chiffre des admissions de cette catégorie a été d'une vingtaine.

Les élèves externes participent, pendant la durée de chaque session, aux mêmes études, leçons, exercices, manipulations, etc., que les élèves-ingénieurs.

Toutefois les compositions littéraires ne sont obligatoires que pour les élèves français. Les élèves étrangers ne sont pas admis au cours de fortification. Les leçons de langues ne sont que facultatives pour les externes.

Sur leur demande, les élèves externes peuvent obtenir, dans l'intervalle des sessions, l'autorisation de visiter les travaux qui s'exécutent sur les chantiers de l'État.

Les élèves externes concourent entre eux et par classe. Le rang de mérite, dans chaque classe, est déterminé, comme pour les élèves-ingénieurs, d'après les degrés établis aux résultats des concours, des travaux graphiques et autres, des examens oraux. Note est tenue de l'assiduité aux cours et dans les salles d'étude.

Le classement est arrêté par le conseil de l'École. Les élèves externes qui, à la fin de leurs études, ont satisfait aux conditions exigées, reçoivent un diplôme constatant le degré de l'instruction acquise par eux, pendant la durée de leur présence à l'École.

Les élèves externes sont soumis à tous les règlements intérieurs de l'École ; ils sont passibles des mêmes punitions que les élèves-ingénieurs.

Les élèves externes se fournissent, à leurs frais, de tous les objets nécessaires pour les travaux intérieurs de l'École. Toutefois ils reçoivent gratuitement le papier avec timbre pour les travaux graphiques et le papier destiné à la rédaction des mémoires, devis, etc. Ils ont aussi à leur disposition les divers objets et instruments que l'École prête aux élèves-ingénieurs.

Programme. — Les connaissances exigées pour l'admission des élèves externes à l'École des ponts et chaussées comprennent les matières suivantes :

1° *Arithmétique ;*

2° *Géométrie.* — Figures planes, figures dans l'espace ;

3° *Algèbre.* — Des logarithmes et de leur usage. Des équations de degré quelconque, supérieur au deuxième ;

4° *Trigonométrie rectiligne ;*

5° *Géométrie analytique.* — Géométrie à deux dimensions. Géométrie à trois dimensions ;

6° *Géométrie descriptive.* — Notions sur les surfaces développables et sur les surfaces gauches. Application de la géométrie descriptive ; modes de représentation des objets ; stéréotomie ;

7° *Calcul différentiel ;*

8° *Calcul intégral ;*

9° *Mécanique.* — Cinématique. Equilibre des forces appliquées aux systèmes matériels. Travail des forces dans les machines. Calcul des résistances secondaires et de leur travail dynamique ;

10° *Physique.* — Propriétés générales des corps. Premières notions d'hydrostatique. Chaleur. Électricité. Magnétisme. Électricité dynamique. Optique ;

11° *Chimie.* — Préliminaires. Métalloïdes. Métaux. Lois générales ;

12° *Architecture ;*

13° *Dessin.* — Les candidats devront prouver qu'ils sont exercés à la pratique du dessin linéaire, du dessin topographique et du dessin à l'encre de Chine.

Élèves-auditeurs. — D'après une décision en date du 27 juillet 1853, il n'est plus nécessaire de passer des examens pour être admis à suivre les cours oraux. Les personnes autorisées à suivre ces cours et munies de cartes du directeur ne sont admises à l'École qu'aux heures des cours.

On ne constate la présence aux leçons que des élèves-auditeurs envoyés par des administrations publiques. Ces élèves peuvent être autorisés à passer des examens.

Organisation du corps des ponts et chaussées.

— Les décrets qui ont organisé le corps des ponts et chaussées portent les dates des 13 octobre 1851, 28 mars 1852, 17 juin 1854.

Le service des ponts et chaussées se divise en service ordinaire, service extraordinaire, services détachés.

Le service ordinaire comprend tous les services permanents; il se subdivise en service général, service spécial, services divers.

Le service général comprend la direction et l'exécution des travaux ordinaires des ponts et chaussées dans chaque département.

Le service spécial comprend les travaux distraits du service départemental; ce sont : le service hydraulique (desséchement des marais, règlement des usines établies sur les cours d'eau, irrigations, drainage), le service des rivières navigables, le service des canaux, le service des travaux maritimes.

Une loi, en date du 12 juillet 1865, a créé les chemins de fer d'intérêt local. La loi exige que les projets des travaux qui devront être exécutés par les départements avec le concours des communes soient soumis à l'examen de l'ingénieur en chef, et, dans un certain nombre de départements, les ingénieurs ordinaires ont été appelés par la confiance des préfets et des conseils généraux à préparer les projets et à en diriger l'exécution.

Un décret du 29 avril 1862 a placé dans le service des ponts et chaussées la surveillance, la police et l'exploitation de la pêche dans les fleuves, rivières et canaux navigables et flottables. Par contre, les travaux d'entretien et de fixation des dunes sur le littoral maritime ont été confiés à l'administration des forêts.

Les services divers comprennent : le secrétariat du conseil général des ponts et chaussées; l'École; le dépôt des cartes et plans; les missions et travaux scientifiques, etc.

Le service extraordinaire comprend la direction et l'exécution des grands travaux publics non permanents, tels qu'établissements de chemins de fer, de canaux, d'ouvrages à la mer, etc.

Les services détachés comprennent tous les services qui, n'étant pas rétribués par le budget des travaux publics, sont néanmoins obligatoires pour le corps des ingénieurs, tels que le service des ports militaires et des colonies, le service de l'Algérie, le service des eaux et du pavé de la ville de Paris, le service du canal du Midi, les chaires d'enseignement dans les Écoles spéciales du gouvernement.

Grades. — Les grades dans le corps des ingénieurs des ponts et chaussées sont fixés ainsi qu'il suit :

Inspecteur général.. { de 1re classe........	15,000 fr.
{ de 2° —	12,000

Ingénieur en chef...	de 1re classe........	8,000 fr.
		7,000
	de 2e —	6,000
Ingénieur ordinaire.	de 1re —	4,000
	de 2e —	3,500
	de 3e —	2,500
Élève-ingénieur (toute classe)..............		1,800

Le grade d'ingénieur ordinaire de troisième classe est conféré :

1° Aux élèves-ingénieurs qui ont complété leurs études et satisfait aux conditions exigées par les règlements de l'École ;

2° Aux conducteurs des ponts et chaussées qui doivent être admis chaque année dans le corps des ingénieurs, aux conditions et suivant le mode prescrit par la loi du 30 novembre 1850.

Les ingénieurs ordinaires de deuxième classe sont pris parmi les ingénieurs de troisième classe ayant au moins deux années de service en cette qualité.

Même condition pour le passage de la deuxième classe à la première.

Le grade d'ingénieur en chef de deuxième classe ne peut être accordé qu'aux ingénieurs ordinaires de première classe ayant au moins deux ans de service en cette qualité.

Les ingénieurs en chef de première classe sont pris parmi les ingénieurs en chef de deuxième classe ayant au moins trois ans de service dans cette classe.

Le grade d'inspecteur général de deuxième classe ne peut être accordé qu'aux ingénieurs en chef de première classe comptant trois ans au moins de service.

Le grade d'inspecteur général de première classe

ne peut être accordé qu'aux inspecteurs généraux de deuxième classe ayant au moins quatre ans de service en cette qualité.

La nomination aux grades a lieu par décret, sur la proposition du Ministre des travaux publics.

Les avancements de classe ont lieu par décision du Ministre.

D'un ouvrage qui n'est pas dans le public, mais qui constitue un véritable monument élevé à la mémoire de l'éminent ingénieur Léonce Reynaud par un de ses disciples, M. de Dartein, ingénieur en chef, nous extrayons une fort belle page donnant une appréciation très élevée et très juste de la haute valeur du personnel des ponts et chaussées :

« Le corps des ponts et chaussées s'épand largement au dehors. De toutes nos administrations d'État, celle des travaux publics est assurément la plus secourable à autrui. Elle autorise ses ingénieurs à entrer au service des départements, des villes, des compagnies de chemins de fer, des grandes sociétés industrielles, en un mot, à prêter leur assistance à toutes les entreprises qui offrent un intérêt général. Elle les y encourage même, en leur conservant, durant leurs congés, les droits à l'avancement et à la retraite. Ainsi, servir l'État, c'est, au ministère des travaux publics, servir la nation au mieux de ses besoins, sans distinction de casaque ni de cocarde. Ce n'est pas le moindre mérite des ingénieurs de ce ministère que d'avoir fait accepter une définition aussi large de leurs devoirs et de leur rôle.

« Mais ils font plus. Leur action s'exerce aussi à l'étranger. La plupart des pays d'Europe ont eu recours à eux. Tandis que certains peuples se répandent à l'exté-

rieur par leurs classes ouvrières, la France se fait connaître par des représentants plus cultivés, ce qui n'est pas
pour nuire à sa réputation. Elle supplée, en quelque
façon, à la quantité de ses émigrants par leur qualité, et
l'on ne saurait nier que ses ingénieurs ne contribuent à lui
assurer cette compensation. »

ÉCOLE SUPÉRIEURE

DE

TÉLÉGRAPHIE.

L'École supérieure de télégraphie, instituée à Paris au siège même du ministère, est destinée spécialement à former les fonctionnaires du service technique des postes et des télégraphes.

Elle a été créée en 1878, par M. Cochery, ministre des postes et des télégraphes, pour le recrutement des ingénieurs des télégraphes.

Admission. — Les élèves sont recrutés à l'Ecole polytechnique dans les conditions ordinaires des services publics (un ou deux élèves chaque année), et en même temps par voie de concours (également un ou deux élèves). A ce dernier concours sont admis les agents des postes et des télégraphes, les licenciés ès sciences, les anciens élèves des Écoles polytechnique, normale, centrale, forestière, des mines et des ponts et chaussées. Le programme de ce concours roule sur les connaissances de mathématiques, de physique et de chimie exigées pour la sortie des élèves de l'École polytechnique.

En outre des élèves titulaires, l'administration autorise un certain nombre d'étrangers à suivre les cours de l'École et à prendre part à tous les exercices pratiques.

Elle leur délivre un diplôme lorsqu'ils ont satisfait aux examens de sortie.

Pour permettre aux agents des postes et des télégraphes d'acquérir ou de compléter les connaissances exigées pour l'entrée à l'École supérieure de télégraphie, des cours préparatoires, qu'ils sont seuls admis à suivre, sont institués près de cette École.

La durée des cours préparatoires est fixée à une année.

Les agents des postes et des télégraphes comptant deux ans de service au moins sont seuls admis à suivre ces cours.

Tout candidat doit avoir eu vingt ans au moins et trente ans au plus au 1er janvier de l'année du concours.

Le concours d'admission aux cours préparatoires *a lieu tous les deux ans seulement*, au mois d'octobre de l'année qui précède le concours d'admission à l'École supérieure de télégraphie. Les demandes des candidats doivent être adressées par la voie hiérarchique au Ministre, avant le 15 septembre de l'année du concours.

Les connaissances exigées pour l'admission aux cours préparatoires sont les suivantes :

1° Une écriture courante et lisible, une orthographe correcte ;

2° La géographie ;

3° Les connaissances en mathématiques, physique et chimie comprises dans le programme de la classe de mathématiques spéciales des lycées ;

4° Le dessin graphique.

Les candidats subissent dans leur région, avant le 15 octobre de l'année du concours, un examen préalable de capacité et d'admissibilité aux épreuves orales. Ces épreuves ont lieu à Paris devant un jury désigné par le

Ministre. Le jury détermine l'ordre de mérite des candidats et adresse la liste au Ministre, qui statue sur l'admission.

Le programme des cours préparatoires comprend :

1° Les principales parties du calcul différentiel et intégral ;

2° La mécanique ;

3° La physique ;

4° La chimie.

Régime intérieur. — Pendant la durée des études les élèves de l'École supérieure prennent le titre d'élèves ingénieurs des télégraphes. Ils reçoivent un traitement de 1,800 francs. Le chiffre des admissions n'est pas fixe ; il varie selon les besoins du service.

Les cours, conférences et exercices de l'École supérieure sont les suivants :

Construction des lignes télégraphiques aériennes, souterraines et sous-marines ;

Mesure électrique ;

Physique ;

Appareils télégraphiques ;

Chimie appliquée aux matières employées en télégraphie ;

Téléphonie ; lumière électrique ;

Transmission et distribution de la force électrique ;

Exploitation télégraphique et droit administratif ;

Exploitation postale ;

Machines à vapeur ;

Télégraphie militaire ;

Applications de l'électricité dans les chemins de fer ;

Architecture et construction ;

Anglais et allemand ;

Exercices pratiques (manipulations, mesure électrique) ;

Équitation et exercices pratiques de télégraphie militaire.

Pendant l'été, les élèves sont envoyés en mission et perçoivent de ce fait des indemnités supplémentaires. Ils vont étudier le service dans divers départements, et visiter, suivant un programme qui leur est donné, les ateliers de fabrication d'instruments et de matériel télégraphiques. A l'issue de leur mission, ils fournissent un journal descriptif de ce qu'ils ont vu.

Les élèves de l'École supérieure ne peuvent être admis définitivement dans le service technique que lorsqu'ils ont subi avec succès les examens de sortie de seconde année. Ils entrent dans ce service au 1er octobre de leur deuxième année d'études, avec le grade de sous-ingénieur des télégraphes, au traitement de 2,500 francs.

Les auditeurs libres peuvent obtenir un diplôme ou un certificat spécial mentionnant les cours sur lesquels ils ont subi un examen satisfaisant.

Le service de l'École supérieure comprend encore une école pour les fonctionnaires qui sont adjoints aux ingénieurs sous le nom de *contrôleurs*. Les cours des contrôleurs sont faits tous les deux ans, durent quatre mois, et comprennent l'ensemble des connaissances dont ils ont besoin dans l'exercice de leurs fonctions.

Le service de l'École est complété :

1° Par un laboratoire dans lequel se font les expériences demandées par l'administration, et qui est mis à la disposition des fonctionnaires pour leurs recherches ;

2° Par un musée où sont conservés tous les modèles d'appareils qui ont été employés par l'administration ou qui lui ont été soumis ; plus un grand nombre d'appareils étrangers utiles aux études comparatives.

FIN DU TOME PREMIER.

TABLE DU TOME PREMIER

PREMIÈRE PARTIE

LES ÉCOLES MILITAIRES

DEUXIÈME PARTIE

LES ÉCOLES CIVILES

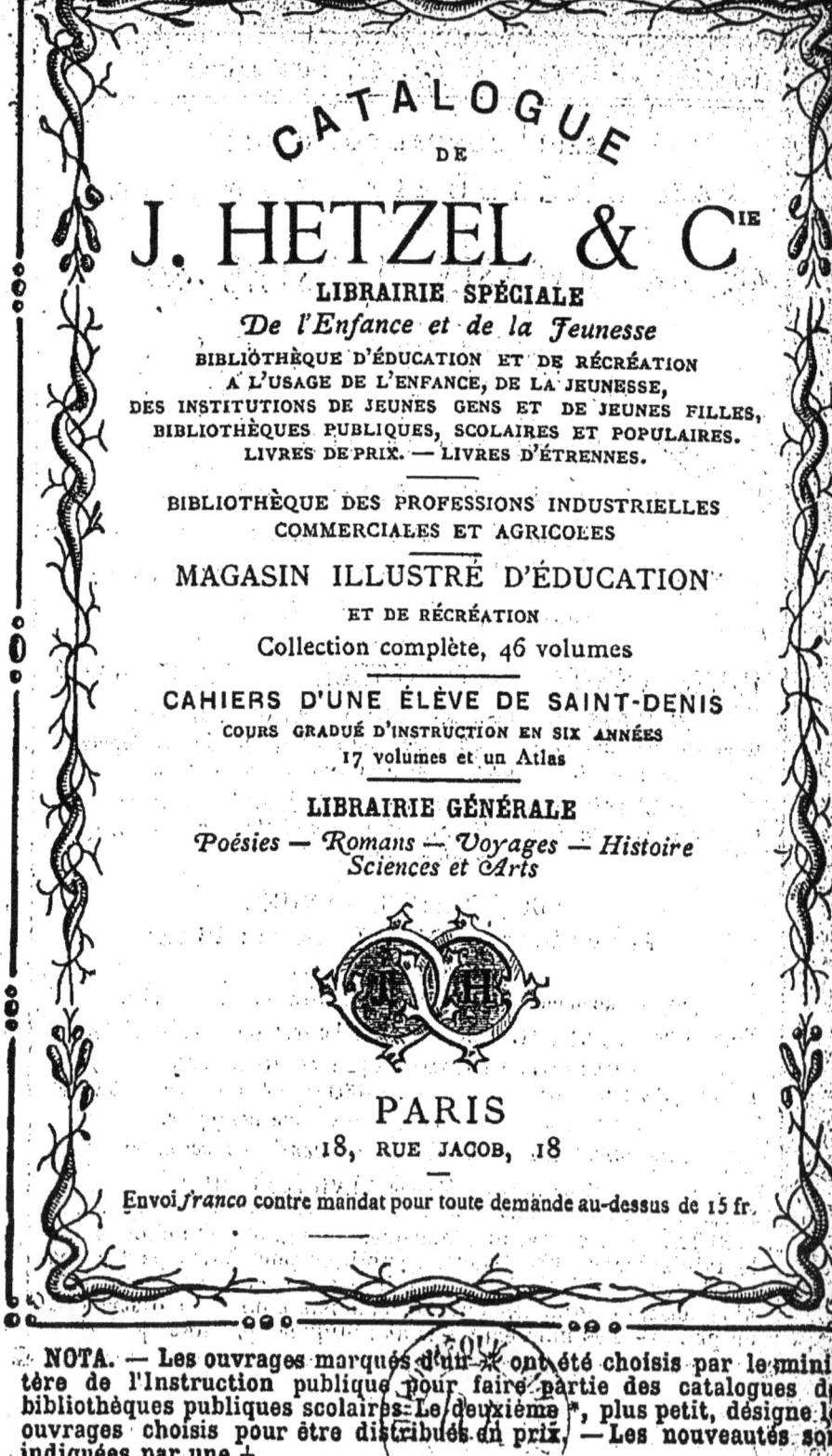

CATALOGUE

DE

J. HETZEL & Cⁱᵉ

LIBRAIRIE SPÉCIALE

De l'Enfance et de la Jeunesse

BIBLIOTHÈQUE D'ÉDUCATION ET DE RÉCRÉATION
A L'USAGE DE L'ENFANCE, DE LA JEUNESSE,
DES INSTITUTIONS DE JEUNES GENS ET DE JEUNES FILLES,
BIBLIOTHÈQUES PUBLIQUES, SCOLAIRES ET POPULAIRES.
LIVRES DE PRIX. — LIVRES D'ÉTRENNES.

BIBLIOTHÈQUE DES PROFESSIONS INDUSTRIELLES
COMMERCIALES ET AGRICOLES

MAGASIN ILLUSTRÉ D'ÉDUCATION

ET DE RÉCRÉATION

Collection complète, 46 volumes

CAHIERS D'UNE ÉLÈVE DE SAINT-DENIS

COURS GRADUÉ D'INSTRUCTION EN SIX ANNÉES
17 volumes et un Atlas

LIBRAIRIE GÉNÉRALE

*Poésies — Romans — Voyages — Histoire
Sciences et Arts*

PARIS

18, RUE JACOB, 18

Envoi *franco* contre mandat pour toute demande au-dessus de 15 fr.

SEUL JOURNAL COURONNÉ

PAR L'ACADÉMIE FRANÇAISE

46 vol. *MAGASIN ILLUSTRÉ 46 vol.

ET

DE RÉCRÉATION

et Semaine des Enfants, réunis

Journal de toute la famille

Encyclopédie morale de l'Enfance et de la Jeunesse

FONDÉ PAR **P.-J. STAHL**

DIRIGÉ PAR

JULES VERNE — J. HETZEL — JEAN MACÉ

AVEC LE CONCOURS DES ÉCRIVAINS, SAVANTS ET ARTISTES LES PLUS RÉPUTÉS

Il paraît une livraison de 32 pages tous les quinze jours, depuis le 20 mars 1864; soit un beau volume tous les six mois.

Les 46 volumes parus contiennent 85 grands ouvrages, 1,050 contes et articles divers, et environ 5,300 gravures de nos premiers artistes.

ABONNEMENT ANNUEL

Paris : 14 fr. — Départements : 16 fr.

UNION POSTALE : **17** FR.

Les abonnements partent du 1ᵉʳ janvier ou du 1ᵉʳ juillet.

Volume br., 7 fr.; cart. toile, tr. dor., 10 fr.; rel., tr. dor., 12 fr.

COLLECTION COMPLÈTE : 46 VOLUMES

Brochés : **322** fr.; cart. toile, tr. dor. : **460** fr.; reliés, tr. dor. : **552** fr.

Les tomes I à X forment une série complète.

Les tomes XI à XLVI en forment une seconde.

Sous presse : Tomes XLVII et XLVIII

NOTA. — Les ouvrages marqués d'un ✳ ont été choisis par le ministère de l'Instruction publique pour faire partie des catalogues des bibliothèques publiques scolaires. Le deuxième ✳, plus petit, désigne les ouvrages choisis pour être distribués en prix. — Les nouveautés sont indiquées par une +.

COLLECTION COMPLÈTE

DES QUARANTE-SIX PREMIERS VOLUMES DU

MAGASIN D'ÉDUCATION
ET DE RÉCRÉATION

FONDÉ PAR **P.-J. STAHL**

DIRIGÉ PAR **JEAN MACÉ — J. HETZEL — JULES VERNE**

Prix : **322** francs brochés

Payables en 10 termes à répartir en deux ans

Les quarante-six premiers volumes illustrés parus du *Magasin d'Education et de Récréation* constituent à eux seuls toute une bibliothèque de l'enfance et de la jeunesse. L'examen du catalogue général du *Magasin*, que nous tenons toujours à la disposition des parents, leur montrera que les œuvres principales, et pour ainsi dire complètes, de JULES VERNE, de P.-J. STAHL, de JULES SANDEAU, de E. LEGOUVÉ, d'EGGER, de J. MACÉ, de L. BIART, d'ANDRÉ LAURIE et de bien d'autres; que les plus heureuses séries de dessins de Frœlich, Froment et d'un grand nombre d'artistes éminents, écrites ou dessinées avec un soin scrupuleux, à l'usage spécial de la jeunesse et de la famille, sont contenues dans ces volumes.

Cette collection grand in-8° représente par le fait la matière de plus de cent cinquante volumes in-18 ordinaires. Elle est en outre illustrée de plus de cinq mille trois cents dessins, créés expressément pour le *Magasin d'Education*.

Le *Magasin d'Education* s'est tenu avec soin en dehors de ce qu'on appelle l'actualité, dont l'intérêt passe et vieillit, pour ne laisser entre les mains de ses lecteurs que des œuvres d'un intérêt durable et permanent. Les premiers volumes, à ce titre, présentent donc un intérêt égal aux derniers, et offrir aux enfants les premières années, s'ils ne les connaissent pas, leur assure des lectures aussi agréables que si on leur donnait les dernières.

*LES TOMES I à XXX
RENFERMENT COMME ŒUVRES PRINCIPALES

Les Aventures du Capitaine Hatteras, Les Enfants du Capitaine Grant, Vingt mille lieues sous les mers, Aventures de trois Russes et de trois Anglais, Le Pays des Fourrures, L'Ile mystérieuse, Michel Strogoff, Hector Servadac, Les Cinq cents millions de la Bégum, de Jules VERNE. — La Morale familière, Les Contes anglais, La Famille Chester, L'Histoire d'un Ane et de deux jeunes Filles, Une Affaire difficile à arranger, Maroussia, Un pot de crème pour deux, de P.-J. STAHL. — La Roche aux Mouettes, de Jules SANDEAU. — Le Nouveau Robinson

Suisse, de STAHL et MULLER. — Romain Kalbris, d'Hector MALOT. — Histoire d'une Maison, de VIOLLET-LE-DUC. — Les Serviteurs de l'Estomac, Le Géant d'Alsace, Le Gulf-Stream, etc., de Jean MACÉ. — Le Denier de la France, La Chasse, Le Travail et la Douleur, A Madame la Reine, La Fée Béquillette, Un premier Symptôme, Sur la Politesse, Lettre à Mⁱˡᵉ Lili, etc., de E. LEGOUVÉ. — Le Livre d'un père, de Victor DE LAPRADE. — La Jeunesse des Hommes célèbres, de MULLER. — Aventures d'un jeune Naturaliste, Entre Frères et Sœurs, Voyages et Aventures de deux enfants dans un parc, Les Voyages involontaires, de Lucien BIART. — Causeries d'Economie pratique, de Maurice BLOCK. - La Justice des choses, de Lucie B'''. — Les Aventures d'un Grillon, La Gileppe, par le docteur CANDÈZE. - Vieux Souvenirs, Départ pour la Campagne, Bébé aime le rouge, etc., de Gustave DROZ. — Le Pacha berger, par E. LABOULAYE. - La Musique au foyer, par LACOME. — Histoire d'un Aquarium, Les Clients d'un vieux Poirier, de E. VAN BRUYSSEL. — Le Chalet des Sapins, de Prosper CHAZEL. — L'Odyssée de Pataud et de son chien Fricot, de P.-J. STAHL et CHAM. — Le petit Roi, de S. BLANDY. — L'Ami Kips, de G. ASTON. — La Grammaire de Mⁱˡᵉ Lili, de Jean MACÉ. — Histoire de mon oncle et de ma tante, par A. DEQUET. — L'Embranchement de Mugby, Histoire de Bebelle, Une lettre inédite, Septante fois sept, de Ch. DICKENS, etc., etc. —Les petites Sœurs et petites Mamans, Les Tragédies enfantines, Les Scènes familières et autres séries de dessins, par FROELICH, FROMENT, DETAILLE; textes de STAHL, etc., etc.

* TOMES XXXI à XLVI

La Maison à vapeur, La Jangada, L'École des Robinsons, Kéraban-le-Têtu, L'Étoile du Sud, Un Billet de Loterie, Nord contre Sud, par JULES VERNE. — L'Épave du Cynthia, par Jules VERNE et André LAURIE. — Leçons de Lecture, par E. LEGOUVÉ. — Les Quatre filles du docteur Marsch, La Première Cause de l'avocat Juliette, Jack et Jane, La Petite Rose, par P.-J. STAHL. — La Vie de collège en Angleterre, Mémoires d'un collégien, Une année de collège à Paris, L'Héritier de Robinson, Le Bachelier de Séville, par André LAURIE. — Jean Casteyras, par BADIN. — Périnette, par le Dʳ CANDÈZE. — Les Pupilles de l'Oncle Philibert, par BLANDY. — Le Théâtre de famille, La petite Louisette, par GENNEVRAYE. — Les jeunes Filles de Quinnebasset, par J. LERMONT. — Blanchette, par B. VADIER. — Marco et Tonino, Les Pigeons de St-Marc, Un Petit Héros, par M. GÉNIN. — Boulotte, par S. AUSTIN. — Le livre de Trotty, par CRÉTIN-LEMAIRE. — Les Lunettes de grand'maman, Pas pressé, par PERRAULT. — La Patrie avant tout, par F. DIÉNY. — Les deux côtés du mur, par BERTIN. — Travailleurs et Malfaiteurs microscopiques, par I. A. REY. — Voyage d'une fillette au pays des étoiles, par GOUZY. — Voyage au pays des défauts, par M. BERTIN. — La Poupée de Mⁱˡᵉ Lili, Pierre et Paul, Les petits Bergers, albums, texte par STAHL, etc., etc. — Contes et nouvelles, par STAHL, LEGOUVÉ, C. LEMONNIER, LERMONT, BENTZON, DUPIN DE SAINT-ANDRÉ, NICOLE, BLANDY, BÉNÉDICT, BERTHE VADIER, SPARK, TOLSTOÏ, etc.

BIBLIOTHÈQUE D'ÉDUCATION
ET
DE RÉCRÉATION

VOLUMES ILLUSTRÉS

ŒUVRES COMPLÈTES
paruos :
29 VOLUMES
Brochés. 250 50
Toile. . . 336 »
Reliés . . 390 »

JULES VERNE
(ŒUVRES COMPLÈTES)

ŒUVRES COMPLÈTES
paruos :
29 VOLUMES
Brochés. 250 50
Toile. . . 336 »
Reliés . . 390 »

Voyages Extraordinaires
— COURONNÉS PAR L'ACADÉMIE —
TRÈS BELLE ÉDITION GRAND IN-8 ILLUSTRÉE

※*Cinq Semaines en Ballon, 80 dessins par Riou.
1 volume, toile, tr. dorées, 6 fr.; broché. 4 50
※*Voyage au Centre de la Terre, 56 dessins par
Riou. 1 volume, toile, tr. dorées, 6 fr. ; broché. . .   4 50
    Ces deux ouvrages réunis en un seul volume. Relié, tr. dor.,
    14 fr.; toile, tr. dor., 12 fr.; broché . . . .   9 »
※*Les Aventures du capitaine Hatteras, 261
dessins par Riou. 1 vol. Relié, tr. dorées, 14 fr.;
toile, tr. dorées, 12 fr.; broché. . . . .   9 »
※*Vingt mille lieues sous les Mers, 111 dessins
par DE NEUVILLE. 1 vol. Relié, tr. dorées, 14 fr.;
toile, tr. dorées, 12 fr.; broché. . . . .   9 »
※*Les Enfants du capitaine Grant (VOYAGE AU-
TOUR DU MONDE), 177 dessins par Riou. 1 vol. Relié,
tr. dorées, 15 fr.; toile, tr. dorées, 13 fr.; broché . .   10 »
※*L'Ile mystérieuse, 154 dessins par FÉRAT. 1 vol.
Relié, tr. dorées, 15 fr.; toile, tr. dor., 13 fr.; broché.   10 »
※*De la Terre à la Lune, 43 dessins par DE MONTAUT.
1 vol. Toile, tranches dorées, 6 fr.; broché 4 50

*Autour de la Lune (suite de la TERRE A LA LUNE),
45 dessins par Emile BAYARD et DE NEUVILLE.
1 vol. Toile, tranches dorées, 6 fr.; broché. 4 50
  Ces deux ouvrages réunis en un seul volume. Relié, tranches dorées, 14 fr.; toile, tranches dorées, 12 fr.; broché . . . .   9 »

**Aventures de trois Russes et de trois Anglais,
52 dessins par FÉRAT. 1 vol. Toile, tranches dorées,
6 fr.; broché 4 50

**Une Ville flottante, suivie des FORCEURS DE
BLOCUS. 44 dessins par FÉRAT. 1 vol. Toile, tranches
dorées, 6 fr.; broché 4 50
  Ces deux ouvrages réunis en un seul volume: Relié, tranches
  dorées, 14 fr.; toile, tranches dorées, 12 fr.; broché. . . . . . .   9 »

**Le Pays des Fourrures, 105 dessins par FÉRAT
et DE BEAUREPAIRE. 1 vol. Relié, 14 fr.; toile,
12 fr.; broché. . . . .   9 »

**Les Indes-Noires, 45 dessins par FÉRAT. 1 vol.
Cartonné toile, tr. dorées, 6 fr.; broché 4 50

**Le Chancellor, 58 dessins par RIOU et FÉRAT.
1 vol. Cartonné toile, tr. dorées, 6 fr.; broché. . . .   4 50
  Ces deux ouvrages réunis en un seul volume. Relié, 14 fr.; toile,
  12 fr.; broché . . . .   9 »

*Le Tour du Monde en 80 jours, 80 dessins par
DE NEUVILLE et L. BENETT. 1 vol. Toile, tranches
dorées, 6 fr.; broché 4 50

*Le Docteur Ox, 58 dessins par SCHULER, BAYARD,
FRŒLICH, MARIE. 1 vol. Cart. toile, 6 fr.; broché.. .   4 50
  Ces deux ouvrages réunis en un seul volume. Relié, tr. dorées,
  14 fr.; toile, tr. dor., 12 fr.; broché . . . .   9 »

**Michel Strogoff, 95 dessins par FÉRAT. 1 vol. Relié,
tranches dorées, 14 fr.; toile, 12 fr.; broché . . . . .   9 »

**Hector Servadac (voyages et aventures à travers le
monde solaire). 100 dessins par PHILIPPOTEAUX.
1 vol. Relié, 14 fr.; toile, 12 fr.; broché. . . . . .   9 »

**Un Capitaine de 15 ans, 93 des. par MEYER. 1 vol.
Relié, tr. dorées, 14 fr.; toile, tr. dorées, 12 fr.; broché   9 »

*Les Cinq cents millions de la Bégum, 48 dessins
par BENETT. 1 vol. Cartonné toile, 6 fr.; broché   4 50

**Les Tribulations d'un Chinois en Chine, 52 dessins, par BENETT. 1 vol. Cartonné, toile, tr. dorées,
6 fr.; broché 4 50
  Ces deux ouvrages réunis en un seul volume. Relié, tr. dorées,
  14 fr.; toile, tr. dorées, 12 fr.; broché. . . . .   9 »

**La Maison à vapeur, 101 dessins par BENETT. 1 vol.
Relié, tr. dorées, 14 fr.; toile, tr. dorées, 12 fr.; broché   9 »

*La Jangada (HUIT CENTS LIEUES SUR L'AMAZONE),
95 dessins par BENETT. 1 vol. Relié, 14 fr.; toile,
12 fr.; broché.. . . . .   9 »

L'École des Robinsons, 51 dessins par BENETT. 1 vol.
Cart. toile, tr. dorées, 6 fr.; broché. 4 50

Le Rayon vert, 44 dessins par BENETT. 1 vol. Cartonné
toile, 6 fr.; broché. 4 50
<small>Ces deux ouvrages réunis en un seul volume. Relié, tr. dorées,
14 fr.; toile, tr. dorées, 12 fr.; broché</small> . . . . 9 »

*Kéraban-le-Têtu, 101 dessins par BENETT. 1 vol.
Relié, 14 fr.; cartonné toile, 12 fr.; broché. . . . . 9 »

*L'Étoile du Sud (Voyage au pays des Diamants), 63 dessins par BENETT. 1 vol. Toile, tr. dorées, 6 fr.; broché. 4 50

*L'Archipel en feu, 51 dessins par BENETT. 1 vol. Toile,
tr. dorées, 6 fr.; broché. 4 50
<small>Ces deux ouvrages réunis en un seul volume. Prix : Relié,
tranches dorées, 14 fr. Toile, tranches dorées, 12 fr. Broché. . .</small> 9 »

Mathias Sandorf, 113 dessins par BENETT. 1 vol.
Relié, tr. dorées, 15 fr.; toile, tr. dorées, 13 fr.; broché 10 »

Le Billet de Loterie, 42 dessins par ROUX. 1 vol.
Toile, 6 fr.; broché. 4 50

Robur-le-Conquérant, 45 dessins par BENETT,
1 vol. Toile, 6 fr.; broché 4 50
<small>Ces deux ouvrages réunis en un seul volume. Prix : Relié,
14 fr. Toile, 12 fr. Broché.</small> . . . . 9 »

† **Nord contre Sud,** 86 dessins par BENETT. 1 vol.
Relié, 14 fr.; cartonné toile, 12 fr.; broché. . . . . 9 »

† **Le Chemin de France,** 42 dessins par ROUX. 1 vol.
Cartonné toile, 6 fr.; broché. 4 50

La Découverte de la Terre :

※***Les premiers Explorateurs,** 117 dessins et cartes
par PHILIPPOTEAUX, BENETT, MATTHIS et DUBAIL.
1 vol. Relié, tr. dorées, 12 fr.; toile, tr. dorées, 10 fr.;
broché. . . . . 7 »

※***Les grands Navigateurs du XVIII° siècle,**
116 dessins et cartes par P. PHILIPPOTEAUX et
MATTHIS. 1 vol. Relié, tr. dorées, 12 fr.; toile, tr.
dorées, 10 fr.; broché. . . . . 7 »

※***Les Voyageurs du XIX° siècle,** 108 dessins et
cartes par BENETT. 1 vol. Relié, tr. dorées, 12 fr.;
toile, tr. dorées, 10 fr.; broché . . . . 7 »

**JULES VERNE & D'ENNERY. Les Voyages au
Théâtre,** 65 dessins par BENETT et MEYER. 1 vol.
Relié, tr. dorées, 11 fr.; toile, tr. dorées, 10 fr.; broché 7 »

**JULES VERNE & ANDRÉ LAURIE. L'Épave du
Cynthia,** 26 dessins par ROUX. 1 vol. Relié, tr. dorées, 11 fr.; toile, tr. dorées, 10 fr.; broché. . . . . 7 »

JULES VERNE & THÉOPHILE LAVALLÉE.
※***Géographie illustrée de la France et de
ses Colonies.** Nouvelle édition revue et complétée
par DUBAIL. 108 grav. par CLERGET et RIOU, et
100 cartes par CONSTANS et SÉDILLE. 1 vol. grand
in-8°. Relié, tr. dor., 15 fr.; cart. toile, tr. dor., 13 fr.;
broché . . . . 10 »

VOLUMES ILLUSTRÉS IN-8 CAVALIER

Chaque volume, toile, tranches dorées, **6** *fr. Broché,* **4** *fr.* **50**

VOLUMES ILLUSTRÉS, GRAND IN-8 RAISIN

Chaque volume relié, tranches dorées, 11 fr. Toile, tranches dorées, 10 fr. Broché, 7 fr.

BADIN (AD.). **Jean Casteyras,** illustré par BENETT. 1 vol.

BÉNÉDICT. † **La Madone de Guido Reni,** illustré par ADRIEN MARIE . . . . 1 »

BIART (LUCIEN). ※**Entre frères et sœurs,** illustré par LALAUZE . . . . , ... 1 »

—— **Deux Amis,** illustré par G. BOUTET . . . . 1 »

—— *Les Voyages involontaires :*

※*Monsieur Pinson, illustré par H. MEYER . . . . . 1 »

*La Frontière indienne, illustré par H. MEYER. 1 »

※*Le Secret de José, illustré par H. MEYER. . . 1 »

*Lucia, illustré par H. MEYER. . . . . 1 »

BLANDY (S.). ※***Le Petit Roi,** illustré par BAYARD. .1 »

—— † L'Oncle Philibert, illustré par ADRIEN MARIE 1 »

Mme B. BOISSONNAS. ※ ***Une famille pendant la guerre 1870-71***(ouvr. couronné par l'Académie française),* illustré par P. PHILIPPOTEAUX. . . . . . 1 »

BRÉHAT (ALFRED DE). ※**Les Aventures d'un petit Parisien,** illustré par MORIN. . . . . 1 »

CANDÈZE (D^r). ※***La Gileppe,** ill. par C. RENARD. . 1 »

—— ※*Aventures d'un Grillon, ill. par C. RENARD. 1 »

—— **Périnette.** *Aventures surprenantes de cinq moineaux,* illustré par B. JECKER. . . . . 1 »

CAUVAIN (HENRI). **Le Grand Vainou,** illustré par MAILLART. . . . . 1 »

DAUDET (ALPHONSE). **Histoire d'un enfant** (*le Petit Chose*), édition spéciale à la jeunesse, illustré par P. PHILIPPOTEAUX . . . . 1 »

—— **Contes choisis.** (*Édition spéciale à l'usage de la jeunesse*), illustré par BAYARD et A. MARIE. . . . 1 »

DESNOYERS (LOUIS). ***Aventures de Jean-Paul Choppart,** illustré par GIACOMELLI et CHAM. . . . . 1 »

GENNEVRAYE. **Théâtre de famille,** illustré par GEOFFROY. . . . . 1 »

—— **La petite Louisette,** illustré par AD. MARIE. 1 »

GRAMONT (LE COMTE DE). **Les Bébés,** poésies de l'enfance, illustrées par OSCAR PLETSCH. . . . . 1 »

—— **Les bons petits Enfants** (volume en prose), vignettes par LUDWIG RICHTER. . . . . 1 »

GRIMARD (ED.). ***La Plante,** illustré de nombreuses vignettes. . . . . 1 »

HUGO (VICTOR).✳*Le livre des Mères (*les Enfants*), la fleur des poésies de Victor Hugo ayant trait à l'enfance, illustré par FROMENT. . . . . 1 vol.

LAPRADE (VICTOR DE). ✳Le Livre d'un Père, illustré par FROMENT. . . . . 1 »

LAURIE (ANDRÉ). *La Vie de Collège dans tous les Pays* :

—— *Mémoires d'un collégien, illustré par GEOFFROY. . . . . 1 »

—— ✳*La Vie de collège en Angleterre, illustré par PHILIPPOTEAUX. . . . . 1 »

—— *Une Année de collège à Paris, illustré par GEOFFROY. . . . . 1 »

—— Histoire d'un Ecolier hanovrien, illustré par MAILLARD. . . . . 1 »

—— Tito le Florentin, illustré par ROUX. . . . . . 1 »

—— Autour d'un Lycée japonais, illustré par FÉLIX REGAMEY. . . . . 1 »

—— †Le Bachelier de Séville, illustré par ATALAYA 1 »

—— L'Héritier de Robinson, illustré par BENETT. 1 »

—— Le Capitaine Trafalgar, illustré par ROUX. . 1 »

LEGOUVÉ (E.). La Lecture en famille, illustré par BENETT, GEOFFROY, TONY JOHANNOT, etc. . . . . . . 1 »

—— ✳*Nos Filles et nos Fils, illustré par PHILIPPOTEAUX. . . . . 1 »

LERMONT (J.). † Les jeunes Filles de Quinnebasset, d'après Sophie May, illustré par DESTEZ. . 1 »

MACÉ (JEAN). ✳* Histoire d'une Bouchée de pain, illustrée par FRŒLICH . . . . 1 »

—— ✳*Les Serviteurs de l'Estomac, illustré par FRŒLICH. . . . . 1 »

JEAN MACÉ. ✳* Les Contes du Petit-Château, illustré par BERTALL. . . . . 1 »

—— ✳Le Théâtre du Petit-Château, illustré par FROMENT. . . . . 1 »

—— *Histoire de deux petits marchands de pommes (*Arithmétique du Grand-Papa*), illustrations de YAN'DARGENT. . . . . 1 »

MALOT (HECTOR). * Romain Kalbris, dessins de E. BAYARD. . . . . 1 »

MARELLE (CHARLES). Le Petit Monde, illustré de nombreux dessins et vignettes. . . . . 1 »

MAYNE-REID. *Aventures de Terre et de Mer. Œuvre choisie. — Éditions adaptées pour la jeunesse.*

—— ✳*Les Robinsons de terre ferme, illustré par H. MEYER. . . . . 1 »

MAYNE-REID. ✳*William le Mousse, illustré par
 Riou. . . . . 1 vol.
—— *Les Jeunes Esclaves, illustré par Riou. . . 1 »
—— ✳*Le Désert d'eau, illustré par Benett. . . 1 »
—— *Les Naufragés de l'île de Bornéo, illustré
 par Férat. . . . . 1 »
—— *La Sœur perdue, illustré par Riou. . . . . 1 »
—— ✳*Les Planteurs de la Jamaïque, illustré
 par Férat . . . . 1 »
—— ✳* Les deux Filles du squatter, illustré
 par John Davis. . . . . 1 »
—— *Les jeunes Voyageurs, illustré par John
 Davis. . . . . 1 »
—— *Les Chasseurs de chevelures, illustré par
 Philippoteaux. 1 »
—— ✳*Le Petit Loup de Mer, illustré par Benett. 1 »
—— Le Chef au bracelet d'or, illustré par Benett. 1 »
—— Les Exploits des Jeunes Boërs, illustré
 par Riou. . . . . 1 »
—— *La Montagne perdue, illustré par Riou. . . 1 »
—— Les Émigrants du Transwall, illustré par
 Riou. . . . . 1 »
—— *La Terre de Feu, illustré par Riou. . . . . . 1 »
MULLER (EUGÈNE). ✳*La Jeunesse des Hommes
 célèbres, illustrations par Bayard. . . . . 1 »
—— *Les Animaux célèbres, illustré par Geof-
 froy. . . . . 1 »
RATISBONNE (LOUIS). ✳*La Comédie enfantine
 (couronnée par l'Académie française), illustré par
 Froment et de Gobert . . . . 1 »
SAINTINE (X.-B.). ✳* Picciola, 47ᵉ édition, illustré
 par Flameng. . . . . 1 »
SANDEAU (J.). ✳* La Roche aux Mouettes,
 illustré par Bayard et Férat. . . . . 1 »
—— Madeleine, illustré par Bayard. . . . . 1 »
—— Mˡˡᵉ de la Seiglière, illustré par Bayard. . . . 1 »
SAUVAGE (ÉLIE). La Petite Bohémienne, illus-
 tré par Frœlich . . . . 1 »
SÉGUR (LE COMTE ANATOLE DE). Fables,
 illustrées par Frœlich. . . . . 1 »
P.-J STAHL. ✳*Contes et Récits de Morale
 familière (couronnés par l'Académie française),
 illustré. . . . . 1 »
—— ✳ *Histoire d'un Ane et de deux jeunes
 Filles (couronnée par l'Académie française).
 Vignettes par Th. Schuler. . . . . 1 »

P.-J. STAHL. ※*Les Patins d'argent (Histoire d'une famille hollandaise) *(couronné par l'Académie française)*, d'après MAPES DODGE, illustré par Th. SCHULER . . . . 1 vol.

—— ※* Maroussia *(ouvrage couronné par l'Académie française)*, d'après MARKOVOHZOG, illustré par Th. SCHULER . . . . 1 »

—— ※Les Histoires de mon Parrain, illustré par FRŒLICH . . . . 1 »

—— ※Les Quatre Filles du docteur Marsch, illustré par A. MARIE . . . . 1 »

—— *Les Quatre Peurs de notre général, *(couronné par l'Académie française)*, illustré par BAYARD et A. MARIE . . . . 1 »

P.-J. STAHL ET J. LERMONT. *Jack et Jane, illustré par GEOFFROY . . . . 1 »

—— La petite Rose, ses six tantes et ses sept cousins, illustré par DESTEZ . . . . 1 »

STEVENSON. ※*L'Ile au trésor, traduit par A. LAURIE, illustré par ROUX . . . . 1 »

LOUIS DU TEMPLE, CAPITAINE DE FRÉGATE. *Les Sciences usuelles et leurs applications mises à la portée de tous. 1 vol. gr. in-8 orné de 300 fig. . . . 1 »

—— ※*Communications et transmissions de la pensée, orné de 180 fig. . . . . 1 »

TOLSTOI (COMTE L.). L'Enfance et l'Adolescence, illustré par BENETT . . . . 1 »

VERNE (JULES) & D'ENNERY. Les Voyages au Théâtre, 65 dessins par BENETT et MEYER . . . . . . 1 »

VERNE (JULES) & ANDRÉ LAURIE. L'épave du Cynthia, 26 dessins par ROUX . . . . 1 »

VIOLLET-LE-DUC. ※*Histoire d'un Dessinateur, texte et dessins par VIOLLET-LE-DUC . . . . 1 »

—— ※*Histoire d'une Maison. Texte et dessins par VIOLLET-LE-DUC . . . . 1 »

VOLUMES ILLUSTRÉS GRAND IN-8 RAISIN et JÉSUS

Chaque volume relié, tranches dorées, 14 fr. Toile, tranches dorées, 12 fr. Broché, 9 fr.

BIART (LUCIEN). ※ Aventures d'un jeune Naturaliste, illustré de 156 dessins par BENETT . . . . . 1 vol.

BLANDY (S.). Les Épreuves de Norbert, illustré par A. BORGET et BENETT . . . . 1 »

FLAMMARION (CAMILLE). ※*Histoire du Ciel. Nombreuses gravures et une carte sidérale par BENETT . . 1 »

GRIMARD (ED.). *Le Jardin d'Acclimatation (*Le Tour du Monde d'un naturaliste*), illustré de nombreux dessins par BENETT, LALLEMAND, etc. . . . . . 1 vol.

DE MEISSAS (L'ABBÉ). **Histoire Sainte**, comprenant l'Ancien et le Nouveau Testament, avec nombreuses vignettes par GÉRARD SÉGUIN . . . . 1 »

P.-J. STAHL ET MULLER. ✳ **Le nouveau Robinson Suisse**, revu et traduit par P.-J. STAHL et MULLER, mis au courant de la science moderne par JEAN MACÉ, environ 150 dessins de YAN'DARGENT. 1 »

VIOLLET-LE-DUC. ✳*Histoire d'une Forteresse. Texte et dessins par VIOLLET-LE-DUC. . . . . 1 »

—— ✳*Histoire de l'Habitation humaine. Texte et dessins par VIOLLET-LE-DUC. . . . . 1 »

—— ✳*Histoire d'un Hôtel de ville et d'une Cathédrale. Texte et dessins par VIOLLET-LE-DUC. 1 »

VOLUMES ILLUSTRÉS GRAND IN-8 JÉSUS

Chaque volume relié, tranches dorées, **15** *fr. Toile, tranches dorées,* **13** *fr. Broché,* **10** *fr.*

BIART (LUCIEN). **Don Quichotte**, édition spéciale à la jeunesse, illustré de 316 dessins par TONY JOHANNOT. . . . . 1 vol.

CLÉMENT (CHARLES). ✳*Michel-Ange.—Raphaël. — Léonard de Vinci, illustré de 167 dessins d'après les grands maîtres. . . . . 1 »

LA FONTAINE. Fables, illustré de 115 grandes compositions d'EUGÈNE LAMBERT. . . . . 1 »

MALOT. **Sans Famille**, *couronné par l'Académie française*, illustré de 109 dessins par E. BAYARD. . 1 »

MOLIÈRE. **Œuvres complètes**, avec une Préface de SAINTE-BEUVE, illustré de 630 dessins et vignettes par TONY JOHANNOT . . . . 1 »

JULES VERNE & THÉOPHILE LAVALLÉE. ✳* **Géographie illustrée de la France et de ses Colonies**. Nouvelle édition revue et complétée par DUBAIL. 108 gravures par CLERGET et RIOU, et 100 cartes par CONSTANS et SÉDILLE. . . . . 1 »

NOTA. — Les ouvrages marqués d'un ✳ ont été choisis par le ministère de l'Instruction publique pour faire partie des catalogues des bibliothèques publiques scolaires. Le deuxième*, plus petit, désigne les ouvrages choisis pour être distribués en prix. — Les nouveautés sont indiquées par une †.

PETITE BIBLIOTHÈQUE BLANCHE

VOLUMES ILLUSTRÉS GRAND IN-16

1 FR. 50 BROCHÉS. — **2 FR.** CARTONNÉS TOILE, TRANCHES DORÉES

BIBLIOTHÈQUE DES JEUNES FRANÇAIS

VOLUMES GRAND IN-16

1 FR. 50 BROCHÉS, — 2 FR. CARTONNÉS TOILE, TRANCHE JASPÉE

BLOCK (Maurice).✳*Petit Manuel d'Économie pratique (ouv. cour.).
— *Entretiens familiers sur l'administration de notre pays* :
— La France............................. 1 vol.
— Le Département....................... 1 vol.
— La Commune.......................... 1 vol.
(Ouvrages adoptés par les conférences cantonales d'Instituteurs et les commissions départementales, et compris dans la circulaire ministérielle du 17 novembre 1883.)

BLOCK. Paris. Organisation municipale........... 1 vol.
— Paris. Institutions administratives...... 1 vol.
— Le Budget.............................. 1 vol.
— L'Impôt............................... 1 vol.
— L'Industrie........................... 1 vol.
— L'Agriculture......................... 1 vol.
— Le Commerce.......................... 1 vol.

ERCKMANN-CHATRIAN.   Avant 89 (illustré).
GUICHARD (V.) . . .   *Conférences sur le Code civil.
LECOMTE (Maxime) .   La Vocation d'Albert.
J. MACÉ. . . . .   La France avant les Francs (illustré)
J. MICHELET. . . . .   *La Prise de la Bastille et la Fête
                              des Fédérations (illustré).
—   . . . . . .   *Les Croisades (illustré).
—   . . . . . .   *François Ier et Charles-Quint(illus.).
—   . . . . . .   *Henri IV (illustré).
PONTIS. . . . . . .   Petite Grammaire de la prononciation.

VOLUMES IN-18. — PRIX DIVERS

(*Bibliothèque d'Éducation et de Récréation.*)

A. BRACHET. *Dictionnaire étymologique de la langue française (*ouv. cour.*), 8 fr. — CHENNEVIÈRES (de). Aventures du petit roi saint Louis devant Bellesme, 5 fr.—CLAVÉ (J.).*Principes d'économie politique, 2 fr. — DUBAIL. ✳Géographie de l'Alsace-Lorraine, 1 fr. — GRIMARD (Ed.). ✳La Botanique à la campagne, 4 fr. — LEGOUVÉ (E.). Petit Traité de la lecture, 1 fr. — MACÉ (J.). ✳Théâtre du Petit-Château, 2 fr. — ✳Arithmétique du Grand-Papa, 1 fr. — PETIT (A.). Grammaire de la Ponctuation, 3 fr. 50. — Extr. de la Grammaire de la Ponctuation, 50 c. — REY (I.-A.). Les Travailleurs et Malfaiteurs microscopiques. 1 vol., 4 fr. — SOUVIRON. *Dictionnaire des termes techniques, 6 fr.

BIBLIOTHÈQUE d'ÉDUCATION et de RÉCRÉATION

4 Fr.   3 Fr.
Cartonné   Broché

VOLUMES IN-18 ILLUSTRÉS

Brochés, 3 fr. — Cartonnés toile, tranches dorées, 4 fr.

ALDRICH	✻Un Écolier américain	1 v.
ALONE.	†Autour d'un Lapin blanc. . .	1 v.
ANQUEZ.	✻*Histoire de France	1 v.
ASTON (G.)	*L'Ami Kips	1 v.
AUDOYNAUD.	✻*Entretiens sur la Cosmograph.	1 v.
BENTZON.	*Yette	1 v.
	Pierre Casse-Cou.	1 v.
BERTRAND (Alex.). .	✻*Lettres sur les révol. du globe.	1 v.
BIART (Lucien). . . .	✻*Avent. d'un jeune naturaliste.	1 v.
—	✻*Entre frères et sœurs.	1 v.
—	✻*Monsieur Pinson.	1 v.
— Voyages	*La Frontière indienne..	1 v.
— involontaires	✻*Le Secret de José.	1 v.
—	*Lucia Avila.	1 v.
—	*Voyage et Aventures de deux enfants dans un parc.	1 v.
BLANDY (S.).	✻*Le petit Roi.	1 v.
—	Les Épreuves de Norbert . . .	1 v.
BOISSONNAS (B.) . . .	✻*Une Famille pendant la guerre 1870-71 (ouv. cour.)	1 v.
—	✻Un Vaincu	1 v.
BRÉHAT (de)	✻*Aventures d'un petit Parisien.	1 v.
—	✻Aventures de Charlot.	1 v.
CANDÈZE (Dr).	✻*Aventures d'un Grillon.	1 v.
—	✻*La Gileppe	1 v.
CAUVAIN.	Le Grand Vaincu.	1 v.
CHAZEL (Prosper) . . .	*Le Chalet des Sapins.	1 v.
CLÉMENT (Ch.)	✻*M.-Ange, Raphaël, L. deVinci	1 v.
DEQUET.	*Histoire de mon Oncle	1 v.
DESNOYERS (Louis). .	*Jean-Paul Choppart	1 v.
ERCKMANN-CHATRIAN.	✻*Le Fou Yégof ou l'Invasion. .	1 v.
—	✻*Madame Thérèse	1 v.
—	Les États généraux (1789). . .	1 v.
— ✻Histoire	La Patrie en danger (1792). . .	1 v.
— d'un Paysan.	L'An I de la République (93)..	1 v.
—	Le Citoyen Bonaparte (1794-1815).	1 v.
FARADAY (M.)	✻*Histoire d'une Chandelle.. . .	1 v.
FATH (G.)	Un drôle de Voyage	1 v.
FOUCOU.	*Histoire du Travail	1 v.
GÉNIN	La Famille Martin..	1 v.
GENNEVRAYE	Théâtre de Famille	1 v.
—	La Petite Louisette	1 v.
GOUZY.	†Voyage d'une Fillette au pays des Étoiles..	1 v.

GRATIOLET (P.).... ✳De la physionomie............ 1 v.
GRIMARD......... *Histoire d'une Goutte de sève. 1 v.
—   *Le Jardin d'Acclimatation... 1 v.
HIRTZ (Mlle)..... ✳*Méth. de Coupe et de conf^n. 154 gr. 1 v.
IMMERMANN....... La Blonde Lisbeth......... 1 v.
LAPRADE (V. de).... ✳Le Livre d'un père........ 1 v.
LAURIE (André)   ✳*La Vie de collège en Angleterre 1 v.
—   La Vie de ⎧*Mémoires d'un Collégien... 1 v.
—   Collège ⎪*Une année de collège à Paris. 1 v.
—   dans tous ⎨ Un Écolier hanovrien.... 1 v.
—   les Pays ⎪ L'Héritier de Robinson.... 1 v.
—   ⎩†Tito le Florentin........ 1 v.
LAVALLÉE (Th.).... Frontières de la France (cour.) 1 v.
LEGOUVÉ (E.)✳*Les Pères et les En-⎫Enfance et Adolescence 1 v.
fants au XIXe siècle⎭La Jeunesse...... 1 v.
—   ✳*Nos Filles et nos Fils..... 1 v.
—   ✳*L'Art de la lecture........ 1 v.
LEMAIRE........ Expériences de la petite Madeleine 1 v.
LOCKROY (Mme).... Contes à mes Nièces...... 1 v.
MACÉ (Jean)....... *Arithmétique du Grand-Papa. 1 v.
—   ✳*Contes du Petit-Château.... 1 v.
—   ✳*Histoire d'une Bouchée de pain. 1 v.
—   ✳*Les Serviteurs de l'estomac.. 1 v.
MAURY (commandant).✳*Géographie physique...... 1 v.
—   ✳Le Monde où nous vivons... 1 v.
MAYNE-REID....... ✳*William le Mousse........ 1 v.
—   *Les Jeunes Esclaves....... 1 v.
—   ⎧ ✳*Le Désert d'eau......... 1 v.
—   ⎪   Les Exploits des jeunes Boërs 1 v.
—   ⎪ ✳*Les Chasseurs de Girafes.... 1 v.
—   ⎪ *Les Naufragés de l'île de Bornéo 1 v.
—   ⎪ *La Sœur perdue.......... 1 v.
—   Aventures⎨ ✳*Les Planteurs de la Jamaïque. 1 v.
—   de Terre⎪ ✳*Les deux Filles du Squatter.. 1 v.
—   et ⎪ *Les jeunes Voyageurs...... 1 v.
—   de Mer ⎪ ✳*Les Robinsons de Terre ferme. 1 v.
—   ⎪ *Les Chasseurs de Chevelures. 1 v.
—   ⎪   Le Chef au bracelet d'or.... 1 v.
—   ⎪ ✳Le petit Loup de mer..... 1 v.
—   ⎪ *La Montagne perdue...... 1 v.
—   ⎩ *La Terre de Feu.......... 1 v.
—   Les Émigrants du Transwall. 1 v.
MORTIMER D'OCAGNE.. ✳Les Grandes Écoles de France 1 v.
MULLER (Eugène)....✳*Jeunesse des Hommes célèbres. 1 v.
—   ✳*Morale en action par l'histoire. 1 v.
—   *Les Animaux célèbres.... 1 v.
NODIER (Ch.)...... Contes choisis.......... 2 v.
NOEL (Eugène)..... La Vie des Fleurs........ 1 v.
PARVILLE (de)..... Un Habitant de la planète Mars. 1 v.
RATISBONNE (Louis). ✳*Comédie enfantine (ouv. cour.). 1 v.
RECLUS (Élisée).... ✳*Histoire d'un Ruisseau..... 1 v.
—   ....✳*Histoire d'une Montagne... 1 v.

RENARD . . . .✳*Le Fond de la Mer., ... 1 v.
SANDEAU (Jules) . . . .✳*La Roche aux Mouettes. . . . 1 v.
SILVA (de) . . . .   Le Livre de Maurice. . . . . . 1 v.
SIMONIN.. . . . .✳Histoire de la Terre . . . . . . 1 v.
STAHL (P.-J.). . . . . . .✳*Contes et récits de Morale familière. 1 v.
                         *(Ouvrage couronné adopté par les conférences
                         cantonales d'instituteurs et les commissions
                         départementales, et compris dans la circu-
                         laire ministérielle du 17 novembre 1883.)*
STAHL (P.-J.). . . . . ✳*Les Patins d'argent *(ouv. cour.)* 1 v.
    —   Lu Famille Chester, adaptation 1 v.
              ✳*Histoire d'un Ane et de deux
                   jeunes Filles *(ouor. cour.)* . 1 v.
              ✳Les Histoires de mon parrain. 1 v.
              ✳*Maroussia *(ouv.cour.)*. . . . . 1 v.
               *Les 4 Peurs de notre général . 1 v.
              ✳Les 4 Filles du Dʳ Marsch. . . 1 v.
              ✳*Mon 1ᵉʳ Voyage en mer. . . . 1 v.
               †La petite Rose, ses six Tantes
                   et ses sept Cousins . . . . . 1 v.
STAHL et LERMONT . . *Jack et Jane. . . . . 1 v.
STAHL et MULLER . . .✳Le nouveau Robinson suisse. 1 v.
STAHL et DE WAILLY. ✳Les Vacances de Riquet . . . . 1 v.
    —   *Mary Bell, William et Lafaine. 1 v.
TOLSTOÏ (le comte L.). †Enfance et Adolescence . . . . 1 v.
TYNDALL. . . . .✳*Dans les Montagnes . . . . . . 1 v.
VALLERY-RADOT(René)✳*Journal d'un Volontaire d'un
                   an *(ouor. couronné).* . . . . . 1 v.
J. VERNE et A. LAURIE. L'Epave du Cynthia . . . . . . 1 v.
VERNE (Jules). ✳* **Découverte** ⎧ Les premiers Explorateurs . . 2 v.
        de la   ⎨ Les Navigateurs du XVIIIᵉ siècle. 2 v.
        Terre.   ⎩ Les Voyageurs au XIXᵉ siècle. . . . 2 v.
ZURCHER et MARGOLLÉ.✳*Les Tempêtes . . . . 1 v.
    —   ✳*Histoire de la Navigation . . . 1 v.
    —   ✳*Le Monde sous-marin . . . . 1 v.

VOLUMES IN-18

Brochés, 3 fr. — Cartonnés toile, tranches dorées, 4 fr.

AMPÈRE (A.-M.). . . . .✳Journal et correspondance. . . 1 v.
ANDERSEN . . . .   Nouveaux Contes suédois. . . 1 v.
BERTRAND (J.). . . . . .   *Les Fondateurs de l'astronomie 1 v.
BRACHET (A.). . . . . . .✳*Grammaire historique (préface
                   de LITTRÉ) *(ouo. couronné).* 1 v.
CARLEN.. . . . .   Un brillant Mariage . . . . . . 1 v.
DUBAIL . . . .   Cours classique de Géographie 1 v.
DURAND (Hip.). . . . .   Les grands Prosateurs. . . . . 1 v.
    —   Les grands Poètes . . . . 1 v.
EGGER. . . . .   *Histoire du Livre. . . . . 1 v.
FRANKLIN (J.). . . . . .   Vie des Animaux . . . . 6 v.
GRAMONT (comte de) .   Les Vers français *(ouc. cour.).* 1 v.
HIPPEAU (Mᵐᵉ) . . . . .✳*Cours d'économie domestique. 1 v.
HUGO (Victor) . . . . .✳*Les Enfants (Le Livre des Mères).. . . 1 v.
LAVALLÉE (Th.).. . . .   Histoire de la Turquie. . . . . 2 v.

LEGOUVÉ (E.).	✳Conférences parisiennes	1 v.
—	*La Lecture en action	1 v.
MACAULAY.	✳Histoire et Critique.	1 v.
MICKIEWICZS (Adam).	Histoire de la Pologne	1 v.
ORDINAIRE.	Dictionnaire de mythologie.	1 v.
—	*Rhétorique nouvelle	1 v.
ROULIN (F.).	✳*Histoire naturelle.	1 v.
SAYOUS.	✳*Conseils à une mère.	1 v.
—	✳Principes de littérature	1 v.
STEVENSON.	✳*L'Ile au Trésor.	1 v.
SUSANE (général).	Histoire de la Cavalerie	3 v.
—	Histoire de l'Artillerie.	1 v.
THIERS.	✳Histoire de Law.	1 v.
VERNE (Jules). **Voyages extraordinaires** (*couronnés*) :			
—	✳*Aventures de 3 Russes et de 3 Anglais.	1 v.
— Aventures du	{✳*Les Anglais au pôle Nord.	1 v.
— capitaine Hatteras.	)✳*Le Désert de Glace.	1 v.
—	✳*Le Chancellor	1 v.
—	✳*Cinq semaines en ballon (*ouvr. cour.*).	1 v.
—	✳*De la Terre à la Lune (*ouvr. cour.*)	1 v.
—	*Autour de la Lune (*ouvr. cour.*).	1 v.
—	✳Le docteur Ox	1 v.
— Les Enfants	{✳*L'Amérique du Sud.	1 v.
—	✳*L'Australie	1 v.
— du capitaine Grant.	✳*L'Océan Pacifique.	1 v.
—	}✳*Les Naufragés de l'air	1 v.
— L'Ile Mystérieuse.	✳*L'Abandonné	1 v.
—	✳*Le Secret de l'île.	1 v.
—	✳*Le Pays des Fourrures.	2 v.
—	✳*Vingt mille lieues sous les Mers (*cour.*)	2 v.
—	✳*Le Tour du Monde en 80 jours.	1 v.
—	✳*Une Ville flottante	1 v.
—	✳*Voyage au centre de la Terre (*ouv. cour.*)	1 v.
—	✳*Michel Strogoff	2 v.
—	✳*Les Indes-Noires.	1 v.
—	*Hector Servadac.	2 v.
—	✳*Un Capitaine de quinze ans	2 v.
—	*Les Cinq Cents Millions de la Bégum.	1 v.
—	✳Les Tribulations d'un Chinois en Chine	1 v.
—	✳*La Maison à vapeur	2 v.
—	*La Jangada.	2 v.
—	L'Ecole des Robinsons.	1 v.
—	Le Rayon-Vert	1 v.
—	*Kéraban-le-Têtu.	2 v.
—	*L'Archipel en feu.	1 v.
—	*L'Etoile du Sud.	1 v.
—	Mathias Sandorf.	3 v.
—	Robur-le-Conquérant.	1 v.
—	Un Billet de Loterie.	1 v.
—	†Nord contre Sud.	2 v.
—	†Le Chemin de France.	1 v.
WENTWORTH-HIGGINSON.	✳*Histoire des États-Unis.	1 v.

PREMIER AGE. — Bibliothèque de Mˡˡᵉ Lili et de son cousin Lucien

61 ALBUMS–STAHL IN-8

Prix : relié toile, à biseaux, **5** *fr.; cart. bradel,* **3** *fr.*

L. BECKER.........	L'Alphabet des Oiseaux.
—	Alphabet des Insectes.
COINCHON (A.)......	Histoire d'une Mère.
DETAILLE.........	Les bonnes Idées de Mˡˡᵉ Rose.
FATH............	La Famille Gringalet. — Gribouille. — Pierrot à l'école. — Les Méfaits de Polichinelle. — Jocrisse et sa sœur. — Une Folle Soirée chez Paillasse. — Le docteur Bilboquet.
FRŒLICH.........	Alphabet de mademoiselle Lili.
—	Arithmétique de mademoiselle Lili.
— (texte de Macé)...	Grammaire de mademoiselle Lili.
—	L'A perdu de mademoiselle Babet.
—	Bonsoir, petit père.
—	Les Caprices de Manette.
—	Commandements du Grand-Papa.
—	La Crème au Chocolat.
—	Un drôle de chien. — La Fête de Papa.
—	Journée de mademoiselle Lili.
—	Jujules à l'Ecole. — Le petit Diable.
—	Le Jardin de M. Jujules.
—	Mademoiselle Lili aux eaux.
—	Mademoiselle Lili à la campagne.
—	La Fête de Mademoiselle Lili. — M. Toc-Toc.
—	Premier Cheval et première Voiture.
—	Premières armes de Mademoiselle Lili.
—	L'Ours de Sibérie. — Cerf agile.
—	La Salade de la grande Jeanne.
—	Premier Chien et premier Pantalon.
—	Les deux Jumeaux.
—	La Journée de Monsieur Jujules.
—	Mademoiselle Lili en Suisse.
—	La Poupée de Mademoiselle Lili
—	†Pierre et Paul.
FROMENT...	La Boîte au lait.
—	Histoire d'un pain rond.
—	La petite Devineresse.
—	Le petit Escamoteur.
—	Le petit Acrobate.
GEOFFROY.......	Le Paradis de M. Toto.
—	La première Cause de l'avocat Juliette.
—	†L'Age de l'École.
GRISET.......	La Découverte de Londres.
JUNDT..........	L'Ecole buissonnière.
LALAUZE........	Le Rosier du petit frère.
LAMBERT.......	Chiens et Chats.
LANÇON..	Caporal, le Chien du régiment
MARIE........	Le petit Tyran.
MATTHIS.......	Les deux Sœurs.
MÉAULLE.......	Petits Robinsons de Fontainebleau.
PIRODON........	Histoire de Bob aîné.
—	Histoire d'un Perroquet.
—	La Pie de Marguerite.
SCHULER (TH).....	Les Travaux d'Alsa.
VALTON	Mon petit Frère.

13 ALBUMS-STAHL IN-8

Prix : relié toile à biseaux, 6 fr.; cartonné bradel, 4 fr. 50

CHAM	Odyssée de Pataud.
FRŒLICH	Mademoiselle Mouvette. — La Révolte punie.
—	Petites Sœurs et petites Mamans.
—	Monsieur Jujules.
—	Voyage de mademoiselle Lili autour du monde.
—	Voyage de découvertes de mademoiselle Lili.
FROMENT et STAHL . . .	La belle petite princesse Ilsée.
—	La Chasse au volant.
GRISET	Aventures de trois vieux Marins.
—	Pierre le Cruel.
SCHULER (TH.)	Le premier Livre des petits enfants.
VAN BRUYSSEL	Histoire d'un Aquarium.

43 ALBUMS-LIVRES IN-4 EN COULEURS
EN CHROMOTYPOGRAPHIE ET CHROMOLITHOGRAPHIE

Prix : relié toile, tranches dorées, 2 fr. 50 ; cartonné bradel, 1 fr.

FRŒLICH		Au Clair de la Lune.
—		La Boulangère a des écus.
—		Le bon Roi Dagobert.
—		Cadet-Roussel.
—	*Chansons*	Il était une Bergère.
—	*et*	Giroflé-Girofla.
—	*Rondes*	Malbrough s'en va-t-en guerre.
—	*de*	La Marmotte en vie.
—	*l'Enfance*	La Mère Michel.
—		Monsieur de la Palisse.
—		Nous n'irons plus au bois.
—		La Tour, prends garde
—		Compère Guilleri.
—		Le Pont d'Avignon.
—		La Revanche de François.
—		Moulin à paroles.
—		La Bride sur le cou.
—		Le Cirque à la maison.
—		Hector le Fanfaron.
—		Jean le Hargneux.
—		Mademoiselle Furet.
—		Monsieur César.
—		Le Pommier de Robert
BECKER.		Une drôle d'Ecole.
BOS.		Leçon d'équitation.
COURBE.		L'Anniversaire de Lucy
GEOFFROY.		Monsieur de Crac.
—		Don Quichotte.
—		Gulliver.
—		Le pauvre Ane.
—		† L'Ane gris.
JAZET.		L'Apprentissage du soldat.
DE LUCHT.		La Pêche au Tigre.
—		Les Trois montures de John Cabriole.
MARIE.		Mademoiselle Suzon.
MATTHIS.		Métamorphoses du Papillon.
TINANT		Les Pêcheurs ennemis.
—		Une Chasse extraordinaire.
—		La Guerre sur les toits.
—		La Revanche de Cassandre.
—		Un Voyage dans la neige.
—		† De haut en bas.
TROJELLI		Alphabet musical de mademoiselle Lili.

CAHIERS D'UNE ÉLÈVE DE SAINT-DENIS

COURS D'ÉTUDES COMPLET ET GRADUÉ D'ÉDUCATION
POUR JEUNES FILLES ET JEUNES GARÇONS, A SUIVRE EN SIX ANNÉES
SOIT DANS LA PENSION, SOIT DANS LA FAMILLE

Par deux anciennes Élèves de la Légion d'Honneur
et LOUIS BAUDE
Ancien professeur au Collège Stanislas

La Collection complète : Brochée, 64 fr. — Cartonnée, 68 fr. 50

CHAQUE VOLUME SE VEND SÉPARÉMENT AUX PRIX INDIQUÉS CI-DESSOUS

Tomes				Broché	Cart.
CAHIERS préliminaires	1er Cours de lecture.			2 »	2 25
	2e Instruction élémentaire.. . . . . 1re partie.			3 »	3 25
	3e Instruction élémentaire.. . . . . 2e partie.			3 »	3 25
	4e Cours d'écriture.			4 »	4 50
1.	1re année	1er semestre		1 50	1 75
2.	—	2e —		2 50	2 75
3.	2e —	1er —		2 50	2 75
4.	—	2e —		2 50	2 75
5.	3e —	1er —		3 »	3 25
6.	—	2e —		3 50	3 75
7.	4e —	1er —		3 50	3 75
8.	—	2e —		3 50	3 75
9.	5e —	1er —		3 50	3 75
10.	—	2e —		4 »	4 25
11.	6e —	1er —		4 50	4 75
12.	—	2e —		4 50	4 75
Cahier complémentaire ., ...				5 »	5 25

Atlas classique de Géographie universelle,
par M. DUBAIL, auteur de la revision de la *Géographie de la France*, de J. Verne et Th. Lavallée. . . . . 8 »

COLLECTION DES CLASSIQUES FRANÇAIS
DÉDIÉE A LA JEUNESSE

Chaque volume broché : 3 fr.; cartonné bradel : 3 fr. 25

Boileau.....	Œuvres poétiques. 2 v.	Fénelon.....	Les Aventures de	
Bossuet	Oraisons funèbres. 1 v.		Télémaque......	2 v.
—	Discours sur l'His-	La Bruyère..	Les Caractères....	2 v.
	toire universelle. 2 v.	La Fontaine.	Fables..........	2 v.
P. Corneille.	Œuvres dramatiq.. 3 v.	Racine......	Œuvres dramatiq.	3 v.

Études d'après les Grands Maîtres   Dessins et Lithographies

Par A. COLIN, professeur de dessin à l'École polytechnique

Ouvrage adopté par le Ministère de l'Instruction publique à l'usage des Lycées et des Écoles

Album in-folio : 20 planches

PRIX : cartonné bradel, **20 fr.** — Cartonné toile, **22 fr.**

Chaque planche se vend séparément, collée sur carton, avec texte au dos

PRIX DE CHAQUE PLANCHE : **1 fr. 25**

LIBRAIRIE GÉNÉRALE
VICTOR HUGO

ŒUVRES COMPLÈTES *(Ne varietur)*
Édition définitive
SUR LES MANUSCRITS ORIGINAUX

DEVANT COMPRENDRE TOUTES LES ŒUVRES PARUES ET A PARAITRE

POÉSIE

I.	Odes et Ballades (Préface inédite). 1 vol.
II.	Les Orientales. — Les Feuilles d'automne. 1 vol.
III.	Chants du Crépuscule. — Voix intérieures. — Rayons et Ombres. 1 vol.
IV.	Les Châtiments. 1 vol.
V.-VI.	Les Contemplations. 2 vol.
VII.-X.	La Légende des Siècles. 4 v.
XI.	Chansons des Rues et des Bois. 1 vol.
XII.	L'Année Terrible. 1 vol.
XIII.	L'Art d'être grand-père. 1 vol.
XIV.	Le Pape. — La Pitié suprême. — Religions et Religion. — L'Ane. 1 vol.
XV.-XVI.	Les Quatre vents de l'Esprit. 2 vol.

PHILOSOPHIE

I	Littérature et Philosophie mêlées. 1 vol.
II.	William Shakespeare. 1 v.

VOYAGES

	Le Rhin. 2 vol.

DRAME

I.	Cromwell. 1 vol.
II.	Hernani. — Marion de Lorme. — Le Roi s'amuse. 1 vol.
III.	Lucrèce Borgia. — Marie Tudor. — Angelo. (1 acte inédit.) 1 vol.
IV.	Ruy-Blas. — La Esmeralda. — Les Burgraves. 1 vol.

ROMAN

I.	Han d'Islande. 1 vol.
II.	Bug-Jargal. — Dernier jour d'un condamné. — Claude Gueux. 1 vol.
III.-IV.	Notre-Dame de Paris. 2 vol.
V.-IX.	Les Misérables. 5 vol.
X.-XI.	Les Travailleurs de la Mer (précédé de l'Archipel de la Manche). 2 vol.
XII-XIII.	L'Homme qui rit. 2 vol.
XIV.	Quatrevingt-treize. 1 vol.

HISTOIRE

I.	Napoléon le Petit. 1 vol.
II.-III	Histoire d'un crime. 2 vol.

ACTES ET PAROLES

I.	Avant l'exil. 1 vol.
II.	Pendant l'exil. 1 vol.
III.	Depuis l'exil. 1 vol.

I.-II.	VICTOR HUGO raconté. 2 vol.

46 VOL. IN-8 IMPRIMÉS AVEC LE PLUS GRAND LUXE SUR PAPIER SPÉCIAL
Prix de chaque volume : 7 fr. 50 broché ; 10 fr. relié.

ŒUVRES INÉDITES POSTHUMES

Le Théâtre en Liberté. 1 vol., broché. . . . . **7 fr. 50**
La Fin de Satan. 1 vol., broché . . . . **7 fr. 50**
Choses vues. 1 vol., broché. . . . . **7 fr. 50**

L'ŒUVRE DE VICTOR HUGO
EXTRAITS

❋❋*Édition du monument.* Un volume in-18 de 252 pages. . . . **1 franc.**
Edition des écoles. Un volume in-18 de 320 pages. . . . . . **2 francs**
(Cartonné toile. . 3 francs)

ERCKMANN-CHATRIAN

ŒUVRES COMPLÈTES	ŒUVRES COMPLÈTES	ŒUVRES COMPLÈTES
parues :		parues :
43 fr. 20	**ROMANS NATIONAUX**	**49 fr.**
BROCHÉES	ILLUSTRÉS PAR	CARTONNÉES
	TH. SCHULER, RIOU ET FUCHS.	

*Le Conscrit de 1813. . . . . 1 volume à 1 40
*Madame Thérèse. . . . . — 1 40
※*L'Invasion . . . . — 1 60
*Waterloo . . . . — 1 80
*L'Homme du peuple. . . . . — 1 70
 La Guerre. . . . . — 1 40
※*Le Blocus. . . . . — 1 60

Réunis en un très beau volume grand in-8 illustré de 182 dessins.
Broché, **10 fr.**; *toile, tr. dor.,* **13 fr.**; *relié, tr. dor.,* **15 fr.**

CONTES ET ROMANS POPULAIRES
Illustrés par BAYARD, BENETT, GLUCK et TH. SCHULER.

*Maître Daniel Rock. . . . . 1 volume à 1 20
L'illustre docteur Matheus . . . . — 1 40
Hugues le Loup. . . . . — 1 40
Contes des bords du Rhin. . . . . — 1 30
Joueur de clarinette. . . . . — 1 60
Maison forestière . . . . — 1 20
L'Ami Fritz. . . . . — 1 50
Le Juif polonais. . . . . — 1 30

Réunis en un très beau volume grand in-8 illustré de 171 dessins.
Broché, **10** *fr.*; *toile, tr. dor.,* **13** *fr.*; *relié, tr. dor.,* **15** *fr.*

*HISTOIRE D'UN PAYSAN
La Révolution française racontée par un paysan
Illustrations de Théophile SCHULER. L'ouvrage complet, en 1 volume,
broché, **7** fr.; toile, tr. dor., **10** fr.; relié, **12** fr.

CONTES ET ROMANS ALSACIENS
Illustrés par SCHULER.

*Histoire du Plébiscite. . . . . 1 volume à . . . . . . 2 »
*Les deux Frères . . . . — 1 50
*Histoire d'un Sous-Maître . . . . — 1 30
※*Le Brigadier Frédéric. . . . . — 1 20
*Une Campagne en Kabylie . . . . — 1 40
*Maître Gaspard Fix . . . . — . . . . . . 2 »
*Souvenirs d'un ancien Chef de chantier — 1 10

Réunis en un très beau volume grand-in-8 illustré de 139 dessins
Broché, **10** *francs* ; *toile, tr. dor.,* **13** *francs* ; *relié,* **15** *francs.*

Contes Vosgiens, illustrés par PHILIPPOTEAUX. . . . . **1 fr. 30**
Le Grand-Père Lebigre, illustré par LALLEMAND et BENETT. **1 fr. 30**
*Les Vieux de la Vieille,** illustré par LIX. . . . . **1 fr. 40**
*Le Banni,** illustré par LIX. . . . . **1 fr. 20**
Quelques mots sur l'esprit humain. 1 vol. in-8, non illustré. **1 fr.**

*Les œuvres d'*ERCKMANN-CHATRIAN *sont publiées aussi en 33 volumes in-18
à 3 fr. chacun et 2 volumes in-18 à 1 fr. 50. — Voir p. 28.*

J. MICHELET

HISTOIRE DE FRANCE

Complète en cinq Volumes grand in-8 illustrés

PAR

VIERGE, VIOLLET-LE-DUC, CLERGET, RIOU, ETC., ETC.

Chaque Volume, relié, tr. dorées, 12 fr.;
toile, tranches dorées, 10 fr.; broché, 7 fr.

HISTOIRE DE LA RÉVOLUTION FRANÇAISE

Complète en quatre Volumes grand in-8 illustrés

PAR

VIERGE, VIOLLET-LE-DUC, CLERGET, RIOU, ETC.

Chaque volume broché, 5 francs.

Les tomes   I et II réunis en un volume, toile, 13 f.; relié, 15 francs.
  —   III et IV   —   —   13   —   15 —

PUBLICATION

FAITE PAR ORDRE DU MINISTRE DE LA MARINE

LA MARINE

A L'EXPOSITION FRANÇAISE DE 1878

Deux grands volumes in-8 accompagnés de leur Atlas

PRIX : **80** FRANCS

OUVRAGES DIVERS :
GAVARNI-GRANDVILLE

Le Diable à Paris, *Paris à la plume et au crayon,*
1,508 dessins, dont 600 grandes scènes et types avec
légendes de GAVARNI et 908 dessins par GRAND-
VILLE, BERTALL, CHAM, DANTAN, etc.; texte par
BALZAC, ALFRED DE MUSSET, VICTOR HUGO,
GEORGE SAND, STAHL, BARBIER, SUE, LAPRADE,
SOULIÉ, NODIER, GOZLAN, GUSTAVE DROZ,
ROCHEFORT, VILLEMOT, Mme DE GIRARDIN, etc.
L'ouvrage complet forme 4 beaux volumes grand
in-8. Relié, tranches dorées, 44 fr.; toile, tranches
dorées, 40 fr.; broché... . . . .   28 »
    Prix de chaque vol. : relié, tranches dorées,
11 fr.; toile, tranches dorées, 10 fr.; broché. . . . .   7 »

GRANDVILLE

Les Animaux peints par eux-mêmes, scènes de la vie privée et publique des animaux, sous la direction de P.-J. STAHL, avec la collaboration de BALZAC, GUSTAVE DROZ, BENJAMIN FRANKLIN, JULES JANIN, ALFRED DE MUSSET, EUGÈNE SUE, CHARLES NODIER, GEORGE SAND, P.-J. STAHL. 1 vol. grand in-8, contenant 320 dessins. Chef-d'œuvre de Grandville. Relié, tr. dor., 14 fr. ; cartonné toile, tr. dor., 12 fr. ; broché. . . . . 9 »

GŒTHE (KAULBACH)

Le Renard, traduit par E. GRENIER, illustré de 60 compositions par KAULBACH. 1 vol. gr. in-8. Relié, tr. dor., 11 fr.; toile, tr. dor., 10 fr.; broché. 7 »
   Le même ouvrage, en édition populaire grand in-8. Toile, tranches dorées, 5 fr.; broché. 2 50

GEORGE SAND

Romans champêtres. — 2 beaux vol. in-8, illustrés par T. JOHANNOT. *La petite Fadette, la Fauvette du Docteur, André, la Mare au Diable, François le Champi, Promenades autour d'un Village.* Chaque vol., rel. tranches dorées, 15 fr.; toile, tranches dorées, 13 fr.; broché . . . . 10 »

TOUSSENEL

L'Esprit des bêtes. 1 vol. toile, tr. dor., 7 fr.; broché. 5 »

HISTOIRE, POÉSIE, VOYAGES, ROMANS, LITTÉRATURE
FRANÇAISE ET ÉTRANGÈRE

VOLUMES IN-18 A 3 FR.

AUDEVAL.	Les Demi-Dots	1 v.
—	La Dernière	1 v.
BADIN (Adolphe)	Marie Chassaing	1 v.
BENTZON (Th.).	Un Divorce.	1 v.
LUCIE B..	*Une maman qui ne punit pas.	1 v.
—	Aventures d'Edouard et justice des choses.	1 v.
BIXIO (BEPPA).	*Vie du Général Nino Bixio. Traduction de l'italien. . . .	1 v.
CERVANTES	Don Quichotte (trad. nouvelle par Lucien Biart)	4 v.
CHAMFORT.	(Édition Stahl)	1 v.
CRÉMIEUX.	Autographes. — Collection Adolphe Crémieux.	1 v.

Daryl (Ph.)....	❋La Vie publique en Angleterre	1 v.
—	Signe Meltroë	1 v.
—	En Yacht...........	1 v.
— La Vie	❋*Le Monde Chinois	1 v.
— partout.	*Lettres de Gordon à sa sœur.	1 v.
—	Wassili Samarin........	1 v.
—	La Petite Lambton.	1 v.
—	†A Londres.	1 v.
Daudet (Alphonse)...	Le Petit Chose.	1 v.
Domenech (l'abbé)...	La Chaussée des Géants	1 v.
—	Voyages et avent. en Irlande. .	1 v.
Durande (Amédée) ..	Carl, Joseph et Horace Vernet.	1 v.
Erckmann-Chatrian.	❋*Le Blocus.........	1 v.
—	❋*Le Brigadier Frédéric	1 v.
—	Une Campagne en Kabylie. .	1 v.
—	Joueur de clarinette.	1 v.
—	Contes de la montagne.	1 v.
—	Contes des bords du Rhin...	1 v.
—	Contes populaires.	1 v.
—	Contes Vosgiens	1 v.
—	❋*Le Fou Yégof	1 v.
—	La Guerre	1 v.
—	❋*Histoire d'un Conscrit de 1813.	1 v.
—	*Hist. d'un homme du peuple.	1 v.
—	❋*Hist. d'un paysan, compl. en	4 v.
—	❋*Histoire d'un sous-maître ...	1 v.
—	L'illustre docteur Mathéus ..	1 v.
—	❋*Madame Thérèse.	1 v.
—	— Edition allemande avec les dessins hors texte, 1 v., 3 fr.	
—	❋*Maître Gaspard Fix......	1 v.
—	Le Grand-Père Lebigre	1 v.
—	La Maison forestière	1 v.
—	*Maître Daniel Rock	1 v.
—	*Waterloo	1 v.
—	❋*Histoire du plébiscite	1 v.
—	❋Les deux Frères	1 v.
—	*Souv. d'un chef de chantier...	1 v.
—	L'ami Fritz, pièce.	1 v.
—	*Alsace	1 v.
—	*Les Vieux de la Vieille	1 v.
—	*Le Banni	1 v.
—	L'Art et les Grands Idéalistes.	1 v.
—	Quelques mots sur l'esprit humain (nouvelle édition). ...	1 v.
Esquiros (Alph.) ...	L'Angleterre et la vie anglaise.	5 v.
Favre (Jules)	Discours du bâtonnat.	1 v.
Flavio	Où mènent les chemins de traverse.	1 v.
Genevray	Une Cause secrète.	1 v.
Gordon (Lady).....	Lettres d'Egypte	1 v.
Gournot	Essai sur la Jeunesse contemporaine	1 v.

Gozlan (Léon)	Émotions de Polyd. Marasquin	1 v.
Gramont (comte de) . .	Les Gentilshommes pauvres .	1 v.
—	Les Gentilshommes riches . .	1 v.
Janin (Jules).	La Fin d'un monde. Le Neveu de Rameau.	1 v.
—	Variétés littéraires.	1 v.
Kœchlin-Schwartz. .	Un Touriste au Caucase . . .	1 v.
Ladreyt (M.-Casimir).	L'instruct. publique en France	1 v.
Lavallée (Théophile).	Jean sans Peur.	1 v.
Morale universelle.	Esprit des Allemands	1 v.
—	— Anglais.	1 v.
—	— Espagnols. . . . . . ,	1 v.
—	— Grecs	1 v.
—	— Italiens	1 v.
—	— Latins.	1 v.
—	— Orientaux.	1 v.
Officier en retraite (un).	L'Armée française en 1879.	1 v.
Olivier (Juste).	Le Batelier de Clarens.	2 v.
Pichat (Laurent)	Gaston	1 v.
—	Les Poètes de combat	1 v.
—	Le Secret de Polichinelle . . .	1 v.
Poujard'hieu	Les Chemins de fer	1 v.
—	Liberté et intérêts matériels .	1 v.
Quatrelles.	Les 1001 Nuits matrimoniales.	1 v.
—	Voyage autour du grand monde	1 v.
—	La Vie à grand orchestre. . .	1 v.
—	Sans Queue ni Tête	1 v.
—	L'Arc-en-ciel	1 v.
—	Petit Manuel du parfait Causeur parisien.	1 v.
—	Casse-Cou.	1 v.
—	Tout feu tout flamme	1 v.
—	Les Amours extravagantes de la princesse Djalavann. . .	1 v.
—	Mon petit Dernier.	1 v.
Rive (de la).	Souvenirs sur M. de Cavour..	1 v.
Robert (Adrien). . . .	Le Nouveau Roman comique.	1 v.
Rolland (A.)	Mendelssohn (Lettres).	1 v.
Sand (George)	Promenades autour d'un vill.	1 v.
Sourdeval (de)	Le Cheval à côté de l'Homme et dans l'histoire.	1 v.
Stahl (P.-J.).	LES BONNES FORTUNES PARISIENNES :	
	Les Amours d'un pierrot. . . .	1 v.
	Les Amours d'un notaire . . .	1 v.
—	Histoire d'un homme enrhumé. Voyage d'un étudiant	1 v.
—	Histoire d'un Prince et Voyage où il vous plaira.	1 v.
—	L'Esprit des Femmes et les Femmes d'esprit.	1 v.
—	De l'Amour et de la Jalousie.	

Texier et Kæmpfen...	Paris capitale du monde ...	1	v.
Tourguéneff (J.) ...	Dimitri Roudine..........	1	v.
—	Fumée (préface de Mérimée).	1	v.
—	Une Nichée de gentilshommes.	1	v.
—	Nouvelles moscovites	1	v.
—	Histoires étranges.	1	v.
—	Les Eaux printanières.....	1	v.
—	Les Reliques vivantes.....	1	v.
—	Terres vierges...........	1	v.
—	Souvenirs d'Enfance.......	1	v.
—	Œuvres dernières	1	v.
—	Un Bulgare	1	v.
Trochu (Général)....	Pour la vérité et pour la justice	1	v.
—	La politique et le siège de Paris	1	v.
Vallery-Radot(René).	L'Étudiant d'aujourd'hui. ..	1	v.
Vilars (François) ...	Un Homme heureux.......	1	v.
Wilkie Collins.....	La Femme en blanc.......	2	v.
—	Sans Nom.............	2	v.
H. Wood (Mᵐᵉ).....	Lady Isabel	2	v.

LIVRES IN-18 EN COMMISSION (3 FR.)

Anonyme..........	Mary Briant............	1	v.
Arago (Etienne).....	Les Bleus et les Blancs.....	2	v.
Baignières........	Histoires modernes	1	v.
—	Histoires anciennes........	1	v.
Bastide (A.).......	Le Christianisme et l'esprit moderne	1	v.
Berchère	✳L'Isthme de Suez	1	v.
Boullon (E.)......	Chez nous	1	v.
Carteron (C.)	Voyage en Algérie	1	v.
Chauffour.........	Les Réformateurs du xvɪ° siècle	2	v.
Dollfus (Charles) ...	La Confession de Madeleine.	1	v.
Duvernet	La Canne de Mˣ Desrieux ...	1	v.
Favier (F.).......	L'Héritage d'un misanthrope.	1	v.
Grenier	Poèmes dramatiques......	1	v.
Habeneck (Ch.).....	Chefs-d'œuvre du théâtre espagnol.	1	v.
Huet (F.)........	Histoire de Bordas Dumoulin.	1	v.
Lancret (A.).......	Les Fausses Passions	1	v.
Lavalley (Gaston)...	Aurélien.............	1	v.
Laverdant (Désiré)..	Don Juan converti	1	v.
—	La Renaissance de don Juan.	2	v.
Lefèvre (André). ...	La Flûte de Pan	1	v.
—	La Lyre intime.........	1	v.
—	Les Bucoliques de Virgile...	1	v.
Lesaack (Dʳ).......	Les Eaux de Spa........	1	v.
Nagrien (X.)	Prodigieuse Découverte	1	v.
Réal (Antony)......	Les Atomes	1	v.
Simonin (Louis).....	Les Pays lointains	1	v.
Steel.	Haôma	1	v.
Vallory (Mᵐᵉ).....	A l'aventure en Algérie....	1	v.
Worms de Romilly..	Horace (traduction)........	1	v.

ENSEIGNEMENT PROFESSIONNEL
Bibliothèque des Professions
INDUSTRIELLES, COMMERCIALES
ET AGRICOLES

Le cartonnage de chaque volume se paye 0,50 c. en sus des prix marqués

SÉRIE A. — SCIENCES EXACTES

P. Leprince. Principes d'algèbre. 1 vol. . . . . 4 »
Lenoir (A.). ✳Calculs et comptes faits. 1 vol. . . . . . . 4 »
Ch. Rozan. Leçons de géométrie. 1 vol. et 1 atlas . . . . 6 »
Ortolan et Mesta. Dessin linéaire. 1 vol. avec atlas. . . . 6 »

SÉRIE B. — SCIENCES D'OBSERVATION
CHIMIE — PHYSIQUE — ÉLECTRICITÉ

Dr Sacc. Éléments de chimie. 2 vol. . . . . 6 »
Hetet. Chimie générale élémentaire. 2 vol. . . . . 10 »
Chevalier. L'étudiant photographe. 1 vol. . . . . 3 »
Gaudry. Essai des matières industrielles. 1 vol. . . . . . 4 »
B. Miege. Télégraphie électrique. 1 vol. . . . . 2 »
Du Temple. ✳Introduction à l'étude de la Physique. 1 vol. 4 »
Fresenius. Potasses, soudes. 1 vol. . . . . 2 »
Liebig. Introduction à l'étude de la Chimie. 1 vol. . . . . 3 »
J. Brun. Fraudes et maladies du vin. 1 vol. . . . . 3 »
Dr Lunel. Les falsifications. 1 vol. . . . . 4 »
Noguès. Minéralogie appliquée. 2 vol. . . . . 8 »
Du Temple. ✳Transmissions de la pensée et de la voix. 1 vol. 4 »
Snow-Harris. Leçons d'électricité. 1 vol. . . . . 3 »
Laffineur. Hydraulique et hydrologie. 1 vol 3 50
R. Clausius. Théorie mécanique de la chaleur. 2 vol. . . . 8 »

SÉRIE C. — ART DE L'INGÉNIEUR
PONTS ET CHAUSSÉES — CONSTRUCTIONS CIVILES

Guy. Guide du géomètre-arpenteur. 1 vol. . . . . 4 »
Birot. Guide du conducteur des Ponts et Chaussées et de
l'agent voyer, 1re partie, *Routes*. 1 vol. avec planches. . 4 »
—   2e partie, *Ponts*. 1 vol. avec planches. . . 4 »
G. Cornet. Album des chemins de fer. 1 vol. . . . . . . 10 »
Viollet-le-Duc.✳✳Comment on construit une maison. 1 vol. 4 »
Frochot. Cubage et estimation des bois. 1 vol. . . . . . 4 »
Pernot. ✳Guide du constructeur. 1 vol. . . . . 4 »
Demanet. ✳Maçonnerie. 1 vol. . . . . 5 »
Laffineur. Roues hydrauliques. 1 vol. 3 50
Dinée. Engrenages. 1 vol. 3 50
Bouniceau. Constructions à la mer. 1 vol. et 1 atlas. . . 18 »
Emion. Exploitation des chemins de fer. Voyageurs, 1 vol. . 4 »
—   —   — Marchandises, 1 vol. 4 »

SÉRIE D. — MINES & MÉTALLURGIE
GÉOLOGIE — HISTOIRE NATURELLE

Dana. Manuel du géologue. 1 vol. . . . . 4 »
D.-L. Métallurgie pratique. 1 vol. . . . . 4 »

Fairbairn. Le fer. 1 vol..	4	»
J.-B.-J. Dessoye. Emploi de l'acier.	4	»
Landrin. ※Traité de l'acier. 1 vol.	4	»
C. et A. Tissier. Aluminium et métaux alcalins. 1 vol. . .	3	»
Guettier. Alliages métalliques. 1 vol.	3	»
Drapiez. Minéralogie usuelle. 1 vol.	3	»

SÉRIE E. — PROFESSIONS COMMERCIALES

Emion. La liberté et le courtage des marchandises (*épuisé*).	»	»
Bourdain (Ed.). Manuel du commerce des tissus. 1 vol. .	3	»

SÉRIE F.—PROFESSIONS MILITAIRES & MARITIMES

Doneaud. Droit maritime. 1 vol.	3	»
Bousquet. Architecture navale. 1 vol.	2	»
Tartara. Code des bris et naufrages. 1 vol.	4	»
Steerk. Poudres et salpêtres. 1 vol.	4	»

SÉRIE G. — ARTS & MÉTIERS
PROFESSIONS INDUSTRIELLES

Basset. Culture et alcoolisation de la betterave. 1 vol. . .	3	»
Rouland. Nouveaux barèmes de serrurerie. 1 vol.	4	»
Dubief. Guide du féculier et de l'amidonnier. 1 vol. . . .	4	»
Souviron. *Dictionnaire des termes techniques. 1 vol. . .	6	»
Dromart. Carbonisation des bois. 1 vol.	4	»
A. Ortolan.※Guide de l'ouvrier mécanicien. 3 vol..	12	»
Jaunez. Manuel du chauffeur. 1 vol.	2	»
Violette. Fabrication des vernis. 1 vol.	6	»
Th. Chateau. Corps gras industriels. 1 vol.	4	»
Mulder. Guide du brasseur. 1 vol.	4	»
Houzé (J.-P.). Le livre des *Métiers manuels*. 1 vol. . .	4	»
J.-F. Merly. ※Livre du charpentier. 1 vol.	4	»
Fol. Guide du teinturier. 1 vol.	4	»
Leroux. Filature de la laine. 1 vol.	15	»
De Courten. Collodion sec au tanin. 1 vol.	4	»
Prouteaux. *Fabrication du papier et du carton. 1 vol. .	4	»
Berthoud. La Charcuterie pratique. 1 vol.	4	»
Graffigny (H. de). L'Ingénieur électricien. 1 vol..	4	»
Moreau (L.). Guide du bijoutier. 1 vol..	2	»
Dr Lunnel. Guide du parfumeur. 1 vol.	4	»
— Guide de l'épicerie. 1 vol.	3	»
Monier. Essai et analyse des sucres. 1 vol.	3	»
Dubief. Fabrication des liqueurs. 1 vol.	4	»
— Vinification. 1 vol..	4	»
Barbot. Guide du joaillier. 1 vol..	4	»

SÉRIE H. — AGRICULTURE
JARDINAGE, HORTICULTURE, EAUX ET FORÊTS, CULTURES INDUSTRIELLES, ANIMAUX DOMESTIQUES, APICULTURE, PISCICULTURE, ETC.

Grimard. Manuel de l'herboriseur. 1 vol.	4	»
Laffineur. Guide de l'ingénieur agricole. 1 vol.	3	»
Gayot.※Habitations des animaux. Écuries et étables. 1 vol.	3	»
— — ※Bergeries, porcheries. 1 v.	3	»
Pouriau. Sciences physiques appliquées à l'agriculture. 2 vol.	14	»
Kielmann. Drainage. 1 vol.	2	»

Gobin. Entomologie agricole. 1 vol. . . . . 4 »
Serigne. La vigne et ses maladies. 1 vol. . . . . 3 »
Gossin. Conférences agricoles. 1 vol. . . . . 1 »
Bourgoin-d'Orli. Cultures exotiques. 1 vol. . . . . 4 »
Dubos. Choix de la vache laitière. 1 vol. 2 50
Dubief. Le trésor des vignerons et marchands de vins. 1 v. 3 »
Canu et Larbalétrier. *Manuel de météorologie agricole. 1 v. 2 »
Mariot-Didieux. ✳L'Éducateur de lapins. 1 vol. 2 50
     —   Éducation des poules. 1 vol. . . . . . . 4 »
     —   —   oies, canards. 1 vol. . . . 2 50
                 Le chasseur médecin. 1 vol. . . . . 2 »
Larbalétrier. Manuel de Pisciculture. 1 vol. . . . . 4 »
Courtois-Gérard. ✳Culture maraîchère. 1 vol. . . . . . . 4 »
Gobin. Culture des plantes fourragères. 1 vol. . . . . . . 4 »
Fleury-Lacoste. ✳Le Vigneron. 1 vol. . . . . 3 »
Courtois-Gérard. ✳Jardinage. 1 vol. . . . . 4 »
Koltz. Culture du saule et du roseau. 1 vol. . . . . 2 »
Sicard. Culture du cotonnier. 1 vol. . . . . 2 »
Lunel. Acclimatation des animaux domestiques. 1 vol. . . . 3 »
F. Fraîche. Guide de l'ostréiculteur. 1 vol. . . . . 3 »
Touchet. Vidange agricole. 1 vol. . . . . 1 »
Pouriau. Chimiste agriculteur. 1 vol. . . . . 6 »
Lerolle. *Botanique appliquée. 1 vol.. . . . . 4 »

SÉRIE I. — ÉCONOMIE DOMESTIQUE
COMPTABILITÉ, LÉGISLATION, MÉLANGES

Dubief. Fabrication des vins factices. 1 vol. . . . . 2 »
Lunel. Economie domestique. 1 vol. . . . . 2 »
Germinet. Chauffage par le gaz. 1 vol. . . . . 4 »
Dubief. Le liquoriste des dames. 1 vol. . . . . 3 »
Hirtz. Coupe et confection des vêtements de femmes et
     d'enfants. 1 vol. . . . . 3 »
Dufréné. Droits des inventeurs. 1 vol. . . . . 3 »
Baude. Calligraphie. 1 vol. . . . . 4 »
Lescure. Traité de géographie. 1 vol. . . . . 3 »
Block (Maurice). ✳Premiers principes de législation pra-
     tique. 1 vol. . . . . 4 »
Emion. Manuel des expropriés. 1 vol. . . . . 1 »
Lunel. Hygiène et médecine usuelle. 1 vol. . . . . 2 »
J. d'Omalius d'Halloy. Manuel d'Ethnographie. 1 vol. . . . 4 »

SÉRIE J. — FONCTIONS
EMPLOIS DE L'ÉTAT, DÉPARTEMENTAUX ET COMMUNAUX, SERVICES PUBLICS

Mortimer d'Ocagne. ✳Les grandes Écoles de France. 1 v. 3 »
J. Albiot. (Code départemental.) Manuel des conseillers
     généraux. 1 vol. . . . . 4 »
Lelay. Lois et règlements sur la douane. 1 vol. . . . . . . 4 »
Lafolay. Nouveau manuel des octrois. 1 vol. . . . . 4 »

SÉRIE K. — BEAUX-ARTS, DÉCORATION
ARTS GRAPHIQUES, ETC.

Viollet-le-Duc. ✳* Comment on devient un dessinateur. 1 v. 4 »
Pellegrin. Perspective. 1 vol. . . . . 4 »

LIVRES EN COMMISSION
Prix divers

ANONYME.	Le Prisme de l'âme.	6 fr.
—	Mademoiselle Segeste.	2 fr.
—	Rome.	6 fr.
ANTULLY (Albéric d') .	Fantaisie.	2 fr.
BRUIÈRE (S.).	Une Saison en Allemagne. . .	1 fr.
GUIMET (Émile).	L'Orient d'Europe au fusain. In-18.	2 fr.
—	Esquisses scandinaves. 1 vol. in-18	3 fr.
—	Aquarelles africaines.	2 50
LAVERDANT (Désiré) . .	Appel aux artistes	1 fr.
PAULTRE·(E.).	Capharnaüm.	6 fr.
PIRMEZ	Jours de solitude, 1 vol. in-8.	6 fr.
RIVE (DE LA).	Souvenir de M. de Cavour. .	6 fr.
SCHNÉEGANS (A.)	Contes. 1 vol. in-18	2 fr.

VOLUMES IN-18 A PRIX DIVERS

ARAGO (E.).	L'Hôtel de Ville et le Gouvernement du 4 septbre 1870-71.	3 50
L. AUBERT.	Lettres sur l'instruct. oblig. .	» 50
BERTHET (André). . . .	Mes Lunes.	2 »
CHEVREUX (Mᵐᵉ).	André Marie et J.-J. Ampère. 2 vol. à 3 fr. 50.	7 »
CHARRAS (colonel). . . .	Hist. de la Guerre de 1815. 2 vol. avec atlas	7 »
A. DECOURCELLE	Les Formules du docteur Grégoire (Diction. du Figaro).	2 »
ERCKMANN-CHATRIAN. .	Juif polonais, pièce en 3 actes.	1 50
— —	Lettre d'un élect. à son député.	» 50
— —	Les Rantzau, comédie.	1 50
FAVRE (Jules).	*Conférences et Mélanges. . .	3 50
FERRY (Jules).	Les Affaires de Tunisie	2 »
J. HETZEL	Aux Députés, sur la reprise des échéances.	» 50
HUGO (Victor).	Les Châtiments. 1 vol. in-18. .	2 »
—	Napoléon le Petit. 1 vol. in-18.	2 »
—	L'Œuvre complète. Extraits. Édition du monument. . . .	1 »
—	— des écoles.	2 »
JAUBERT	Souvenirs de Mᵉ Jaubert. . . .	3 50
LEGOUVÉ (E.).	Samson et ses élèves	2 »
—	Lamartine.	1 50
—	Maria Malibran.	» 75
—	La Question des femmes . . .	1 »
—	Une Éducation de jeune fille.	1 »
MACÉ (Jean).	Morale en action	1 »
—	Anniv. de Waterloo. 1 v. in-32.	» 15

MACÉ (Jean)	Une Carte de France ; le Gulf-Stream. 1 vol. in-32	»	25
MERSON (Olivier)	Ingres, sa Vie et ses Œuvres, 1 vol. in-32	1	50
NADAR	Le Droit au vol	1	»
PROUDHON	La Guerre et la Paix. 2 vol.	2	»
QUATRELLES	Une date fatale	1	»
SÉE (C.)	La loi Camille Sée	3	50
STAHL (P.-J.)	Entre bourgeois	»	50
SUSANE (général)	L'artillerie av. et dep. la guerre.	»	50
UN IGNORANT	☼*Histoire d'un Savant par un ignorant	3	50
VERNE (Jules)	Neveu d'Amérique , comédie en 3 actes	1	50
VIOLLET-LE-DUC	Exposé des faits relatifs au Musée de Pierrefonds	»	50

VOLUMES IN-8, A PRIX DIVERS

ABOUT (Edmond)	Rome contemporaine	5	»
—	La Question romaine	4	»
ANONYME	Vingt mois de présidence	5	»
BERTRAND (J.)	Arago et sa vie scientifique	1	»
—	Fondateurs de l'astronomie	6	»
—	*L'Académie et les Académiciens	7	50
BLANC et ARTOM	Œuvre parlementaire du comte de Cavour	7	50
CHARRAS (colonel)	Histoire de la Guerre de 1813	7	50
DELAHANTE (A.)	Une Famille de finance au XVIIIe siècle. 2 vol.	20	»
ERCKMANN-CHATRIAN	Le Fou Chopine (pièce)	»	50
LAFOND (Ernest)	Contemporains & Shakespeare :		
—	Ben Johnson (2 vol.)	6	»
—	Massinger —	6	»
—	Beaumont et Fletcher	6	»
—	Webster et Ford	6	»
LEGOUVÉ (Ernest)	Soixante ans de souvenirs. — 1re partie : Ma jeunesse, in-8	7	50
	Deuxième et dernière partie	7	50
MORTIMER D'OCAGNE	Les grandes écoles de France (nouvelle édition)	7	50
PALLAIN	Traité de la Législation du Trésor (épuisé)	8	»
RICHELOT	Gœthe, ses Mém., sa Vie. 4 v. à	6	»
STRAUSS (D.-F.)	Nouv. Vie de Jésus (traduite par Ch. Dollfus et A. Nefftzer). 2 vol. à	6	»
TROCHU	L'Empire et la Défense de Paris	8	»
VERNE (Jules)	Le Tour du Monde en 80 jours (pièce)	»	50
—	*Les Enfants du capitaine Grant (pièce)	»	50
—	*Michel Strogoff (pièce)	»	50

LIVRES D'AMATEURS

—

GRAND LUXE
ÉDITIONS ILLUSTRÉES

—

Contes de Perrault, illustrés par GUSTAVE DORÉ, la grande édition in-folio. Cartonnage riche . . . .   70 »

Daphnis et Chloé. Traduction d'AMYOT, complétée par P.-L. COURIER. 42 compositions au trait, en couleur dans le texte, par BURTHE. Préface par AMAURY DUVAL. Magnifique édition in-folio en deux couleurs, imprimée par CLAYE. Cartonnage riche. . . . .   50 »

Lemercier (ALFRED) et **Bocquin**. — GAVARNI, aquarelles fac-similé (chromolithographies), album en feuilles composé de 6 planches. Prix. . . . .   30 »

Gavarni. — Œuvres CHOISIES, album in-folio. Cartonné. Quelques exemplaires seulement. . . . . .   22 »

Grandville et **Kaulbach**. — Œuvres CHOISIES, album in-folio. Broché. . . . .   20 »

—   Cartonné. . . . .   22 »

L'Oraison dominicale, dessins de FRŒLICH. Album in-4°, contenant 10 planches à l'eau-forte, relié, toile.   18 »

Sept Fables de La Fontaine, dessins de FRŒLICH. Album in-4°, illustré de 10 planches, broché . . . . .   5 »

Les Richesses gastronomiques de la France. — LORBAC (CH. DE), texte.—LALLEMAND (CH.), illustrations : LES VINS DE BORDEAUX, 1ʳᵉ partie. *Généralités, cultures, vendanges, classification, châteaux vinicoles,* CRUS CLASSÉS. Broché.. . . . .   25 »

— SAINT-EMILION, *son histoire, ses monuments et ses vins.* Broché . . . .   8 »

NOTA. — Les ouvrages marqués d'un ✳ ont été choisis par le ministère de l'Instruction publique pour faire partie des catalogues des bibliothèques publiques scolaires. Le deuxième✱, plus petit, désigne les ouvrages choisis pour être distribués en prix. — Les nouveautés sont indiquées par une †.

J. HETZEL et Cⁱᵉ, Éditeurs, 18, rue Jacob, Paris.

BIBLIOTHÈQUE DES PROFESSIONS

INDUSTRIELLES, COMMERCIALES ET AGRICOLES

Paris. — Imp. Gauthier-Villars et fils.